U0875415

城势

佛山日报社·东平知政选辑

佛山传媒集团·佛山日报社　东平知政栏目组　编著

人民日报出版社
北　京

图书在版编目（CIP）数据

城势：佛山日报社：东平知政选辑 / 佛山传媒集团·佛山日报社东平知政栏目组编著 . — 北京：人民日报出版社，2022.10
ISBN 978-7-5115-7511-1

Ⅰ.①城… Ⅱ.①佛… Ⅲ.①新闻报道—作品集—中国— 当代 Ⅳ.① I253

中国版本图书馆 CIP 数据核字（2022）第 189760 号

书　　名：城势——佛山日报社·东平知政选辑
CHENGSHI—FOSHAN RIBAOSHE·DONGPING ZHIZHENG XUANJI
编　　著：佛山传媒集团·佛山日报社东平知政栏目组

出 版 人：刘华新
策划编辑：陈　红
责任编辑：吴婷婷
封面设计：主语设计
版式设计：格律图文

出版发行：人民日报出版社
社　　址：北京金台西路2号
邮政编码：100733
发行热线：（010）65369509　65369512　65363531　65363528
邮购热线：（010）65369530　65363527
编辑热线：（010）65369844
网　　址：www.peopledailypress.com
经　　销：新华书店
印　　刷：大厂回族自治县彩虹印刷有限公司

开　　本：710mm×1000mm　1/16
字　　数：280千字
印　　张：19
印　　次：2022年11月第1版　　2022年11月第1次印刷

书　　号：ISBN 978-7-5115-7511-1
定　　价：56.00元

前　言

佛山，广东省地级市，地处珠江三角洲腹地，与广州共同构成“广佛都市圈”和粤港澳大湾区三大极点之一。行政区划面积 3797.72 平方公里，常住人口 961 万人（2021 年）。

佛山经济社会发展走在前列，是全国第 17 个、广东省第 3 个经济总量超万亿元的城市，2021 年实现地区生产总值 12156.5 亿元，人均地区生产总值 12.7 万元，规模以上工业总产值 2.68 万亿元，全社会研发经费投入占地区生产总值比重达 2.91%，市场主体总数达 111.5 万户；是全国文明城市、国家历史文化名城、国家创新型城市、国家生态文明示范区、中国品牌之都。

作为佛山市委机关报，作为地方党媒，佛山日报社拥有一大批长期紧密对接跟进佛山全市各级党政机关，深耕佛山政治、经济、文化、社会等各领域各线口的记者、编辑队伍，能够较及时、充分、深入掌握各方面尤其是时政、经济类信息。如何利用这样的人才优势，挖掘这些方面的新闻资源，有力有效提升新传播格局下佛山日报社全媒体传播力、影响力？以这样的思考为基点，在佛山传媒集团、佛山日报社的重视和支持下，我们开始了打造佛山政经（时政、经济）新闻类深度观察报道全媒体拳头品牌栏目的探索和实践。

佛山传媒集团、佛山日报社驻地佛山新闻中心，位于佛山新城东平河畔、东平桥头，“东平”二字在佛山家喻户晓、深入人心，并成为佛山中心城区发展变迁历史进程中的重要符号。因此，我们将栏目命名为《东平知政》。

2021 年 4 月 13 日，酝酿已久的佛山 +APP、佛山日报社官方微信《东平知政》栏目正式出街。大家发现，《东平知政》栏目推出的深度观察报道产品，与传统纸媒一贯刊发的深度报道大为不同，无论是选题、视角，还是标题制作、语言风格、形式包装，都令人耳目一新。

自此开始，以每周一期的频率，《东平知政》栏目运作至今，已推出60多期时政、经济类深度观察报道。一年多来，佛山市内外，各级党政机关及社会各界，对《东平知政》栏目及其报道都给予了广泛关注和肯定。

《东平知政》栏目定位及产品特点
打造新传播时代政经深度观察报道品牌栏目

《东平知政》栏目，以“独家独到，解码佛山政经局”为旨趣，坚持做有深度、有热度，有品质、有气质，有传播力、有影响力的“六有”新闻，不断推出适合移动端、互联网传播的深度新闻观察融创产品，并实行品牌化、标签化、栏目化策划包装，努力打造成为佛山日报社、佛山传媒乃至全佛山在移动优先、融合传播时代政经（时政、经济）新闻类深度观察报道拳头品牌栏目。

具体到栏目特点，一方面，《东平知政》栏目坚持正确舆论导向，符合党中央、广东省最新精神及佛山市委、市政府决策方向，紧扣佛山市委、市政府中心工作和阶段性重点工作，紧贴佛山城市发展脉搏、社会关注的焦点热点，长于解读、观察、比对和分析，视野开阔、观点鲜明，具有较大的观察、思考和表达的尺度空间。

另一方面，不同于见诸报端的传统深度报道，《东平知政》栏目对深度、融合、创意的理解和把握更加开放，更加契合移动端、互联网传播特点。在我们看来，视角独特、观点独到或信息独家、信息量更丰富的报道都可作为深度融合报道产品，比一般报道多一点不同、多一点创造、多一点价值的报道都是深度融合报道产品，以此形成流量优势，展现较强的传播力、影响力。

与此同时，人才同样是《东平知政》栏目打造的重要“产品”。在佛山日报社内，《东平知政》栏目是一个开放的平台，全报社采编人员均可参与其中，促进大家在完成日常工作任务之外，以移动优先、融合传播时代政经新闻类深度观察报道“兴趣小组”“轻骑兵”的姿态，在《东平知政》栏目产品生产实践中成长为专家型、融合型、智库型媒体人才。

《东平知政》栏目产品形式及发布渠道频率
移动优先切实增强传播力、影响力

《东平知政》栏目在酝酿策划之初，就确定以佛山＋ APP 为主发布、传播和推介平台，同时在佛山日报官方微信、佛山日报官方视频号发布。部分适合在报纸刊发的产品，根据需要在报纸版面编辑刊发。

正是基于发布、传播、推介渠道平台的选择，《东平知政》栏目秉持移动优先、融合传播原则，在产品内容、形式、包装、语言风格上，首先着眼、着力于如何在移动端达成良好的传播效果。

《东平知政》栏目产品形式包括以文图为主的深度观察报道及“知政视频”、创意海报、MG 动画等融创产品。其中，以文图为主的深度观察报道，主题选择、观察角度、标题制作、内容采写、表达方式、页面编排等，力求全方位契合移动传播规律特点；“知政视频”融创产品，推出知政评论员、知政主播两个 IP 形象，拍摄录制时长约 1 分半的短视频，与深度观察报道联动，以丰富《东平知政》栏目产品形态和传播形式，增强栏目的黏性和吸引力，激发传播活力，使新传播格局下地方主流媒体的深度观察报道“全起来”“动起来”“火起来”。

以怎样的频率推出报道，也是《东平知政》栏目一直在考虑、研究的问题。既要认识到品牌栏目的打造必须久久为功，保持一定的频次推出高质量产品，持之以恒浸润受众、影响受众；又要看到“物以稀为贵”，且受众对深度观察报道存在一定的“审美疲劳”。为此，《东平知政》深度观察报道及“知政视频”融创产品坚持每周策划推出一期，另根据重大政经新闻动态，及时反应，推出相关报道。

此外，在秉持移动优先、融合传播原则做好产品的基础上，《东平知政》栏目坚持做好产品推介、推送，力求每一期报道都能达成更好的传播效果，形成热点。

从实际流量数据来看，《东平知政》栏目的每一期报道产品，在佛山＋ APP 的热力值均处于高位，阅读量、转发量、点赞量明显优于常规政经新闻报道；“知政视频”等融创产品，同时在佛山日报官方视频号独立发布，其浏览、转发、评论数据也处于领先水平。部分报道显现出深度报道更具有持久传播力的特点，一些报道经过一段时间后出现第二波传播峰值。而且，《东平知政》栏目报道产品传播“外溢”效应明显，多期报道在腾讯、网易、新浪等门户网站平台广泛转发转载，在更大范围内产生影响，对外树立和传播了佛山锐意进取、奋发有为的城市形象。

以上传播现象反映的情况是一种较直观的体现，实际上，《东平知政》栏目及其产品收到的各界、各方面的反馈、反响，都在验证着《东平知政》栏目前期的探索、实践，有效打破了新传播格局下传统媒体深度报道产品策划生产耗时、耗力巨大却被受众“冷落”的局面，彰显出较强的传播力、影响力。

当然，也要清醒地看到，《东平知政》栏目的传播力、影响力仍待进一步提升。影响有影响力的人、影响干部群众，影响佛山、影响社会，《东平知政》栏目在内容建设、形式创新、传播手段运用、品牌形象塑造等方面，仍须进一步探索、进一步努力。

守正创新，久久为功，致力于打造佛山日报社、佛山传媒乃至全佛山在移动优先、融合传播时代政经新闻类深度观察报道品牌栏目、拳头产品——《东平知政》，方向笃定，任重道远！

本书选辑《东平知政》栏目创办以来公开发布的47篇深度观察新闻报道文章，与知友们分享，感谢知友们一直以来对《东平知政》栏目的关注、厚爱和支持。本书出版时与新闻报道发布时相比较，难免存在名称变更、人事变迁等情况，编著者依循惯例，按新闻报道发布时的原文辑录，并注明了新闻报道发布的时间及平台。

新闻产品，虽讲究时效性，但重读这些文章，仍能感受到新闻的价值、思考的力量以及佛山这座城市激越跳动的发展脉搏！

知政主笔 / 于祥华

2022年5月

目　录

错过了三龙湾，
就错过了佛山下一个 15 年！

2021 年 2 月，广东省推进粤港澳大湾区建设领导小组正式印发《佛山三龙湾高端创新集聚区发展总体规划（2020—2035 年）》，开篇即提出：将三龙湾打造成广东省推进粤港澳大湾区建设的重要发展平台和珠江西岸创新极核。

各路媒体一阵聚焦过后，似乎归于沉寂。但就像三龙湾奇龙大桥下的东平河水，看似平静，实则波澜壮阔、奔流不止。嗅觉敏锐的市场因子，正在这片改革发展的新热土上涌动、升腾！

以知政君所见，佛山三龙湾，已进入大建设、大发展的“窗口期”。

当下的三龙湾有多火？
重大项目抢滩登陆
到三龙湾买房的呼声越来越高

知政君特意梳理了总体规划发布以来，发生在三龙湾的部分大事要事，带你看看当下的三龙湾究竟有多火。

2021 年 2 月 23 日，佛山三龙湾南海片区挂牌交易的一宗商服地块，由中国 500 强企业——宏旺集团以 1.07 亿元竞得。拟投资 5 亿元，建设约 4.2 万㎡的集团总部大楼，预计产值不少于 100 亿元。

2021 年 2 月 24 日，佛山顺德教育部门发布消息，将新建公办小学和初中各一所，位于三龙湾顺德片区，地块总面积 184 亩，办学规模为小学 72 个班、初中 54 个班，一共可提供 5940 个优质学位。

2021 年 3 月 4 日，佛山市东平河水轴线城市秀台项目正式启动。该项目包含一栋超高层五星级酒店地标，将打造成为东平河夜游的标志性景观——佛山之冠。

2021 年 3 月 10 日，三龙湾南海片区召开 2021 年度建设工程项目工作部署会：2021 年，佛山三龙湾南海片区建设局作为建设主体计划实施项目 48 个，总投资 56.97 亿元。

2021 年 3 月 17 日，佛山市委、市政府召开三龙湾高端创新集聚区工作推进现场会，再次提出举全市之力，推动三龙湾建设取得新突破新进展。

2021 年 3 月 30 日，三龙湾南海片区举行重点项目集中签约暨国际科技人才邀约大会。15 个重点招商项目在大会上集中签约，总计投资金额约 123 亿元，包括虎牙、欢聚、富士康等知名企业。

……

与此同时，知政君注意到，在佛山、广州两地，到三龙湾片区看房、买房的呼声越来越高，坊间甚至有了“三山新城一手房要限价”的传言。佛山三龙湾的发展定位是高端创新集聚区，所要集聚的是创新产业、资源、人才要素，但嗅觉敏锐的房地产市场在三龙湾片区的动向，也从一个侧面验证了三龙湾当下炙手可热的热力值。

今天的三龙湾为什么这么火?
各方面优势红利叠加
佛山举全市之力推进建设

以知政君观察，今天的佛山三龙湾之所以越来越火，可谓天时地利人和，既有赖于三龙湾片区坐拥各方面客观优势，又有佛山主政者矢志不移，对上争取支持、对内凝聚共识，推动市、区、镇各级党委政府和企业投身“三龙湾高端创新集聚区”建设发展的主观努力。

且看佛山三龙湾有哪些优势和红利：

区位交通条件优越。粤港澳大湾区，是我国开放程度最高、经济活力最强的区域之一，2019 年 2 月，《粤港澳大湾区发展规划纲要》正式实施，湾区发展上升为国家重大战略。三龙湾地处粤港澳大湾区中心区域、广佛极点几何中心，一小时交通圈内机场、高铁、城际轨道、高快速公路等重大交通基础设施集聚，可 8 分钟到达广州南站、40 分钟到达深圳、50 分钟到达香港、60 分钟到达珠海澳门。在建及规划轨道线路 10 条，是佛山轨道交通最密集的区域。高效便捷的对内对外通道，为人才、资本、信息、技术等要素自由流动打下了良好基础。

先进制造业集聚发展。三龙湾所在的 5 个镇（街）均属全国综合实力百强镇，2019 年先进装备制造业增加值约 300 亿元，占珠江西岸产业带先进装备制造业增加值的约 10%。集聚了机器人、智能家电、机械装备制造、生物医药等产业组团，布局了季华实验室等一批科研创新机构，拥有 2 家世界 500 强企业总部和大批具有国际竞争力的制造业骨干企业，培育了一批各行业细分领域的“隐形冠军”，产业基础条件较好。

开放合作特色鲜明。三龙湾区域内已集聚 500 余家港澳企业，与港澳合作交流密切，港澳青年创新创业就业日益活跃。区域内的中德工业服务区是广东省扩大开放的合作平台之一，中德工业城市联盟已成为中德两国重要工业城市间交流合作的名片，一批对接德国工业 4.0 的重大产业与科技项目陆续落地，逐渐探索出一条鲜明的对德合作路径。

自然人文资源丰富。三龙湾河网密集、水系发达、城绿交融，拥有超过 400 公里的河岸线，分布有湿地公园、农田基塘、花卉基地等生态资源，具备建设宜居宜业宜游岭南水乡的良好自然条件。地处“南番顺”传统区域，人文底蕴深厚，是岭南文化、广府文化重要发源传承地，与港澳联系往来密切，港澳认同感强。

此外，在粤港澳大湾区核心区域特别是广州、深圳，已经很难找到像佛山三龙湾这样既临近中心城区、土地开发强度又相对较低的区域。三龙湾规划范围包括佛山市禅城区石湾镇街道、南海区桂城街道、顺德区北滘镇、陈村镇、乐从镇部分区域，东至陈村水道，西至佛山大道，南至顺德水道，北至平洲水道，规划面积130平方公里。这一片130平方公里的区域，在粤港澳大湾区核心区未来的建设、发展中，无疑具有无可比拟的土地空间优势。

政府的决心几何，是市场跟进的又一重要因素。

知政君注意到，佛山在2016年、2017年前后，提出打造三龙湾高端创新集聚区。那时，各方对此多是观望态度，市级层面的谋划、推动，一时还难以转化为建设主体的主动和市场因子的涌动。但这几年来，佛山市委、市政府咬定青山不放松，坚定不移视三龙湾为佛山未来发展的战略要地、战略高地，全力推动，将各方面政策资源、人力、物力、财力以及注意力向三龙湾倾斜、集中，久久为功、水滴石穿，终于打破了三龙湾的“宁静”，既让推进三龙湾建设成为各级党委政府、职能部门等建设主体的共识和自觉，也让三龙湾概念日渐得到企业、资本、人才等市场要素的认同和青睐。

如何把握三龙湾之火？
企业来这里投资兴业
干部在这里建功立业

如今的三龙湾火了，成为佛山乃至整个粤港澳大湾区发展的新热土。

在三龙湾加速建设的窗口期，如何把握三龙湾之火？

在知政君看来，这对企业、对人才、对干部而言，都意味着机会、机遇。

其一，改革开放40多年来，在佛山涌现出美的、碧桂园、海天等一大批优秀企业，涌现出何享健、杨国强、庞康等出身草根却登上富豪榜的优秀企业家。有这样的基因和传统，有这样的土壤，有这样的营商环境，富有远见的企业来到三龙湾这片佛山改革、开放、发展新的热土上，投资兴业、创业创富，一定会拥有造就卓越企业、卓越企业家的更多可能。

其二，改革开放初期，“星期六工程师”竞相来到佛山这片热土，既助力了佛山经济发展，也实现了个人更大的价值。如今，三龙湾发展的热力和潜力，三龙湾高端创新集聚区的定位，对高端创新人才同样意味着机会。富有远见的高端创新人才，带着团队、带着项目来到这里，一定会有更快的成长，更大的收获。

其三，对佛山这座城市的干部而言，对三龙湾建设的推进者、参与者而言，三龙湾之火热，何尝不也意味着干事创业、建功立业的机会。在改革开放40多年历程中，无数的改革者、建设者脱颖而出，书写了佛山这座城市的历史佳话。如今，看准了三龙湾之于佛山的重要使命和美好未来，投身三龙湾建设热潮，在这片已经火起来的热土上，当然有这样的可能：再现一个激情燃烧的年代，造就一批被组织认可、被佛山历史和人民铭记的优秀干部。

……

奇龙大桥，巍然挺立；东平河水，浩浩汤汤。

放眼向前：

2020—2035，下一个15年，是属于三龙湾的15年！

错过了三龙湾，就错过了佛山下一个黄金15年！

知政主笔/郑奕纯、于祥华

（原载2021年4月19日佛山+APP东平知政专栏）

广东第三城，剑指两万亿！

“立足新发展阶段，面向两万亿，再造一个高质量发展新佛山。”

——2021 年 4 月 20 日，佛山市委主要领导对佛山未来十年雄心壮志作出响亮宣示。佛山将通过今后十年的持续努力：力争在“十四五”期末实现经济总量达 1.5 万亿元，力争在“十五五”期末突破 2 万亿元。

知政君注意到，这是佛山首次提出迈向两万亿的发展目标，而且强调是全面贯彻高质量发展要求的综合型目标，是高质量的两万亿。

在知政君看来，“高质量的两万亿”，这样的宣示，是一个非常高的目标，体现了佛山的魄力和胸襟，也表明了佛山的决心和担当，是佛山更加自信、更具活力、更有张力的表现。

广东第三城
有底气高调宣示两万亿

很多人都在关注：2019 年进入 GDP 万亿元城市行列的佛山，此时此际，为何如此高调宣示高质量向两万亿迈进的目标？

知政君认为，佛山宣示两万亿，是因为有底气：

从经济基础来看，佛山经济总量，长期位居广东省第三位，继广州、深圳后，佛山在2019年成为广东省第三个GDP过万亿元的城市，是名副其实的广东第三城。

从产业维度来看，佛山以实体经济为主，产业链完善，集群优势明显，在新一轮产业变革中更具有持续升级的基础优势和交叉融合的先天优势。

从市场化条件来看，佛山以民营经济为主，市场开放度高，有基础、有条件、有能力、有活力用好一切积极因素，把重大战略机遇转化为高质量发展优势。

2020年，突如其来的新冠肺炎疫情打乱了经济发展的节奏。在这一年，已迈上万亿GDP台阶的佛山，在大战大考中，展现了强大的经济韧性。进入2021年，我国经济持续稳定恢复，开局良好。第一季度，佛山主要经济指标稳健向好，与全国“稳中加固、稳中向好”保持一致，为实现全年预期目标奠定了坚实基础。

与国内城市比较来看，上海、北京、深圳、广州、重庆、苏州，国内目前已经实现从万亿跨越到两万亿的六大城市，分别用时6—9年。

从2019年佛山GDP突破万亿算起，到2030年达到2万亿，将历时11年，年均增长6%—7%，这是通过努力可以实现的目标。

佛山宣示两万亿，是因为有必要：

从城市发展来看，实现经济总量高质量迈进两万亿的目标，是佛山必须跨越的发展阶段。观察城市发展“进阶之路”，经济总量跨越一个万亿大关，就意味着城市能级也将迈上一个新台阶，对招商引资、人才集聚、对外开放等都具有十分积极和重大的促进作用。城市能级提升后，资源汇聚和带动辐射能力会更强，有更多条件为城市的未来打开发展空间，争取话语权。

从各方面的期待来看，迈入万亿城市行列的佛山，接下来将有怎样的作为？这是历史和时代，也是佛山市民对这座城市的主政者提出的必答题。目标是行动的先导，今天的佛山，明确提出到2025年达到1.5万亿、到2030年突破2万亿的目标，就是最响亮、最坚定的回答和宣示，就是要调动和激发各级党政干部和社会各界向这样一个具体目标进发的积极性、能动性。

有志者，事竟成——对一个人如此，对一个城市也是如此。

进阶之道

工业比重始终稳定在50%以上

向着再造一个高质量发展新佛山目标迈进，佛山重点从哪些方面入手？从此次佛山市委书记专题会议透露的信息来看，坚守好、发展好制造业仍然是重中之重，是佛山赢得未来的“大城之道”。

作为制造业大市，体量庞大的制造业、大批的传统制造业企业是支撑佛山经济发展的重要力量。

知政君留意到，到“十三五”末期，全国、全省工业占GDP比重均在40%左右，但多年来，佛山工业比重始终稳定在50%以上，2020年工业占比56.4%。

高质量迈向两万亿，佛山明确，仍将坚持把经济发展着力点放在以制造业为主体的实体经济上，在高质量迈进两万亿进程中，确保工业比重始终稳定在50%以上，发挥工业稳增长的“压舱石”作用。

产业发展特别是制造业发展需要大量的空间。为此，佛山将继续全力推进“村改”。

2021年初，佛山召开“村改”总攻坚现场会，提出力争在2023年底前总体完成村级工业园改造任务，坚决打好打赢这场关乎佛山未来发展的总攻坚战。佛山提出，坚持以“工改工”为主，把改造出来的土地主要用在发展产业上，特别是用在发展先进制造业上，打造一批集中连片的千亩万亩现代化产业集聚区和主题园区。

利用村改腾出来的宝贵空间，佛山将紧盯世界500强、央企和龙头企业、上市公司开展精准招商，着力引进一批稳增长、调结构、促升级的大项目、好项目，做好补链、稳链、强链、控链，全面提升产业基础能力和产业链现代化水平。

可以预见，未来佛山将会有更多产业发展的高质量空间，有更好的产业发展效能显现。

另外，传统制造业发展不能因循守旧，更需要顺应甚至引领时代潮流，向更高阶段、更高水平跃升，这样才会有更强大、更可持续的生命力。进入经济高质量发展阶段，数字化转型对以传统制造业为主的佛山至关重要。

在 2019 年 11 月，佛山市委主要领导就提出，必须把过去改革开放 40 多年来积累的财富和家底拿出来，全力支持传统制造业数字化转型，在数字化特别是工业互联网方面舍得投入，实现佛山传统产业向数字化经济跃升。

据知政君了解，近年来，佛山已经推出系列扶持政策，推动制造业数字化转型。比如，在 2020 年，佛山推出了深化"互联网＋先进制造"发展工业互联网的若干政策措施，从八个方向对工业企业、工业互联网服务商、平台商、公共服务机构、创新载体等进行奖补。

知政君注意到，在佛山召开的此次市委书记专题会议上，传统产业数字化转型这一"牛鼻子"工程再次成为焦点并得到强化。接下来，佛山将下最大的决心，加大财政资金投入力度，全面推动传统制造业走数字化转型升级之路。

目前，佛山正在制定千企数字化转型三年行动计划，初步提出未来三年内由市、区两级政府拿出超过 100 亿元，引领推动制造业开展数字化转型。

宜居宜业
户籍人口年均增量超 10 万人

高质量发展的城市必定也是宜居宜业之城。

千方百计为企业降成本，是最直接的体现。知政君留意到，除了推出一系列减税降负举措。在帮助制造业降成本方面，佛山已经有了一些创新实践。如 2016 年 3 月，由建陶业 14 家行业龙头企业联合发起成立众陶联，抱团发展，规范行业发展秩序，构建行业大数据，发布各项行业指数指导企业科学采购，降低采购成本，优化行业供应链条，已成为利用数据化推动陶瓷行业智能制造的典范。众陶联之后，众塑联也在佛山成立。接下来，佛山还将探索在政府引导下，通过企业成立联合会、协会等形式，抱团发展，降低原材料等成本。

2021 年佛山第一季度经济增长态势良好，受铝、铜等原材料价格上涨等因素影响，制造业企业生产成本增加。此外，项目落地、增资扩产也需要解决土地、租金等问题。为此，在近期召开的多次会议上，佛山反复强调要做好降成本工作。此次佛山市委书记专题会议再次提出，要千方百计控制好制造业成本。

宜居方面，佛山持续推动城市治理、中心城区城市形态提升等专项行动，城市空间结构不断优化，城市品质日益提升。加上佛山市委、市政府坚持房子是用来住的不是用来炒的定位，坚决稳地价、稳房价、稳预期，对人口、人才形成强大的吸引力。

人口流入数据是最好的说明。2016 年以来，佛山户籍人口整体呈加速增长态势，年均增量均超 10 万人；外来迁入人口增长，尤其是 2019 年，省内、省外分别迁入 11.4 万人和 9.6 万人。

……

知政君认为：

产业经济发展基础雄厚、潜力巨大，城市品质不断提升，对企业、人口、人才等资源要素的吸引力不断增强。剑指两万亿！广东第三城、“新一线城市”——佛山，雄心壮志，目标可期。

知政主笔 / 刘伟、于祥华

（原载 2021 年 4 月 21 日佛山＋ APP 东平知政专栏）

广佛双子星，如何引爆下一个黄金十年？

2021年4月21日，广佛全域同城化党政联席会议在广州举行。这是进入“十四五”以来，第一场广佛联席会议，聚焦《广佛全域同城化“十四五”发展规划》编制，释放出广佛同城迈入新阶段的重要信号。

同城十二载，从广佛同城到广佛全域同城，这对“双子星”早已成为闻名全国的城市融合典范。

这背后有两个强大动力源。一个是政府层面，两市党委政府高度重视，定期不定期举行联席会议，职能部门之间长期对接沟通，特别是《粤港澳大湾区发展规划纲要》明确打造“广佛极点”以来，两市高层交流交往更加密切，扛起重任。另一个是社会层面，两地市民群众对同城高度认可，对进一步融合的意愿十分强烈。

当前国家大力倡导都市圈建设，这是新型城镇化主体形态，是支撑全国经济增长、促进区域协调发展、参与国际竞争合作的重要平台。中国城市竞争正式进入“抱团”时代，每座城市都期望通过“同城”实现“1＋1＞2”效应，推动城市能级飞跃。

拥有先发优势的广佛，在粤港澳大湾区以及大广州都市圈加快建设的重大机遇下，如何在下一个五年乃至十年保持领先，真正成为一座湾区超级城市？

深化广佛全域同城价值何在？

探讨未来之前，我们先说一说当前进一步推动广佛同城这对“城市CP”的价值何在。

在知政君看来，有三个关键词不能忽略：极点城市、城市群竞争、区位优势。

首先来谈一下“极点城市”。

早在2019年2月印发的《粤港澳大湾区发展规划纲要》中，中央提出要“极点带动，发挥香港—深圳、广州—佛山、澳门—珠海强强联合的引领带动作用，深化港深、澳珠合作，加快广佛同城化建设，提升整体实力和全球影响力，引领粤港澳大湾区深度参与国际合作”。

近年来，作为三大极点的一“极”，广佛两市共同谋划建设广佛高质量发展融合试验区。目前建设方案及总体规划已经达成一致，试验区启动区、广佛荟等重大项目加快推进。

2021年是“十四五”开局之年，是全面建设社会主义现代化国家新征程开启之年。年初，广东省推进粤港澳大湾区建设领导小组连发4份重磅文件，全部聚焦广佛，可见两大城市在大湾区发展中举足轻重的分量。其中2份是《广州南沙新区创建国际化人才特区实施方案》《广州穗港智造合作区建设实施方案》，2份是支持佛山建设三龙湾高端创新集聚区、佛山顺德粤港澳协同发展合作区。

后2份文件的出台，无疑给出了三龙湾高端创新集聚区、佛山顺德粤港澳协同发展合作区在大湾区层面的“出生纸”。其中三龙湾正是广佛提出共建“1＋4”高质量融合发展试验区中“1”的重要组成部分，整个试验区涉及广佛边界10个区镇。可以说广佛同城向深度推进是佛山建设大湾区极点城市的一道“必答题”。

第二个绕不开的话题是“城市群竞争”。

珠三角与长三角是我国两大顶级城市群。越来越多的迹象显示，长三角正在变成一个“省”，珠三角正在变成一个“市”。

为什么这么说？

仅从面积来看，珠三角9市总面积约5.5万平方公里，而长三角区域面积已达35.8万平方公里，是珠三角的6倍还多。相较之下，哈尔滨一个省会的总面积都达到5.31万平方公里。

而从区域内的联系来看，近年来长三角走的是“开放”模式——长三角不断“扩容”，上海、浙江、江苏、安徽全部进入了长三角，囊括41个城市。在土地资源越来越逼仄、老龄化越来越严重的今天，这种模式为上海、南京等核心城市创造出更多“飞地”。

而在粤港澳大湾区背景下，珠三角走的是“聚合”模式——9大城市正通过各种交通路网“跨城联网”，城市之间各有定位、分工协作。广佛同城就是典型范例。

每一次国家战略的升级，都会带来一次城市格局的洗牌。大湾区又将把谁推向历史舞台的中央？有观察人士分析认为，作为种子选手的广州，该如何应对激烈的城市竞争，其最大筹码是“佛山”这一盟友。

2021年1月，广东省第十三届人民代表大会第三次会议上，省政府工作报告首次提出深入推进广佛全域同城化，为广佛全面深化合作按下加速键。

在全国城市竞争的赛道上，广州需要佛山，佛山也需要广州。

特别是对佛山而言，“十二五”期间，佛山成为全国第17个、广东省第3个经济体量超万亿城市。然而作为制造大市，产业结构比较单一、中低端产业庞大、创新能力弱等问题困扰着佛山。如今，佛山把三龙湾放到广佛全域同城化、放到“一核一带一区”建设、放到大湾区建设全局中去谋划，打造广珠澳科技创新走廊重要节点，正布下城市下一步跨越式发展的“关键子”。

最后我们来说一下“区位优势”。

知政君以为，对佛山而言，当前大湾区城市互联互通的布局可能带来的区位优势弱化是佛山发展的未来隐患。

长期以来，珠三角东岸与西岸缺乏海上联通，位于珠三角腹地的佛山具有先天的陆路优势。如今，俯瞰珠江口，正在建设的大湾区下一个“超级工程”——深中通道将在口袋型的内湾区建起一条跨海通道。建成后的深中通道与妈湾隧道、虎门大桥、南沙大桥、港珠澳大桥一起发挥叠加作用，连接起珠江东西两岸。长久发展下去，佛山的区位将不再“优”。因此，佛山必须要加速拥抱广州。

同城 12 载，广佛同城亟须新内涵

12 年来，广佛同城亲密无间，取得很多亮眼成绩，可谓“其时已至、其势已成”。

广佛同城，交通先行。广佛地铁是全国第一条跨市地铁，具有极大破冰意义，时至今日已成为全国最繁忙的跨市轨道交通线路之一，日均客流量达到 54 万人次，人气指数远超广州内部的远郊地铁。未来，广佛还将有 18 条地铁线路连接成网。

往来广佛，人们可以选择公共交通，多达 95 条公交线路穿梭两市；选择自驾，海华大桥、番海大桥等一大批路桥项目建成投入运营，从佛山新城到广州南站开车不过 30 分钟。

交通的发展，带来了广佛居民生活方式的改变。据不完全统计，目前有百万广州人在佛山工作生活。而广佛之间跨城日出行量超过 163 万人次，分别占广州、佛山对外出行总量的 45%、63%。也就是说，每天将近一个海珠区常住人口在广佛往返，“广佛一小时生活圈”早已成型。

在大湾区背景下，广佛同城的内涵和重点不仅仅是交通一体化和民生服务共享等基础合作，还应在科技创新合作和产业协同发展等更高层面开展区域协作。基于各自不同的发展优势，“广州服务＋佛山制造”“广州创新大脑＋佛山转化中心”的发展格局相继被提出，均是两市产业协同发展打出的王牌。

强势崛起的千灯湖金融高新区，是近十年来广佛融合度最高的片区。凭借承接广州金融服务的外溢，千灯湖以金融服务制造，如今已具备媲美珠江新城的经济实力，更成为无数广州人置业佛山的首站。

广佛同城，一个千灯湖显然不够。2019年，佛山举全市之力打造三龙湾高端创新集聚区横空出世，一南一北各有一个启动区，南边为广州南站——林岳南启动区，左边为荔湾海龙——三山北启动区，目标就是打造成为省推进大湾区建设的重要发展平台。

三龙湾背后的逻辑在于，佛山万亿以后，如何推进在高基数上推动高质量发展，如何在大湾区建设扮演好制造业大市角色，如何更好强化广佛极点作用，必须有新的改变，必须有新的支点。

同年，广佛同城化党政联席会议审议通过4份工作方案，打造先进装备制造、汽车、新一代信息技术、生物医药与健康四个万亿级产业集群，共建具有国际竞争力的现代产业体系，其中先进装备制造、汽车总规模已超2万亿。

但与中国任何一个城市群一样，内部存在着“行政经济区”与“市场经济区”矛盾，各种制度壁垒仍然横亘在广佛之间有待消弭。比如产业同质化竞争比较激烈，争资源抢项目现象普遍存在，更多是空间上的集聚而非产业链条的延伸和分工合作。而市场要求开放、统一、要素自由流动，也因广佛行政区划分各行各政，在客观上造成一定的市场分割。更别说涉及民生的教育、医疗、生态环境治理等领域，要实现真正同城共建共享，还有很长一段路要走。

当广佛同城步入全域同城，全面进入“深水期”，容易吃的“肉”已经基本吃完，下一步就要啃“硬骨头”。

对比国家对广佛极点、对广州都市圈建设的要求，当前广佛全域同城需要更多新的内涵进行支撑，亟须加大改革创新力度，打破行政区划障碍的“隐形边界”，同心协力加快全域同城升级步伐。

如何用好广佛高质量发展融合试验突破口？

2021年，广州老大哥再次强调“广佛超级城市”的概念。

这一概念在2016年11月首次提出，推动广佛同城进入深层次发展阶段，共同参与全球竞争。时隔四年再次提出，更具底气——2020年，广州、佛山GDP分别超过2.5万亿元、1万亿元，总和与北京3.6万亿元相当，逼近3.9万亿元的上海。一个经济概念上的超级城市已然成型。

仅有经济上的概念是不够的，还需要在行政上，也是上文所提的，突破隐形“边界”。

知政君梳理了三个颇具引领性的探索，将对今后广佛全域同城产生深远的影响。

一是2020年8月，广佛编制《广佛高质量发展融合试验区建设总体规划》。这是广佛全域同城的全新试验场。在广佛197公里长的边界两侧选取629平方公里极具发展潜力区域，建设包括“1个先导区和4个片区”的高质量发展融合试验区，各个领域在这里可以率先探索，打破行政边界，实现全面互联和深度融合。

二是探索财税分成制度。财税分成制度的重要性不言而喻，正所谓“亲兄弟明算账”，只有通过完善的机制平衡双方利益，让双方共同享受获得感，同城才能坚定走下去。在现有财税体系之下，这一条路很难走，但不得不走，成功了就能将广佛全域同城带入全新阶段，也为全国都市圈建设带来宝贵经验。

三是广佛同城全球联合招商，一举打破过去招商引资“你死我活”“八仙过海各显神通”的激烈态势，将双方优势合二为一，产生强大虹吸能力，进一步稳固两市的产业链和供应链。这与财税分成形成了从产业到财税一条龙的发展红利分享闭环，是广佛营商环境一体化的大胆尝试。

分析这些探索，大家可以清楚地看到其背后，是广佛高层在顶层设计上的深思熟虑，也看到了统一规划、统一建设、统一管理、统一运营的强大力量。

下一个十年，广佛全域同城必然要往这个方向突破。

知政君认为，第一个突破口是一个强有力的统一规划，一个高水平的

“十四五”规划是广佛全域同城未来五年发展的基础。当前广佛两市已初步提出“十四五”目标定位和重点工作，必须要将 2 份“十四五”规划密切衔接，实现错位与互补，进一步夯实全域同城的基本面。

第二个突破口是广佛高质量发展融合试验区，打造一个高质量发展平台。自 2019 年国家发改委发布《关于培育现代化都市圈的指导意见》以来，广州都市圈建设在 2021 年提上日程，广佛合作开启新一个“黄金十年”。广佛双方要投入更大精力，以更高水平更高标准建设好试验区，并力争上升至国家层面，争取更多上级政策资源支持，以“敢为天下先”的魄力与自信，全力打破“边界”限制。特别是集中优势资源加快“广州南站—佛山三龙湾—荔湾海龙片区”先导区建设，强化科技创新和产业协同发展，做好四个万亿级产业集群这篇大文章，进一步提升广佛同城在都市圈中的辐射带动能力。同时更多地强化国际合作和区域协同，提升在全球的竞争力和影响力。

第三个突破口是加大体制机制创新力度，在政府层面加快建立统筹协调机构，完善部门之间、区域之间等多层面组织协调机制，进一步突破传统发展模式的束缚和各自为政、盲目竞争的弊端，打破阻碍生产要素自由流动的行政壁垒，坚持规划先行，强化科学管理，同时制定相应的法规与制度，保证规划的权威性、指导性、约束力。

市场作为同城化最重要的动力之一。广佛还必须充分发挥市场在资源配置中的决定性作用，以体制机制创新打破市场分割，加快构建统一、有序、公平、开放的市场体系与营商环境，促进生产要素在两市合力配置，让身处其中的市场主体充分享受到统一优质服务。

未来的广佛全域同城，将形成市场一体化、公共服务共建共享、生态共建环境共保、成本共担利益共享的机制保障体系，营商环境建设对标国际先进成效显著，不断发挥广佛核心的重要作用，推动粤港澳大湾区建成宜居宜业宜游的国际一流湾区和世界级城市群。

知政主笔 / 莫璇、黄碧云

（原载 2021 年 4 月 22 日佛山＋ APP 东平知政专栏）

佛山三龙湾，“未来城市”新标杆！

今天，知政君再次将目光投向佛山三龙湾。

2021年2月，《佛山三龙湾高端创新集聚区发展总体规划（2020—2035年）》（以下简称《规划》）正式印发，外界因此称三龙湾进入了大建设、大发展“窗口期”。

三龙湾位于广佛接壤区域，规划面积130平方公里，被定位为“广东省推进粤港澳大湾区建设的重要发展平台”和“珠江西岸创新极核”。

如果说改革是佛山发展的关键一招，三龙湾就是佛山——广东第三城未来发展的“关键一子”。

前车之鉴，后事之师。在这片寸土寸金之地，如何不走“回头路”建设好三龙湾，走好三龙湾这“关键一子”，有必要借鉴前人经验、吸取前人教训。

为此，知政君选取苏州工业园区、西安高新区、东莞松山湖等国内三大工业园，横向观察三龙湾未来建设的发力之处。

VS 苏州工业园区
三龙湾如何打造城产人文融合“未来城市”？

未来产业园区的发展应该是一个产业生态、社会生态、自然生态三位一体，互相兼顾的发展模式。那种孤零零地依靠产业的园区，在未来发展中优势和功能会不断缩小。

将眼光放至长三角，苏州与佛山一样，都只是一座普通的地级市，不是省会、计划单列市、副省级城市、直辖市等，没有耀眼的政策光环照耀，苏州的发展，更多的是靠自身的努力。2019 年，苏州 GDP 位列江苏第一、全国第六，人均 GDP 超过北上广三座一线城市，造就了“地表最强地级市”的神话。

从苏州古城一路向东就来到苏州工业园区，小桥流水的古典江南风情渐变为高耸入云的现代都市，恍若转眼千年。

苏州工业园区可谓我国经济开发区中的老牌王者。2021 年 1 月，商务部公布了 2020 年国家级经开区综合发展水平考核评价，苏州工业园区再次以优异成绩蝉联第一名，实现“五连冠”。这片曾经的郊外水塘之地如今创造着惊人的财富：平均每天创造国内生产总值 7.5 亿元，累计为中国创造超 1 万亿美元进出口总值、8000 多亿元税收。

苏州工业园区建设发展史，或许是三龙湾当前最值得观察的样本。

建设初期，苏州工业园区打破国内“边开发、边规划”“先开发建设后补规划”的模式，由中新双方专家联合编制了第一版总体规划。“先规划后建设、先地下后地上”、九通一平的高标准基础设施……几乎成为全国开发区遵循科学开发规律的范本。

1994 年，还是一片低洼水田的苏州工业园区发出了第一声打桩机的巨响，苏州人以为政府开始盖楼了，但随后的两年里却没有看到一栋建筑。其实，看似平静的地面，地下机器轰鸣，综合管廊建设高标准推进。

2008 年前后，面对发展瓶颈，苏州开始推动工业园区向现代化新城转型，提出把苏州工业园区建成为苏州市现代化中心城区的苏州市中央商务区，先进制造业与先进服务业双向发展，按超 100 万人口规模高标准规划设置市政公共设施及教育、文化、医疗等配套设施。

2021 年 2 月，苏州工业园区进一步提出，要加快建设“苏州城市新中心”，打造令人向往的幸福家园。

发展是第一要务，人才是第一资源，创新是第一动力。三龙湾高端创新集聚区，要集聚高端创新资源，必须集聚高端创新人才，而高端创新人才的集聚，离不开高标准的城市建设。

在知政君看来，这种高标准不仅仅是立足“当下”的高标准，更应该是面向“未来”的高标准。是展开有先进、引领性的规划建设，努力让三龙湾成为创业者称赞、居住者自豪、外来者向往的美丽幸福之所，打造佛山城产人文融合的“未来城市”。如在地下管廊、智慧城市、5G 等方面大胆实践，在交通、医疗、教育、娱乐设施等多方面全面、超前布局。

这种高标准不应该是“钢筋水泥”的高标准，更应该是具有岭南风味的文化高标准。从自然条件看，三龙湾河网密集、水系发达、城绿交融，拥有超过 400 公里的河岸线，分布有湿地公园、农田基塘、花卉基地等生态资源，宜居宜业宜游。从人文条件看，三龙湾地处“南番顺”传统区域，是岭南文化、广府文化重要发源传承地，港澳认同感强。这里完全有基础，以满足人民对美好生活的向往为出发点，努力打造成为满是岭南水乡风情的诗意栖居地，打造成为“未来城市”新标杆。

VS 西安高新区
三龙湾如何建设创新生态圈?

从高速增长迈向高质量发展，创新是关键一环已经成为共识。

改革开放 40 多年发展至今，佛山积累了雄厚的制造业基础和市场，同时也存在着中低端产业仍占较大比例、战略性新兴产业规模效益还不明显、制造业质量效益水平距离世界先进水平差距较大、长期以来基础研究能力相对薄弱等问题。佛山必须依靠基础研究和应用基础研究，从源头上增强自主创新能力，掌握更多领跑并跑技术，这也成为佛山市委、市政府推动发展的愿景。“创新”一词越来越频繁地出现在政府工作报告等文件中。

2017 年，粤港澳大湾区发展上升到国家战略高度，广东省提出，沿着全中国最繁忙的高速公路广深高速，崛起一条长度约 180 公里的广深科创走廊，集聚穗莞深创新资源，打造成为“中国硅谷”。作为广东省地级市发展的领头羊，佛山绝不能“完美避开”广深科创走廊！借用比邻广州的优势，协同建设广深科创走廊，催生了三龙湾的横空出世。

创新资源总是向中心城市和大平台集聚。审视三龙湾的未来发展，佛山作为“二线城市”，如何在这场全国争夺资源大战中异军突起？

纵观全国各地，创新平台的建设风起云涌。要在全国寻找创新标杆，西安高新区榜上有名。

作为中国设立的第一批国家级高新区之一，西安高新区的综合指标一直位居全国国家级高新区前列。代表事关国家战略安全和综合国力的重点产业链上的关键共性技术的“硬科技”一词在西安高新区诞生，逐步扩大到西安市、陕西省乃至“花开全国”，现已正式上升为国家话语体系，在全国科技发展中的宏观引领作用正不断增强。

30 年前，整个西安高新区 155 平方公里的土地都是农田、农村。“一无人、二无钱、三无房”的高新区改革开路，负债经营，滚动发展，经历了一次创业、二次创新，走出了一条具有中国内陆自主创新特色的科技园区发展之路，成为西安、陕西经济发展的引擎以及国家重点建设的六个世界一流科技园区之一。

虽然与三龙湾产业发展的方向不同，但梳理西安高新区的发展，可概括为“三次创业”。

一次创业：1991 年，国务院批准西安高新区为国家级开发区，高新区开始了大规模的建设和发展，也开启了市场化创新创业探索之路。特别是坚持努力为企业搭建创新平台和体系，率先探索运用市场化手段，让科技资源和科技人员从深宅大院里“走出来”。

二次创业：2003 年，高新区启动第二次创业。通过“多元融资、组团开发、整体推进、规模发展”的模式，实现了建设国际知名科技园、国内一流高新区、中西部最大的科技产业园区的目标。其间，高新区重点实施“外部资本化”战略，不断优化营商环境，把外部一流的企业、资本、机构和高端人才“引进来”。也逐步“升级”以产业培育为主目标，根据企业成长的特性进行差异性服务。形成了“1 + N”式的孵化器集群发展模式。

三次创业：2017 年，西安高新区发布三次创业方案，通过“创新驱动、能级跃升、产城融合、内涵发展”的新模式，高新区不断提升自主创新能力、国际竞争能力和可持续发展能力，围绕西太路中央创新区打造“丝路硅谷、创新之都”。

连续三次创业，特别是借助硬科技的赛道，原本制造业实力并不出众的西安，在西安高新区这一创新引擎拉动下，已经找到了引领变革的力量，迎来超车机会。

回看佛山，从 2017 年谋划禅南顺高端创新集聚区，到 2018 年正式命名三龙湾高端创新集聚区、2019 年三龙湾管委会正式挂牌，再到此次《规划》落地打造珠江西岸创新极核，三龙湾目标同样是创新。与西安高新区提出“硬科技”不同，落户三龙湾的季华实验室是“先进制造科学与技术广东省实验室”，是立足佛山制造特色进行创新的平台。

创新的种子已经种下，三龙湾也成为近年来佛山的投资热土。接下来，三龙湾要在继续研究如何集聚高端研发机构，建设高水平科技创新载体，建立多元化科技创新投入体系的同时，推动科研成果转化、企业培育和产业扶持，尽心支持每一次创业，悉心呵护每一个创新。抓准佛山制造业发展的痛点，培育好机器人、工作母机、智能家居设备等先进制造业，人工智能、互联网与云计算、大数据服务，智能制造系统集成与应用、生物技术、新材料等战略性新兴产业，加快发展科技服务、工业设计、工业会展、产业金融等，应该是三龙湾发展的题中之义。

VS 东莞松山湖

三龙湾如何强化统筹突破体制机制障碍?

三龙湾高端创新集聚区，并不是一个行政区，而是一个功能区。它由禅城区的石湾街道、南海区的桂城街道以及顺德区的陈村街道、北滘镇、乐从镇五个镇街组成。对三龙湾来说，如何突破区与区、镇与镇之间行政的界限，从“背靠背”变成“脸贴脸”，形成一股合力，是推进三龙湾各项工作的基本逻辑。

“三龙湾区域内土地开发强度高，虽然仍有开发空间，但呈散状分布，难以连片开发。”

“三龙湾内镇街之间边界林立，边角、死角多，对接广州、区与区、镇与镇之间，存有断头路，交通未成网络。”

“三龙湾内 5 个镇街位于禅南顺三区交界，发展步调不一致，缺乏统一规划。”

中德工业服务区（三龙湾）管委会主要负责人在三龙湾建设之初就提出以上几大现实困境。

这些问题都是源自三龙湾高端创新集聚区建设主体多的客观事实，必须要加大统筹力度，不断破除制约发展的行政壁垒和体制机制障碍，推动要素市场和公共服务一体化，构建起促进协同发展、有机融合的制度保障。

《规划》的出台，就是探索多规合一，通过统一规划来统筹发展的重要成果。

此前，佛山也在破除三龙湾建设发展体制机制障碍上作出了改革探索，实行“市统筹、区建设、齐分享”的体制机制，这一体制机制的建立对加快推进三龙湾建设发挥了有效作用。

但目前来看，在这一体制机制下，原有行政区划不调整，原有财政管理体制不调整，同时建设发展主体责任不变，即域内各区、各镇继续承担本区、本镇的发展主体责任。三龙湾分割为禅城、南海、顺德三个片区，以各自建设局主导，仍然给人一种各自为政的感觉。

强化市级统筹，探索对各片区的扁平化管理，三龙湾仍然在路上。纵观优秀的经济开发区，无不实行扁平化管理。往小了说，有助于提高行政效率；往大了说，大大增强资源统筹配置，推动区域协调发展和高质量发展。这里，知政君想提一下同在粤港澳大湾区的东莞松山湖。

东莞无疑是广东省内佛山最强劲的追兵。近年来，松山湖因为华为的搬迁名声大噪，因为散裂中子源等大科学装置的入驻，园区“大国重器”的科技创新色彩浓厚，十分吸睛。

从 2001 年建设松山湖科技产业园区，到形成“1 ＋ 9”模式（1 园 9 镇）松山湖功能区，松山湖这个“火车头”在东莞承担了越来越多的引领任务，也面临着如何加强统筹的问题。

为此，2019 年，东莞市拉开以强化功能区统筹为主要路径的优化市直管镇体制改革大幕。

松山湖“1 ＋ 9”功能区具体是指松山湖，石龙镇、寮步镇、大岭山镇、大朗镇、横沥镇、东坑镇、企石镇、石排镇、茶山镇。在不进行行政区划调整、不增加管理层级原则下，松山湖在发展规划、区域开发、招商引资、重点项目建设、政务服务效能提升等五大领域强化功能区统筹发展。

如今，松山湖功能区成立了多个工作委员会或领导小组，出台了一系列规章制度，确保各项职能高效运转。

这种以功能、职能划分实行扁平化管理的机制改革，也是三龙湾可以参考的路径之一。

知政主笔 / 黄碧云

（原载 2021 年 4 月 28 日佛山＋ APP 东平知政专栏）

从凯都大道到佛山大道，佛山＋黔东南，何以东成西就？

“五一”小长假，高温袭人，市民出游的热情高涨。广东佛山城市中心，佛山大道车水马龙。

在贵州东南部，与佛山相距 800 多公里的黔东南，也有一条佛山大道。这一双向十车道的交通干线，是从黔东南州州府凯里到黔南州州府都匀的快速通道，原名凯都大道，不久前更名为佛山大道。

千里姻缘一线牵。

根据国家新阶段东西部协作调整工作部署，佛山市“接棒”杭州市，结对贵州省黔东南苗族侗族自治州，帮扶黔东南州 15 个县。

2021 年 3 月 31 日至 4 月 1 日，黔东南州党政代表团到佛山考察交流，慷慨宣布：佛山市民到黔东南州各 A 级景区旅游，门票全免！此后，黔东南特色农产品在佛山展销中心上架开售，两地感情迅速升温！

佛山＋黔东南，一个是产业重镇，一个是旅游胜地，两地如何“东成西就”，实现巩固脱贫攻坚成果同乡村振兴有效衔接？

2021 年 4 月底，佛山市派驻黔东南州东西部协作工作联络组，前往黔东南州对接东西部协作工作，开展实地调研。知政君有幸随佛山联络组一道，走马黔东南，初探佛山＋黔东南协作之道。

对接黔东南，交通是优势

2021 年 4 月 27 日 13 时 44 分，D1810 动车准时抵达都匀东站。一行 20 多名佛山干部走出高铁站，大家经过黔东南的佛山大道，一个多小时后，即到达黔东南州州府凯里市，走进了广东佛山·贵州黔东南东西部协作工作对接会会场。

会后，知政君采访了这支“先遣部队”里的几名成员。说起对黔东南的初印象，干部们都感觉这里和大凉山大为不同。

“黔东南资源丰富，发展底子不弱。”“交通是大凉山的发展瓶颈，而在黔东南，交通反而是它的优势。”

凉山，我国最大的彝族自治州，其独特的地貌形成了天然的壮美风景，也很大程度上导致了这里的闭塞与贫穷，曾是全国“三区三州”深度贫困地区和 14 个集中连片特困地区之一。从 2016 年起，佛山对口凉山开展扶贫协作，通过产业帮扶、劳务输出等多种方式，助推当地脱贫摘帽。

黔东南，全国 30 个少数民族自治州之一，面积 3.03 万平方公里，辖 16 个县市，总人口 481 万人，是全国苗族、侗族人口最集中的地区，境内奇山秀水，民族风情浓郁，交通区位优势明显，旅游资源丰富多样。近年来，浙江杭州对口黔东南开展扶贫协作，黔东南各族群众鏖战脱贫，造就贵州省减贫成效最好的地区。

把佛山先后对口协作两个地区的“简历”、新阶段东西部协作的目标任务等结合起来观察，在自然资源、交通区位、产业基础等方面，黔东南和凉山的发展基础、条件和阶段确实有着明显差异。

知政君注意到，佛山从对口凉山到对口黔东南，区县结对帮扶的任务数变多，五区对口的区县从 11 个增加到 15 个。

新一轮东西部协作结对调整后，佛山任务不轻，挑战不小。不过，干部们没有畏难。“这批组员之前都参加了驻凉山州的东西部协作工作，将把东西部协作的‘佛山精神’不折不扣地带到黔东南州来。”会上，佛山市政府有关领导作出承诺。

干部们表态说：“从凉山转战黔东南，发挥自己的最大力量，接续奋斗。”“用‘归零’的心态，开展深入调研。”

知政君认为，要打造新亮点、展现新作为、取得新成绩，不可完全照搬对口凉山扶贫协作的做法，而要脚踏实地，因地制宜。在此过程中，对口帮扶凉山的“佛山经验”“佛山精神”，又将是佛山干部不可多得的养分。

振兴乡村，产业是关键

在对接会的第二天，佛山干部们马不停蹄，前往凯里市以及剑河县、台江县、雷山县、麻江县等两地区县结对帮扶点开展调研。一路上的见闻，印证了大家的第一印象。

在“天下苗族第一县”台江县方召镇，贵州方兴科技发展有限责任公司成立于2019年，拥有年产300吨果蔬脆的加工能力。每年，这家混合所有制的扶贫龙头企业提供了200多个就业岗位，还以“保底分红＋股份分红”的形式，带动当地贫困户增收致富，每年可以“消化”全镇3000吨的农产品。

香菇、秋葵、红薯、南瓜等当地农产品经过真空低温脱水工艺，成为开袋即食的果蔬脆片零食，既保留原有的色泽香味，又创造出松脆口感，订单络绎不绝。

从雷山县城出发，汽车沿着蜿蜒山路驶入雷公山区深处，可见雷公山乌杆天麻产业园。这里是贵州药用天麻生产地之一，自古盛产乌杆天麻，融合天麻菌种、育种、种植和成品加工于一体，采取“政府＋企业＋技术团队＋基地＋农户”的运营模式，年产值达1.39亿元，年利润达1200万元。

在黔东南，得天独厚的自然和旅游资源禀赋，正在有效开发的加持下，持续转化成亮点纷呈的“林下经济”和蓬勃发展的乡村旅游。

以雷山西江千户苗寨、黎平肇兴侗寨、从江岜沙苗寨、丹寨万达小镇等为代表的民族风情景区备受关注，引爆全州旅游“井喷”态势。

以红色文化、历史文化为主打的镇远古城、黎平翘街、锦屏隆里古城、黄平旧州古镇、凯里下司古镇，借力长征国家文化公园建设契机，重装上阵、再踏征途。

以原生态景观为代表的施秉云台山、从江加榜梯田、黎平八舟河，正散发出引人入胜的魅力，成为无数人向往的“诗和远方”。

以体验式采摘、休闲式生活为主的凯里云谷田园、麻江蓝梦谷、三穗颇洞生态园，通过不断完善、提质，为游客提供全方位的旅游服务。

聚焦巩固拓展脱贫攻坚成果、全面推进乡村振兴，深化东西部协作和定点帮扶工作是新的命题。

在知政君看来，佛山和黔东南之间往来交通便捷，两地的时空距离、两地群众之间的心理距离都越拉越近，深入推进乡村振兴尤其是乡村产业振兴，大有可为。

首先是消费协作，把黔东南“山珍”和乡村旅游，与佛山乃至粤港澳大湾区的市场有效链接，可以将黔东南乡村旅游品牌和优质特色农产品推向更广阔的市场，实现更大的经济社会效益。

再者，充分撬动社会力量，积极吸引更多佛山企业到黔东南投资兴业，可以把佛山现代农业优质资源和黔东南农产品种植优势有效链接，通过升级设备设施、导入合作科研力量等，进一步提升产品附加值和项目的创收能力。

优势互补，开展产业链协作

黔东南一行，佛山干部们还走访了当地几家制造业企业。

位于凯里市炉碧经济开发区的贵州其亚铝业有限公司是凯里市近年重点招商引资的大型民营企业，现有 2 条生产线，设计年产能 80 万吨氧化铝。同样位于凯里市的贵州福美林陶瓷有限公司，是一家目标年销售 3 亿元的高新技术企业，每年投入大笔资金推进技术改造，对标佛山陶企加快发展。

这两家企业所在的铝加工、陶瓷制造领域，恰好是佛山和黔东南的公约数。近年来，黔东南围绕自身资源优势，大力发展铝加工、玻璃等制造业。以制造业为发展根基和优势的佛山，铝加工、陶瓷制造等优势产业发达，是佛山制造为外界所知的亮丽名片。

谈及两地产业协作，黔东南州人大常委会主任汤越强说：

“期待佛山帮助我们提升产业发展水平。佛山产业基础坚实，干部推动产业发展的思路清晰、经验丰富，希望你们充分发挥自身能力，推动两地加强产业协作联动，依托佛山发展产业的先进理念，推动特色优质产业和旅游产业化和高质量发展。

“希望佛山用自身人脉帮助我们提升招商引资水平。‘十四五’时期，黔东南招商引资思路聚焦新型工业化、新型城镇化、农业现代化、旅游产业化。佛山企业和项目体量大、实力强，佛山的同志人脉广、资源多，希望你们多多帮助，把我们谋划好的好项目推出去，助推黔东南招商引资工作取得新的突破。”

对此，佛山联络组组长、市政协副主席毛永天回应说，产业梯度转移是开展东西部协作的内容之一，佛山联络组将在黔东南持续深入调查研究，在加深了解的基础上，结合佛山的产业基础，找准两地产业协作的结合点，推动两地产业协作深度开展。

在知政君看来，产业协作是两地实现优势互补、协同发展的必由之路，产业链协作则是两地做好产业协作的关键。

这是巩固黔东南脱贫成果所需。在脱贫攻坚中，东西部产业协作取得积极进展，但总体上仍处在探索起步阶段，西部产业发展仍然需要东部地区的扶持带动。通过产业协作促成西部产业兴旺，形成自我发展能力，是东西部协作的首要任务。

这是佛山推动自身发展所需。东西部强化协作应该是双向流动。引导佛山有规模、有实力的企业，到黔东南开展产业合作，既有助于项目带动、增强“造血”功能，又有利于形成互利共赢的规模效应。“佛山企业＋黔东南资源”“佛山市场＋黔东南产品”“佛山总部＋黔东南基地”“佛山研发＋黔东南制造”等合作模式，都是写好产业链协作的文章、形成互利共赢效应的潜在路径。

这是构建新发展格局所需。在加快构建以国内大循环为主体、国内国际双循环相互促进的新发展格局背景下，“佛山＋黔东南”借助产业链的延伸，强化东西部产业融合，有助于促进东部地区各类要素更多向西部地区流动，为乡村振兴提供充足动能。

知政主笔 / 陈梦

（原载 2021 年 5 月 12 日佛山＋ APP 东平知政专栏）

独家观察：
人口！证明过去，更关乎未来！

人口，证明过去，更关乎未来！

2021 年 5 月 15 日，《广东省第七次全国人口普查公报》出炉，广东省 21 个地级以上市（以下简称“市”）的常住人口有关数据揭开谜底。

从 2010 年到 2020 年，十年时间，佛山有着不错的人口增长表现。

公报显示，到 2020 年，佛山市常住人口达 949.89 万人，较 2010 年增长 230.46 万人，增幅 32.03%。人口增长数仅次于深圳、广州，居广东全省 21 个市第三位；十年增长率仅次于深圳、珠海、广州、中山，居广东全省 21 个市第五位。

如果放到全国来看，佛山十年人口增长绝对数及增长率同样位居前列。

此外，在每 10 万人口中拥有大学（指大专及以上）文化程度的人口、15 岁及以上人口平均受教育年限方面，佛山均仅次于深圳、广州、珠海，居广东全省 21 个市第四位。在 15—59 岁人口占比方面，佛山仅次于东莞、深圳、中山、广州，居广东全省 21 个市第五位。

总体而言，佛山人口状况符合“三高”特点：

增长数较高、受教育程度较高、劳动力人口（年轻人）占比较高。

在知政君看来，正是这样的人口状况，支撑了佛山近十年经济社会的持续发展。而这样的人口状况，也一定是佛山下一个十年发展的潜力所在。

常住人口大幅增长
"城产人文"融合功不可没

《广东省第七次全国人口普查公报》显示，2020 年，佛山市总人口数为 9498863 人，占广东全省人口比重 7.54%。与 2010 年相比，所占比重提高 0.64 个百分点。

与 2010 年第六次全国人口普查数据相比，佛山市常住人口数较 2010 年增加了 230.46 万人，十年增长率 32.03%。过去十年，佛山常住人口增量在全省排第三位，仅次于深圳、广州，比常住人口总量长期排在全省第三的东莞市还略高一筹。

城市常住人口的大幅增长，显然不是依赖人口自然出生率，而是因为大量外来人口向这座城市的聚集。可以说，公报数据直接表明，近十年时间，佛山这座城市，对外来人口的吸引力十分强劲。

佛山的吸引力从何而来？

知政君总结分析了以下三方面因素：

佛山人口快速增长，有赖于经济的持续发展。从 2010 年到 2020 年，佛山 GDP 增长了 91%，几乎翻了一番，并在 2019 年成为全国第 17 个、全省第 3 个经济总量超万亿元城市，为人口增长筑牢经济基础。

佛山人口快速增长，有赖于一流营商环境的打造。佛山通过打造兼具速度、温度的营商环境，催生了更多的市场主体，也带来了大量就业岗位。截至 2021 年 4 月 29 日，佛山市登记在册的市场主体突破 100 万户，其中企业超 42 万户。

佛山人口快速增长，有赖于城市建设的提速、提质。自 2012 年以来，佛山持续用力，全面实施城市升级、升值行动计划，大力推进"城产人文"深度融合，让这座以工业享誉全国的城市，补齐城市建设短板，塑造起现代化大城市格局，迈向宜居宜业宜创新的高品质现代化国际化大城市，城市吸引力、竞争力明显提升。

常住人口受教育程度提升
与产业转型升级相辅相成

常住人口受教育程度数据的变化，同样值得关注。

知政君注意到，与第六次人口普查数据相比，佛山全市每 10 万人口中，拥有大学（指大专及以上）文化程度的人口由 2010 年的 9469 人大幅增加到 2020 年的 16143 人，仅次于深圳、广州、珠海，比全省平均数（15699 人）多 444 人，比全国平均数（15467 人）多 676 人。

此外，在佛山常住人口中，15 岁及以上人口的平均受教育年限由 2010 年的 9.75 年提高至 2020 年的 10.49 年，在全省 21 个市中同样排名第四，仅次于深圳、广州、珠海，高于全省、全国平均水平。

知政君认为，过去十年，佛山常住人口受教育程度出现这样的变化，一是因为教育事业的发展，人口受教育程度普遍提升；二是因为佛山产业的升级，对产业工人学历的需求和要求明显提升，常住人口受教育程度与产业转型升级相辅相成；三是因为佛山的城市环境、人才政策“提档”，吸引了更多受教育程度较高的人口、人才来到佛山工作、生活。

其中“十三五”期间，佛山作为全国唯一的制造业转型升级综合改革试点，“2 ＋ 2 ＋ 4”先进制造产业集群建设成效突出，工业技改投资总额连续五年居全省第一，国家高新技术企业迅速增加到 5718 家。

同时，为提升引才聚才用才能力，抢占未来产业发展制高点，佛山近年以“三个舍得”（舍得投入、舍得时间、舍得声誉）深化人才体制机制改革，推出了 140 多份扶持政策，投入真金白银，建立具有全球竞争力的人才制度体系，形成人才发展“增长极”，打造人才集聚的新高地，取得积极成效。

数据显示，截至 2020 年 7 月，佛山实施“人才新政 23 条”，引进省、市科技创新团队 194 个，实现引进全职院士“零的突破”，人才资源总量从 132 万人增加到 170 万人。

人才是发展之基、创新之要、竞争之本。

值得注意的是，与佛山的经济地位相比，与佛山提出的打造粤港澳大湾区极点城市、全省地级市高质量发展领头羊、面向全球的国家制造业创新中心的目标定位相比，对人才尤其是高端人才的吸引力不足，仍是佛山的短板所在，仍需要佛山在城市建设和公共服务能力水平提升、人才政策制定等方面有新突破、新作为！

常住人口年轻人占比较大
城市更美好青年更有为

再看看人口年龄构成情况。

普查数据显示，佛山 15—59 岁人口占总人口比重为 74.37%，全省平均为 68.80%，全国平均为 63.35%。

与全省、全国平均数据相比，佛山人口年龄构成相对“年富力强”，是一个相对年轻的城市，这无疑是佛山未来城市竞争、城市发展的红利和潜力。

青年，是城市活力的重要源泉，是社会发展的中坚力量。

佛山，提出打造“青年发展型城市”，以鼓励创新的环境吸引新生创造力量，为一切创新的力量创造更有吸引力的环境。知政君期待，佛山把“青年发展型城市”的目标做实、做优、做强，做成城市品牌，为青年实践创新搭建更广阔的舞台，为青年塑造人生提供更丰富的机会，为青年建功立业创造更有利的条件，为青年驰骋思想打开更浩瀚的天空，真真切切让城市更美好，让青年更有为！

当然，与全国一样，佛山人口老龄化数据同样值得关注。知政君注意到，2000 年，佛山常住人口中，65 岁以上人口占比为 4.85%，到 2010 年增长为 5.18%，到 2020 年增长为 7.35%。佛山同样迫切需要更加关注、关心、关爱越来越庞大的老年人群体，更加积极应对人口老龄化带来的挑战。

知政主笔 / 陈梦、于祥华

（原载 2021 年 5 月 18 日佛山＋ APP 东平知政专栏）

各大城市竞相入局，万亿佛山如何奔向星辰大海？

广东佛山，一座全国第17个、广东省第3个经济总量超万亿元的城市，一座规模以上工业总产值超2万亿元、工业经济实力排名全国第六的城市，如今正加速谋划布局大科学装置。

2021年5月6日，《佛山市国民经济和社会发展第十四个五年规划和2035年远景目标纲要》公布，提出打造重大科研机构集群。全力争取国家大科学装置、国家重点实验室、国家工程技术中心和新型研发机构等创新平台在佛山布局和建设。

这不是佛山第一次提出要争取国家大科学装置落户。佛山市委十二届十二次全会就明确提出，积极谋划争取大科学装置、重点实验室等重大科技研发平台落户，为解决关键核心技术“卡脖子”问题提供战略支撑。

迈向“十四五”，推动经济社会高质量发展成为各地的共同课题，其中，提升科技创新能力摆在了突出位置。在粤港澳大湾区，国家重大科技基础设施（大科学装置）与广东省实验室的协同集聚效应正在显现。东莞的“中国散裂中子源＋松山湖材料实验室”，惠州的“强流重离子加速器装置（HIAF）

及加速器驱动嬗变研究装置（CiADS）＋先进能源科学与技术广东省实验室”，类似的“CP 组合”正在为广东科技成果转化打开大门。

面对风云变幻的城市竞争、技术革命，佛山如何布局大科学装置，奔向基础创新的星辰大海？

大科学装置是新基建重要组成

我们所说的大科学装置，通常指的是重大科技基础设施。

2020 年 4 月，国家发展改革委举行新闻发布会，“官宣”新基建包括信息基础设施、融合基础设施和创新基础设施。重大科技基础设施被“点名”为创新基础设施的重点建设内容之一。

重大科技基础设施是为探索未知世界、发现自然规律、实现技术变革提供极限研究手段的大型复杂科学研究系统，是突破科学前沿、解决经济社会发展和国家安全重大科技问题的物质技术基础。欧洲大型强子对撞机（LHC）、美国的激光干涉引力波天文台（LIGO）、被誉为“中国天眼”的 500 米口径球面射电望远镜（FAST）等都是著名的大科学装置。

近年来，我国大科学装置建设发展迅速，在材料、能源、生命、工程技术等 7 个学科领域布局框架已初步成型，正在建设的大科学装置达到 23 个，投入运行的 27 个大科学装置也在不断提高共享水平和使用效率。

其中，中国科学院是承担我国重大科技基础设施建设和运行的主要力量，目前共有在运行的重大科技基础设施 20 个，在建设施 11 个，涉及时间标准发布、遥感、粒子物理与核物理、天文、同步辐射、地质、海洋、生态、生物资源、能源和国家安全等众多领域。

这些设施按应用目的可分为三类：为特定学科领域的重大科学技术目标建设的专用研究设施，如北京正负电子对撞机、兰州重离子研究装置等；为多学科领域的基础研究、应用基础研究和应用研究服务的，具有强大支持能力的公共实验设施，如上海光源、合肥同步辐射装置等；为国家经济建设、国家安全和社会发展提供基础数据的公益科技设施，如中国遥感卫星地面站、长短波授时系统等。

大科学装置是创新的原动力

发达国家科技创新体系的经验和我国大科学装置的发展实践表明：作为一个国家科研基础设施水平和装备制造能力的集中体现，大科学装置是支撑基础科学前沿研究和多学科交叉前沿研究的公共平台，其建设和运行水平标志着一个国家核心、原始创新能力的高低。

从国际上来看，发达国家均投入巨资建设各类大科学装置，如大家熟知的哈勃望远镜、欧洲核子研究中心的大型强子对撞机、美国的引力波实验装置、日本的超级神冈中微子探测器等，这些高达几十亿美元的投资，均带来了科学上的丰硕回报，包括近年来希格斯粒子的发现、引力波的发现等都和大科学装置密不可分。

而在国内，自 20 世纪 80 年代末的北京正负电子对撞机开始，我国已在上海、北京、合肥等城市陆续建成了一系列大科学装置，获得了一些具有重大国际影响的科学成果，其所在城市的科研实力和全球影响力也因大科学装置而得到增色。

合肥是中科院在北京之外科技资源布局最多、最重的战略之地。在中科院和中科大联合加持下，目前合肥获国家发改委批建的大科学装置共有 6 个，加上其他在建或申报中的大科学装置共 11 个。在一批大科学装置引领之下，合肥这座经济总量、城市能级、科教资源都并非“尖子生”的城市，已然进入全国科技创新的“第一方阵”，获批建设全国第二个综合性国家科学中心，主要创新指标稳居全国前列。

把目光聚焦省内，经济总量比佛山略微逊色的东莞，在大科学装置上的布局不仅领先佛山，还领跑广东。

2018 年 8 月，总投资 23 亿元、经过 10 余年的筹备和 6 年半的建设，中国散裂中子源项目在东莞正式投入运行。它填补了国内脉冲中子应用领域的空白，使得我国成为继英、美、日之后世界上第 4 个拥有散裂中子源的国家。

中国散裂中子源在材料科学和技术、生命科学、物理、化学化工、资源环境、新能源等诸多领域具有广泛应用前景，将对我国探索前沿科学问题、攻克产业关键核心技术、解决“卡脖子”问题具有重要意义。目前，科学家们利用散裂中子源成功研制了我国首台加速器硼中子俘获治疗实验装置，为我国医疗装置国产化打下了基础。在已经完成的四轮运行中，散裂中子源进行了 220 多项用户课题，产生了一批重要科研成果。

散裂中子源的能量还在进一步“辐射”。散裂中子源为东莞乃至珠三角的高校、科研院所，吸引着很多相关领域的人才，香港城市大学与散裂中子源和东莞理工学院合作，正在建设多物理谱仪；东莞材料科学与技术广东省实验室已获广东省委、省政府授牌。企业层面，中国散裂中子源已经和东阳光药业签订了研究硼中子俘获治疗项目的合作协议。

以中国散裂中子源为依托，东莞还规划建设了松山湖科学城，同时启动了又一大科学装置——南方先进光源项目的建设，筹谋承接更广泛基础研究、应用基础研究和高技术产业化，将建设成为珠三角大装置集群核心，国家级科技创新策源地以及广深科创走廊联合创新、开放创新、集成创新中心。

据官方测算，散裂中子源运行后将常年有约 600 名世界各地的科学家在此开展科研，松山湖科学城最终目标是聚集 8 万—10 万名全球各领域科研人才。这将有效补齐东莞科技创新能力不足的短板。

大湾区城市抢抓建设机遇

大科学装置魅力无限，全国各大城市竞相入局。

在粤港澳大湾区，已建成了中国散裂中子源、大亚湾反应堆中微子实验装置（于 2020 年退役），江门中微子实验站、未来网络试验设施（CENI）等一批大科学装置正在建设，未来还将有更多“国之重器”陆续落户。

知政君留意到，目前在建的深圳未来网络试验设施、惠州加速器驱动嬗变系统研究装置、惠州强流重离子加速装置，均在我国“十二五”期间优先安排的 16 项重大科技基础设施之列。这些大科学装置依托的都是“国字号”

的科研院所，如中国科学院、中国信息通信研究院，其中中科院是最主要的建设力量。

《国家重大科技基础设施建设中长期规划（2012—2030年）》提出，未来20年，瞄准科技前沿研究和国家重大战略需求，根据重大科技基础设施发展的国际趋势和国内基础，以能源、生命、地球系统与环境、材料、粒子物理和核物理、空间和天文、工程技术等7个科学领域为重点，从预研、新建、推进和提升四个层面逐步完善重大科技基础设施体系。

瞄准以上科学领域，不少地市结合实际，也在启动大科学装置建设工作。

广州联合中科院启动了高超声速风洞、冷泉系统、人类细胞谱系、极端海洋科考设施四大科学装置项目建设，正在推动预研项目立项。这些大科学装置聚焦的正是广州一直在探索的深海、深地、深空等科技前沿领域，助力广州打造全球科技创新高地。

中山市政府在2019年，联合中国工程物理研究院激光聚变研究中心，共建光子科学中心项目，推动激光技术创新研究和产业应用，并冲击世界强激光科学装置“巅峰”，计划研发打造200PW超强激光装置。

在国家发改委学术委员会原秘书长、中国国际经济交流中心首席研究员张燕生看来，大湾区多个城市的短板在于创新链中薄弱环节占比较高，引进国字号的大科学装置，是一笔以资源换时间的经济账。

佛山已启动大科学装置建设论证工作

城市竞争风起云涌，大科学装置建设方兴未艾。佛山地处粤港澳大湾区核心腹地，要争当广东省地级市高质量发展领头羊、建设面向全球的国家制造业创新中心，建设大科学装置，正当其时。

知政君从佛山市有关部门获悉，佛山已经启动了建设大科学装置的论证工作。一方面，积极争取纳入国家规划的大科学装置落户佛山；另一方面，结合佛山实际，与国内有实力的科研院所开展合作共建。

目前，佛山已经与中科院、工程院国内两大顶尖科研机构，清华大学、香港理工大学等世界排名前100强高校建立了良好联系。季华实验室、仙湖实验室两大省实验室平台也陆续投入运营。借鉴其他城市的建设经验，知政君认为，佛山可更加积极对接国内科研院所及顶级高校的创新资源，共同建设大科学装置。

在知政君看来，大科学装置不建则已，要建，就要具有国际先进性，就要力争世界一流。大科学装置建设周期很长，需要投入大量的资金，动辄上十亿元。建成后以科学研究为主，短期内对GDP的贡献并不大。这就尤为考验一座城市的眼界与魄力。

佛山作为全国唯一的制造业转型升级综合改革试点城市，要建设大科学装置，也应结合佛山乃至中国产业实际需要，明确要在哪些前沿领域寻求突破。目前中国科技被“卡脖子”的领域，一大半是材料问题，中国材料工业水平相对落后。有业内人士直言，中国制造业发展的瓶颈就在于材料。佛山可瞄准中国制造业由大变强的未来发展需求，在材料领域积极主动作为。

此外，佛山还可考虑设立大科学装置地理聚集区域，借鉴合肥大科学装置集中区做法，专设连片地块用作产业转化功能，提高科技转化能力，吸引众多专业的技术人才，特别是引进相关领域高端科技人才落户，形成不竭的科技内生动力。

······

期待埋头赶路的佛山，通过布局大科学装置，奔向基础创新的星辰大海。

知政主笔 / 阮凤娟

（原载2021年5月26日佛山+APP东平知政专栏）

佛山制造，下一个风口来了！

“季华实验室研制的‘佛山一号’卫星成功升空”“佛山将实现机器人造机器人”“未来三年投入100亿元支持制造业数字化转型”，最近佛山制造业好消息不断，敏锐的佛山人已经意识到：佛山制造，下一个风口来了！

佛山人善于把握风口。40多年前的1978年8月8日，中国最早的“三来一补”企业之一——大进制衣厂就在佛山顺德投产。彼时，距离党的十一届三中全会召开还有4个多月。

从1979年工业总产值17.76亿元到2020年规上工业总产值达到2.33万亿元、工业经济实力排名全国各大中城市第6，一路走来，佛山制造创造了无数财富和荣光，已成为中国制造的典型代表。

今天，知政君与知友们一起回眸，也一起探求：波澜壮阔40多年，佛山这座制造业之城，如何把握住一个个风口，实现腾飞？

第一个风口：乡镇企业掘得改革开放第一桶金

占佛山经济总量60%的民营企业多脱胎于乡镇

企业，最初是 20 世纪六七十年代由人民公社、生产大队、生产队兴办的集体所有制“社队企业”，多为从事小五金加工、小农具生产的传统型、作坊式企业，受限于体制，一直规模小、效益低、技术落后。

党的十一届三中全会后，这些市场经济的种子在改革开放的春风吹拂下萌芽、生长。1980 年，洗脚上田的公社干部何享健带领的北滘公社塑料加工组已创业 12 年，当时为广州第二电器厂生产电风扇零配件，发现生产难度并不太大，尝试着敲打出第一台电风扇。次年，该厂注册“美的”商标，并将工厂更名为“顺德县美的风扇厂”全力投入电器生产，波澜壮阔的创业史就此拉开序幕，逐渐成长为今天的世界 500 强美的集团。

靠着仿造香港和日本产品起家，佛山生产出了第一台电风扇、第一台空调、第一台冰箱。这一时期，佛山可谓“村村点火、户户冒烟”，许多乡镇企业如雨后春笋般冒了出来。得改革开放风气之先，又有靠近港澳的地利，佛山的乡镇企业蓬勃发展，到 1987 年，佛山的镇办企业陈村镇华英风扇厂产值达 1.35 亿元，北滘镇裕华风扇厂产值达 1.03 亿元，是全省首批产值超亿元的企业。美的、科龙、容声、格兰仕、万家乐等响亮的佛山品牌都脱胎于这一时期的乡镇企业，这在中国经济史上写下了浓墨重彩的一页。

都说这是一片民营经济成长的热土，然而干过农活的都知道，再肥沃的土地，没有辛勤耕耘，也不会有好收成。这片热土上，佛山政府就是那个辛勤的农夫，对“天时”有着独到的把握。

1984 年，佛山提出国家、集体、个人一齐上，大办社队企业；鼓励农民个人兴办或联户办各类企业，对社员联办、合作和个体企业均视同乡镇企业，予以扶助和优惠。这就是后来“五个轮子一起转”（镇、村、社、体、户）的乡镇企业发展战略的理论雏形。此后，佛山全市迅速掀起兴办乡镇企业的热潮，至 1992 年，乡镇企业达 64474 家，总产值达 284.57 亿元。在经济界 80 年代末提出的广东“四小虎”顺德、南海、中山、东莞四地中，佛山独占二席，成绩令人瞩目。

第二个风口：企业改制改出2万亿元总产值

如果说第一个风口是开放带来的，那么第二个风口就是源自改革。据统计，1993年顺德工业企业注册资本中，公有经济占74%、外资占24.7%，民间资本仅占1.28%。政府扮演大老板的直接后果就是“有限收益，无限责任，包袱越背越重，风险越来越大”，顺德乡镇企业发展遇到了瓶颈。

1992年，改革开放总设计师邓小平在南方谈话中指出：“主要看是否有利于发展社会主义社会的生产力，是否有利于增强社会主义国家的综合国力，是否有利于提高人民的生活水平。”“三个有利于”标准响彻中国。

在那激情澎湃的岁月，广东提出要用20年赶上亚洲“四小龙”。1993年，顺德下发《关于转换机制，发展混合型经济的试行办法》，在全国率先推行企业转制，政府全面退出市场，不再与民争利，不再直接干预企业经营管理，不再投资兴办竞争性企业，实施以政企分开和建立市场经济体制为目标的“第二次创业”。

“靓女先嫁”，经营状况较好的美的等一批企业于1992年率先实行股份制改革，并在此过程中逐步建立起现代企业制度。1993年11月，美的在深圳证券交易所挂牌上市，成为中国第一家经国家证监会批准、由乡镇企业改组的股份制上市公司。

到2001年，佛山全市镇村两级的乡镇企业完成转制已达95%，企业绝大部分实现资本社会化，基本完成向市场经济转轨。

转制极大激发了企业活力，把握住了这一次风口的佛山企业家们自己掌握了企业的管理权，充分参与市场竞争、适应市场规律。通过人才引进、技术引进、企业兼并等手段，佛山制造业企业蓬勃发展，陶瓷、家电、家具、有色金属、纺织服装等优势产业在佛山逐步形成，2020年佛山规模以上工业总产值达到2.33万亿元。

下一个风口：数字化转型势在必行

2021 年 4 月，佛山明确提出：立足万亿经济规模基础，力争在“十四五”期末实现地区生产总值 1.5 万亿元目标，力争在“十五五”期末地区生产总值突破 2 万亿元，再造一个高质量发展新佛山。

制造业是佛山发展的根基和命脉，是佛山赢得未来的“大城之道”。在向 2 万亿元迈进过程中，佛山必然要坚持把经济发展着力点放在以制造业为主体的实体经济上。

目前，世界制造业正呈现出“三明治”格局：发达国家拥有领先的创新能力，而东南亚国家的成本优势日渐突显。以佛山制造为代表的中国制造则夹在中间，成本优势已不明显，技术优势也还不够显著。

百舸争流，不进则退，佛山制造要打破“三明治”格局，在新一轮国际、国内竞争中获得新优势，打造先进产业集群，以数字化改造提升传统优势产业势在必行。

2015 年，首届珠江西岸先进装备制造业投资贸易洽谈会开幕，东道主佛山的 60 家先进装备制造业企业集中亮相，包括工业母机、智能生产线、工业机器人等先进装备。世人发现：佛山早已不是那个只生产建陶、家电、家具的佛山了，先进装备已成为佛山的新名片。

其实，早在 2014 年，佛山就宣告了发展先进装备制造业的雄心：到 2020 年要实现装备制造业工业总产值过万亿元。去年，该目标如期实现，装备制造业总产值达到 11221 亿元。

在制造业之都佛山，丰富的应用场景、企业转型升级的迫切需求让发展先进装备制造业成为必然。早在 1997 年，佛山机器人公司自主研发的首台工业机器人就是应用于陶瓷喷涂的“手把手示教喷涂机器人”，科达洁能等多家大型智能装备企业也起步于陶瓷机械研发制造。20 多年过去，佛山的机器人研发生产企业已达 110 家，全球机器人行业前五位的企业齐聚，机器人产业的集聚效应已初步形成；先进制造业占规模以上工业比重达 50%。

打造先进装备制造业不止于形成新的产业集群，更重要的是撬动传统优势产业数字化转型，从中深挖增长潜能。近期，佛山频频发声，谋划部署制造业数字化转型工作：“佛山必须拿出40年积累下来的家底，来支持数字化！”“未来三年佛山将拿出100亿元，引领推动制造业数字化转型。”

数字化转型即通过大量智能设备和系统降低成本，提高生产质量、灵活性和效率，并缩短对市场需求的响应时间，以帮助企业在市场中获得更强的竞争力。

千亿名企美的再一次站在了风口上，目前已拥有美的空调广州工厂、微波炉顺德工厂两座世界级工厂。经过数字化改造的美的磁控管工厂，人员效率提升88%，空间产出效率提升79.2%。

泵业巨头肯富来进行业务流程数字化改造后，订单处理速度从过去的20分钟一笔提升到1分钟一笔，交付率提高了20%，销售也随之提升了30%。

在调研数字化转型相关企业时，广东精工智能系统有限公司也引起了知政君注意。这家公司专注为企业提供数智化工厂解决方案，创业三年营业额即突破亿元。其董事长丁佰胜道出数据背后的蝴蝶效应：“我们挣一个亿，可能意味着帮助制造业企业增收100个亿。”

知政君看到，在广东佛山，政府与企业的互动，已拉开序幕，数字化转型——佛山制造的又一个风口已经到来！

知政主笔/张弘弢

（原载2021年6月16日佛山+ APP东平知政专栏）

搭上“科创中国”快车，佛山如何把试点做成亮点？

科学技术是第一生产力，对于科技资源的争夺，科技经济融合发展的能力和潜力，已成为城市竞争的焦点。前不久，佛山获得又一个科技领域的“国字号”试点，格外引人关注。

2021年5月底，中国科协公布了第二批“科创中国”试点城市（园区）名单，佛山名列其中。与佛山一同入选的，还有湖南长沙、福建福州和北京经济技术开发区、东莞松山湖高新技术产业开发区等城市和园区。

“科创中国”是中国科协打造的创新、创业、创造服务品牌，旨在通过聚焦产学研金用多方力量，构建资源整合、供需对接的技术服务和交易平台，加速科技成果转化应用发展，促进地方经济发展。

近年来，佛山站在未来看现在，加强科技创新步履不停。知政君认为，有效链接科协资源所有、地方发展所需，推动科技和产业齐头并进，把“科创中国”试点变为亮点，佛山有此志，也必将有所为！

“科创中国”，对准转化中梗阻

如果把科研成果产生的过程比作“从0到1”，那么化科研成果为产业实力，就是“从1到N”。

时至今日，我国在科技领域成果丰硕。世界知识产权组织（WIPO）最新数据显示，2020年，中国的国际专利申请数量再次超过美国，领跑全球。

2020年，中国科协面向地方及3000余家中小企业开展调研。结果显示，中小微企业发展面临诸多困难，地方实现产业基础高级化、产业链现代化急需科技助力。进一步打通从科技创新到成果落地转化之间的“中梗阻”，显得越来越迫切。

“科创中国”就是在这样的背景下诞生的。

2020年4月，中国科协发布《中国科协2020年服务科技经济融合发展行动方案》，明确提出打造“科创中国”服务品牌，直指我国科技领域最大的痛点——科技成果转化。

中国科协书记处书记束为这样总结“科创中国”服务模式：“以平台建设为支撑，促进技术服务与交易；以试点建设为依托，服务区域高质量发展；以组织建设为核心，壮大产学合作网络，‘三位一体’促进科技经济深度融合。”

包括佛山在内，中国科协现已先后遴选确定了65个“科创中国”试点城市（园区），目标是打造科技经济融合的“样板间”。

从地理分布看，这些城市（园区）东起上海杨浦，西至新疆维吾尔自治区巴音郭楞蒙古自治州，北达黑龙江七台河，南临海南三亚，重点覆盖长三角、京津冀、粤港澳和成渝双城经济圈。

从发展情况看，65个“科创中国”试点经济发展规模和产业基础条件较好，兼具科技经济融合发展的需求和潜力，交织出一张遍布大江南北的技术创新合作网络。

那么，在佛山“进圈”以前，先行者们“成绩单”如何？

据2021年初召开的2020“科创中国”年度工作会议通报，截至当时，中国科协在“科创中国”首批26个试点城市（园区）组建了百余个新型协同组织。“科创中国”主平台入驻高校、院所、企业、服务机构等千余家，由百余名院士挂帅，137家全国学会、279家地方科协联动组建105个“科创中国”科技服务团队，深入基层产业一线提供科技服务。

“科创中国”试点的力量不可小觑。10个“科创中国”试点建设典型案例榜单上，青岛搭建的会展赛创新平台服务“四链合一”创新生态、宁波打造的高端装备海外工程师协同创新中心等经验探索在列，“科创中国”带来的平台红利得到充分运用，形成了科技与经济融合的强劲驱动力。

在构建国内国际双循环、推动高质量发展的大势下，我国经济育新机、开新局的每一根血管，都亟待科技输入新鲜血液。“十四五”规划开局之年，搭上“科创中国”快车的城市各出其招，以创新带动产业高质量发展。天津、深圳、银川等试点城市已将“科创中国”建设列入“十四五”规划，作为提升企业技术创新能力的重要措施和重点任务。

无论是对于国家还是城市而言，壮大科创力量已经成为共识。

“样板间”试点，佛山凭实力入选

据中国科协介绍，“科创中国”试点入选城市具有创新需求旺盛、体现国家战略、地方政府重视、工作基础良好、具备示范效应等特点。

第二批试点为何选中佛山？知政君认为，佛山靠的是基础和潜力。

佛山，是全国万亿级城市中罕有的工业占比近六成的制造业城市，工业经济实力排名全国第六。“土生土长”的佛山企业里，世界500强企业就有两家。

佛山，制造业基础发达、门类齐全、配套完善，机械装备、家电家具、陶瓷建材、食品饮料等传统优势产业基础雄厚，正处于以创新引领提质增效、转型升级发展的关键期。与此同时，机器人、新能源汽车、电子信息、新材料等新兴产业蓬勃发展，对创新的需求同样迫切。

更重要的是，近年来大力链接外部优质创新资源、补短板、增强创新竞争力的佛山，当得起这一全国试点。

2017 年，佛山入选中国科协“创新驱动助力工程”示范市，成立联席会议，设立每年超过 1000 万元的专项资金，与中国科协所属学会进行全方位对接。市政府先后与中国电子学会、中国纺织工程学会、中国机械工程学会等 12 家全国学会签订战略合作协议，支持中国电子学会在佛山举办机器人峰会和比赛等。

2018 年以来，佛山共承担国家和省级重大科技项目 44 项，立项金额超 5 亿元。全市创新创业引导基金总规模达到 90.7 亿元，投资项目超过 100 个，有力地撬动了全社会参与科技创新的积极性。

2020 年，佛山全市专利申请总量为 94526 件，其中发明专利申请量为 18006 件。全市专利授权总量为 73870 件，同比增长 25.74%。

佛山不断深化与中科院、工程院、清华大学等大院大所合作，建设一批高水平创新平台。季华实验室、仙湖实验室、香港科技大学佛山智能制造研究院、中科院苏州纳米所佛山研究院等相继落户。

针对制造业的升级迫切需要解决的“卡脖子”技术问题，特别是在人工智能和智能装备、高端新型电子信息、新材料、新能源汽车、氢能源等领域，2021 年，佛山面向全国公开征集重点领域科技攻关“揭榜挂帅”项目，每个技术方向最高资助金额在 200 万元至 1000 万元不等。

2021 年，佛山作为全国唯一的制造业转型升级综合改革试点城市，大力推动制造业数字化转型，提出以三年累计投入不少于 100 亿元的力度，推动制造业与数字技术深度融合发展，支持企业加速创新。

数据显示，“十三五”期间，佛山财政科技投入从 30 亿元增长到 102 亿元，R&D 占 GDP 比重从 2.32% 提高至约 2.7%。

“十四五”时期，创新被列为佛山经济社会发展目标定位的关键词：打造面向全球的国家制造业创新中心。

科创+制造融合，赶超发展新赛道

在发展实体经济方面，佛山取得了不少值得复制和推广的宝贵经验。作为国家唯一的制造业转型升级综合改革试点城市，佛山是观察我国制造业转型升级的重要窗口，但要借力科技经济的融合，加速推动“佛山制造”向“佛山智造”转变，还需要破除一些断点、堵点。

佛山正在以高端和重大创新平台为引领、企业为主体、市场为导向，产学研相结合，加快构建开放型区域创新体系，创新既有迫切需求，又有越发扎实的基础。不过，佛山高等教育水平与城市发展仍不匹配，与大院大所合作共建创新平台的支撑作用有待进一步激发。与广州、深圳等一线城市相比，佛山技术服务和交易的成本高、耗时长，信息对称和国际化程度仍显不足。

要冲破科技经济深度融合发展的种种障碍，佛山还须持续引入更强劲、更充足的科技力量，为向制造业高地攀登进一步垒实基础。

急产业和企业之所急，“十四五”，佛山决心逐步在主要产业领域构建具有国际影响力的研发力量和支持体系。“待办清单”里，任务不轻——

力争与佛山合作的国家级学会和国际学术技术机构达到 100 个以上，与佛山 500 家以上单位建立稳固的技术支持体系、自主创新体系；建立 10 个以上产业技术创新联盟，辐射服务企业 1000 家以上……

在此语境下，知政君认为，跻身“科创中国”试点城市是一个全新机遇，紧抓“国字号”红利，佛山将为制造业转型升级提供更强劲的势能和动力。

以“科创中国”试点城市为重点，中国科协将进一步整合和发挥科协资源优势，面向企业主体，重心下移、资源下沉，推动科技经济深度融合，服务地方经济发展。

这意味着，佛山能够借助这一全新的平台，打通堵点、连接断点——更便捷、更快、更多地把一流的技术、人才、数据等创新要素引向制造业发展的最前线，有效提升本土企业产业竞争力和科技创新能力，实现用科技的力量武装制造业转型升级。

在新一轮技术革命以及中国外部环境发生巨大变化的背景下，佛山“科创中国”试点工作是一篇不易做的大文章。不过，这篇文章如果做好了、做成了，将为佛山制造业提供历史性的“新道赶超”机会。

把试点变亮点，打造全国样板

他山之石，可以攻玉。首批试点城市（园区）建设距今一年有余，佛山可以从中获得怎样的启发和思考？

浙江宁波，经济发展规模与佛山相近，其高端装备海外工程师协同创新中心入选2020年“科创中国”典型案例。该中心借助国家外专局资源与海外组织加深合作，搭建集海外工程师库、企业库、技术库、项目库、资金库及海外工程师引才服务网于一体的“5库1网”。疫情之下，一条网线连起了宁波企业和海外工程师，在“云”中觅合作。

对于佛山来说，可乘着“科创中国”的东风，积极引进港澳及海外科技创新资源——依托已有的公共或企业创新载体，建设国家级、省级海智基地，“走出去”有效链接上级科协海智资源；同时，加强与港澳地区科技社团、海外科技社团的沟通与协调，畅通科学家和企业家的联系桥梁，把国际科技交流合作和科创项目“引进来”。

广东广州，与佛山地缘接近，在“科创中国”网站试点城市（园区）样板间建设综合排行榜稳居第一，2021年成为“科创中国”创新枢纽城市。中国创新创业成果交易会在“会展赛服＋技术交易”的加持下，成果转化基地逐步走出大湾区，初步形成辐射全国的成果转化交易服务网络。广州国际技术交易服务中心由民营企业牵头运营，正在加快形成发展路线图和盈利模式，打造成国家级、国际化的技术交易示范单位，推动创新要素集聚。

对于佛山来说，可牢牢抓住粤港澳科技创新走廊建设的机遇，向广州学习，借助“科创中国”平台，加大举办国家级科技展会和高端学术活动的力度，更好地集聚优质创新资源，营造产业创新生态。

知政君认为，根据地方产业结构和经济发展需求，不同试点科技经济融合的工作模式各有不同。可以肯定的是，佛山要久久为功，持续探索，不断创新，才能为促进“佛山制造”和“科创中国”深度融合找到自己的路径，把“试点”打造成为“亮点”。

佛山市科协相关负责人透露，佛山将根据产业发展实际情况和需求，梳理出全市“2 + 2 + 4”产业集群在关键技术、关键基础材料、核心零部件、工艺装备等方面的关键瓶颈和薄弱环节，同时通过组建产业技术创新联盟、与佛山现有的创新平台合作、谋划建设新的创新平台等方式，推进深层次产学研金用合作，解决佛山制造业“卡脖子”技术难题。

为加快试点工作落地，佛山还将梳理科技创新、人才发展、创业扶持、金融服务等相关政策措施，建立市级以及区级的政策支撑体系，积极争取上级政策支持，加快推进“科创中国”试点城市建设。

知政主笔 / 陈梦、谭海琪

（原载 2021 年 6 月 21 日佛山+ APP 东平知政专栏）

@年轻人，这座城市的引才磁力吸到你没？

“时间之河川流不息，每一代青年都有自己的际遇和机缘，都要在自己所处的时代条件下谋划人生、创造历史。青年是标志时代的最灵敏的晴雨表，时代的责任赋予青年，时代的光荣属于青年。”

未来属于青年，希望寄予青年。赢得青年就是赢得未来！不论对于一个国家，对于一个民族，还是一座城市来说，都是如此。

2021 年 7 月，又是一年毕业季。全国近 909 万名高校毕业生走出校园、踏上职场，各大城市之间，“青年人才争夺战”烽烟再起。

作为满怀理想和才华、充满朝气和干劲的年轻人，如何选择走出校门后的第一站？佛山，绝对是一座值得你来的城市。

“磁力”十足　群贤毕至

屹立于改革开放热土，挺立于粤港澳大湾区，是制造业名城、实体经济重镇，是武术之乡、粤剧之乡、花卉之都、美食之都——

佛山，“肇迹于晋，得名于唐”，一座低调但很有实力的城市。

佛山城市名片

中文名：佛山

英文名：Foshan

原名：季华乡

省份：广东省

辖区：禅城区、南海区、顺德区、高明区、三水区

位置：珠江三角洲腹地，东倚广州，邻近深圳、香港、澳门

面积：3797.72 平方公里

常住人口：949.89 万人

城市精神：敢为人先、崇文务实、通济和谐

佛山功夫，风靡全球。从近千年祖庙到岭南庭院，从黄飞鸿、叶问、李小龙，到南海先生康有为、铁路之父詹天佑……佛山要诉说的故事穿越了千年，你要拜的师傅，可不止一个。

佛山经济，沉稳务“实”。佛山是全国第 17 个、广东省第 3 个经济总量超万亿元的城市，工业经济实力排名全国第六。2020 年，佛山在全国城市竞争中脱颖而出，晋升新一线城市。据 2020 年中国社科院发布的《中国城市竞争力报告》，佛山城市综合经济竞争力排名全国第 14 位。

佛山制造，内功深厚。佛山制造业规模庞大、门类齐全、配套完善，机械装备、家电家具、陶瓷建材、食品饮料等传统优势产业基础雄厚，机器人、新能源汽车、电子信息、新材料等新兴产业蓬勃发展，是全国唯一的制造业转型升级综合改革试点。

佛山企业，群雄林立。以第二产业占优的佛山，拥有一大批优秀的制造业企业。美的、海信、联塑、格兰仕、海天……有家就有佛山制造。据 2020 年广东制造业企业 500 强榜单，佛山共有 76 家企业上榜，其中 11 家企业进入广东制造业 500 强企业前 100 名榜单。

佛山城市，人气十足。第七次全国人口普查数据显示，从 2010 年到

2020 年，10 年时间，佛山常住人口增长了 230.46 万人，增幅 32.03%，达到 949.89 万人，常住人口总量居全省第四。人口增长数方面，佛山仅次于深圳、广州，居全省第三位。

城市越向前、向上发展，对人才的渴求越强烈。对待人才引进这件事，佛山从来没含糊过。

近年来，为提升引才聚才用才能力，抢占未来发展的制高点，佛山以“舍得投入，舍得时间，舍得声誉”的胸襟气度，不断深化人才体制机制改革，推出了 140 多份扶持政策，每年投入真金白银选才育才。

在各项举措激励之下，佛山人才资源总量不断增长，人才结构日趋优化，人才效能逐渐凸显。

2021 年佛山市政府工作报告提到，“十三五”时期，佛山市实施“人才新政 23 条”，引进省、市科技创新团队 194 个，实现引进全职院士“零的突破”，人才资源总量从 132 万人增加到 170 万人。

其间，佛山对博士引进速度呈倍增态势，2019 年全职新引进博上 642 人，是 2018 年新引进博士数量的近 2 倍。

开放包容　硬核揽才

毕业去哪儿？对于年轻人而言，要择一城而栖，城市的开放包容程度很关键。

佛山，历史上就是一座没有城墙的城市，其因水而兴，工业（包括传统手工业和现代工业）发达，是典型的“从贸易发展出来的市场和镇”，并因此形成了开放包容的营商环境和城市性格，各种文化、各路工商业者、各地人才充分利用佛山航运方便的条件，在这里汇集交融，共同创业、创富、创造幸福生活，也助推了佛山经济社会持续繁荣，使佛山在明清时期就与北京、汉口、苏州并称为“天下四聚”。

如今，佛山正在践行“选英雄莫问出处”的开放人才观——不满足于用高端人才当“花瓶”、撑“门面”，而是不唯年龄、不唯资历、不唯学历，只唯能力、只唯才华、只唯贡献，以实绩论英雄。

佛山人才引进扶持政策体系，具有系统性强、配套性好、开放包容度高的特点，建立了覆盖各等级领军人才及科技创新团队、中高级职称专业技术人才、博士博士后、本硕等中初级人才等多层次、广覆盖的人才支持体系，对新引进的各类人才给予安家补贴、生活补贴、租房补贴等。

符合佛山发展实际、以实际效能为依据的人才评价体系正在形成。2021年5月出台实施的《佛山市柔性引才暂行办法》中，除了博士、拥有高级职称的专业技术人才等高端人才，企业急需的高级技师，以及经认定的其他急需紧缺人才也列为扶持对象。

高校毕业生越来越看重事业发展的环境，佛山正在不断锻造这样的优势。

帮助青年学子就业安身，佛山在具体的政策设计与服务保障层面给足保障。团市委积极实施“展翅计划”，每年面向全省大学生提供来佛山见习岗位约4000个。最近8年，返乡大学生暑期实践体验营每年开展，共计带领1600多名佛山学子走进本土龙头企业、产业园区、美丽乡村，让他们亲身感受佛山的城市魅力和规划蓝图。

为鼓励企业招收实习生，南海共青团创新推出“实习券”和“住友券”。凡企业招收符合条件的实习生，可申领“实习券”，企业除了享受现金补助，还可以凭券兑换由专业机构所提供的人力资源体系设计等25项专业服务；凡符合申请条件在南海求职见习的大学生，可申领“住友券”，以较低的价格入住南海青年驿站。

对于到佛山创业的大学生，佛山送创业服务，送一次性创业补贴，送贷款额度，送租金减免。

连续7年举办的佛山市青年创新创业大赛，累计为超过1000名青年创业者提供有团青属性的服务。大学生在佛山初次创业，享受最高30万元的创业担保贷款个人额度，合伙经营或创办小企业还能“捆绑式”贷款。入驻佛山市各级政府和有关部门主办的创业孵化基地（创业园区）的初创企业，连续三年享受最高超过80%的租金减免。至于获得佛山市市级创业大赛前三名，并于两年内落地佛山的项目，则能够享受每个项目最高20万元资助。

来自佛山市人社局的一组数据显示，2021 年第一季度，佛山共发放高校毕业生专项补贴 213.8 万元，惠及 795 人；全市成功创业的在校及毕业 5 年内高校毕业生达 146 人，发放针对高校毕业生群体创业担保贷款共 11 笔、285 万元。

今年 41 岁的陈茂红祖籍江西，大学毕业后一直在佛山工作，从一名家具销售做到现在，已经拥有 5 家属于自己的家具品牌店，事业版图随着佛山产业发展不断扩张。从“新佛山”到“老佛山”，他说，佛山一流的发展环境，为像他一样有梦想的青年提供了成长的沃土。

“佛山是新一线城市，制造业发展雄厚，我是学技术出身的，在这里有很大的发展潜力。”2019 年 6 月毕业的大学生梁国豪籍贯贵州，通过校招渠道和佛山一家大型企业签订三方协议。他说：“这里给了我们‘筑梦’的无限可能。”

是的，不拘一格揽人才的佛山，就是青年人的“筑梦”之城！

优质服务　惜才留才

对于年轻人而言，选择一座城市“筑梦”，除了看岗位供给、创业扶持，还有其他考虑。

城市的经济实力无疑是最强的引才“磁力”，但随着青年对城市的关注从单纯经济增长转向全面发展，影响城市吸引力的因素也在发生转变，比如政务服务效率、医疗教育资源等。

祖籍广西柳州、博士毕业于香港中文大学的陈贤帅，2015 年创办了佛山市安齿生物科技有限公司。短短数年，该公司就取得令世人瞩目的成绩，打破了口腔种植系统技术长期被国外垄断的局面。在佛山，陈贤帅的团队被评为“佛山市科技创新创业团队 · 世界一流水平团队”，获得市、区、镇（街）创业扶持资金 2000 万元。

有很多令陈贤帅感动的细节，“公司选址时，南海区桂城相关职能部门的领导带着我们跑了很多地方，而当他们申请场地用电扩容时，不到一个月时间就完成了”。

2019年6月毕业于广东海洋大学的本科生程俊杰在佛山一家网络信息技术服务公司工作一年半后，了解到广佛两地巨大的平面设计、文案设计和品牌传播需求，在佛山创办了一家小型品牌传播公司。“客户以广佛两地的小微企业为主。”程俊杰介绍，“我们团队目前的成员都是‘95后’，我们活跃的思维和较低的报价是吸引客户的重要原因。”

对于像陈贤帅、程俊杰这样的创业青年，佛山在服务层面有较大的支撑力度。近年来，禅城对全区约17.9万法人信用情况进行评级分析，信用评级高的企业办事可享受审批容缺和零跑腿；南海设置多台“智能柜台”政务终端，在线办理各种类型的企业开办业务和打印营业执照，无须预约，即来即办；顺德已实现企业开办全流程“一次办好、零元成本”，企业设立登记环节0.5个工作日内办结；目前，佛山开办企业平均用时在0.41天……

“一线”城市环境，“二线”城市物价，也是年轻人选择佛山的重要因素。

“宜居宜业的生活环境和较低的生活成本让我选择在佛山就业。就我目前的工资水平而言，工作几年后就能存下一套小型公寓的首付。”林梓晴大学毕业后在佛山从事外贸行业，居住在顺德勒流，“这里大型商场、三甲医院等配套设施也一应俱全，通勤、购物都可以搭地铁，留在佛山挺好的。”

对于人才的生活领域，佛山推出了优粤佛山卡服务。作为佛山人才享受优惠便利服务的凭证，优粤佛山卡不受国籍、户籍、身份和年龄等限制，供不同级别的人才申领，不仅可以享受到佛山提供的“政务＋创业＋医疗＋住房＋商旅＋联谊”六位一体服务，还可以实现从人才扶持政策申报到人才扶持资金发放的“一条龙”在线办理。

天南海北的年轻人，佛山正敞开怀抱等你来，与这座城市共享幸福、共同成长、共创未来！

佛山良好的发展态势，想要吸引年轻人才的“热切期望”、“真心诚意”和“真金白银”，都是这座城市对年轻人“择一城而栖”说一声“好”的底气。

知政主笔 / 陈梦

（原载2021年7月7日佛山＋APP东平知政专栏）

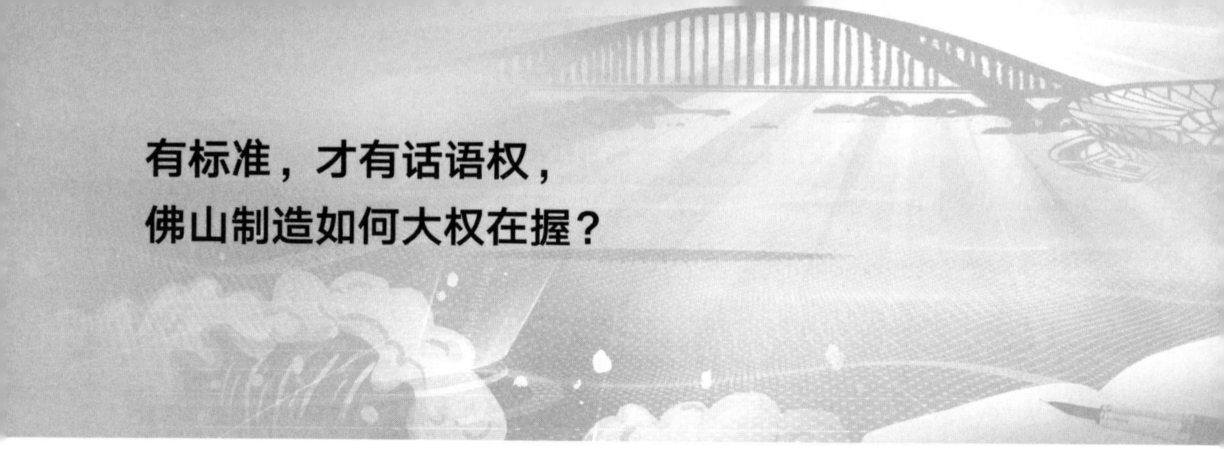

有标准，才有话语权，佛山制造如何大权在握？

佛山，作为全国乃至全球重要的制造业基地，每天都有数以亿计的家电、陶瓷、家具等产品发往全球各地。国内外市场上每一件来自佛山的产品，都代表着佛山制造的质量和形象。

2021年5月，佛山市政府高规格召开了佛山标准工作会议暨第一批佛山标准产品发布会。第一批“佛山标准”产品以“国内领先、国际先进”为定位，花落37家陶瓷、卫浴和家电企业。目前，佛山全市拥有企业标准“领跑者”95项，数量位居全国地级市第一；累计参与制修订国际、国家、行业、地方标准2293项，数量位居全省地级市第一。

全球化时代，谁掌握了标准的制定权，谁就掌握了行业的话语权、市场的主动权。走在向全球价值链中高端攀登的道路上，以高标准引领与支撑制造业高质量，如何破题？

近期，带着这样的命题，知政君特别梳理了佛山制造业标准化发展的路线图，并由此发现佛山制造一路走来，以质取胜、赢得市场的一个重要基因密码：“佛山制造”从无标到有标，到联盟，再到领跑的过程，就是佛山推动地域特色鲜明的“佛山标准”，让“佛山制造”有口皆碑，让“佛山质量”深入人心的奋斗过程。

“采标意识”觉醒
跳出“萝卜快了不洗泥”舒适区

所谓标准，是指为了在一定的范围内获得最佳秩序，经协商一致制定并由公认机构批准，共同使用和重复使用的一种规范性文件。在遵循互换性原则的工业时代，标准化与质量、创新如影随形，能够显著提高劳动生产率和产品的质量。

对于佛山制造业来说，标准化的意义在20世纪90年代后开始凸显。

20世纪80年代，得改革开放之天时，依托毗邻港澳的地利，大批乡镇企业在佛山涌现并迅速成长。到90年代，来自佛山的南海一张椅（联邦椅）、顺德一把扇（鸿运扇）、三水一瓶水（健力宝）在广货北销中成为时代爆款。

不过，佛山乡镇企业的发展是不平衡的。部分产业没有产品标准或行业标准“门槛”不高，企业数量虽多，但规模较小，产品同质化严重，质量意识淡薄等，制约了产业转型升级的步伐。

这不只是佛山制造面临的问题。谈及这一阶段，原国家技术监督局标准化司司长朱一文曾如是说：“中小企业有20%—30%产品不执行标准，特别是一些新兴的乡镇企业，有30%—40%，有的到50%—60%，甚至70%处于无标生产。这样的状况能有好的产品吗？”

于是，我国在1996年底开始实施“消灭无标生产活动”。1996年12月，国家发布了《质量振兴纲要》，其中一条主要目标就是：到2000年，主要工业产品有75%以上按国际标准或国外先进标准组织生产；2010年，主要工业产品有85%以上按国际标准或国外先进标准组织生产。

在佛山制造业标准化的1.0阶段，中小型乡镇企业或自主建立产品质量体系，或通过采用国际标准和国外先进标准，推动产品“采标”，使影响产品质量的因素处于受控状态，能稳定地生产满足市场需要的产品，增强企业的竞争力。

自我突围，不破不立。知政君认为，企业标准化是当时的佛山企业跳出“萝卜快了不洗泥”舒适区的必然选择，更是关系到它们走出困境而兴盛起来的一项极为重要的工作，并且及时地为佛山制造业可持续发展垒实了基础，还成了佛山产业、科技、贸易和社会的协调共进乃至佛山在区域竞争中形成独特优势落下的关键一子。

行业联盟标准遏制无序竞争
“两万”放下恩怨握手言和

随着工业化进程加快，“一镇一品”“一镇多品”成为佛山产业的一大特色。

但在产业集群的发展过程中，市场竞争激烈，一些企业把通过牺牲廉价资源和偷工减料降低成本作为竞争主要手段。

这时，区域性联盟标准成为佛山再造镇（街）产业发展新优势的一把钥匙。

在佛山制造业标准化的2.0阶段，佛山逐步建立起“政府引导，协会牵头，企业主体”模式，制定和推广高于国家、行业标准的区域化联盟标准，让佛山制造集群统一了“门槛高度”，有效地避免无序竞争，不再“同行如敌国”，加速优化和升级。

世纪之交，万和、万家乐是燃气热水器领域的双雄，也是一对同城“冤家”。二者曾在2005年同时打出了“中国第一台冷凝式燃气热水器”的广告牌，因“谁是第一”起纷争。

2006年10月，顺德在国内首次推出区域性联盟标准。“冷凝式燃气热水器”联盟标准出台，“两万”自此放下“恩怨”，从相争走向结盟。时任万和集团燃气事业部副总监钟家凇说：“携起手来，让更多的企业加入联盟，从过去打价格战到打价值战，这是我们对原有思维的一种超越。”

区域化联盟标准还发挥了“集体商标”“区域品牌”的作用，帮助优势细分行业突破发展瓶颈，不断壮大产业集群，逐渐形成区域品牌。

21 世纪初，南海盐步已是全国内衣名镇，集聚了数百家生产企业，但却没有多少叫得响的品牌，产品同质化竞争也日趋严重。

2010 年，盐步内衣联盟系列标准发布。联盟标准结合国内外市场对高端产品的需求，提高部分技术指标，体现选料上乘、做工精细、健康舒适的优势，带动盐步内衣“抱团升级”。在 2010 年举行的中国时尚内衣节上，盐步内衣联盟标准发起企业共同亮相，获得了我国内衣行业最高荣誉“金凤凰奖”的过半奖项。

区域化联盟标准还促进了产品质量大幅提升，让佛山产品的技术和质量在同行中持续处于领先地位，从而赢得了市场的肯定。

南海电风扇行业曾经历快速发展，形成完整的产业链。但是随着空调的普及，电风扇市场受到挤压，产品质量也出现了下滑的情况。2012 年，在相关的监督抽查中，南海风扇产品的合格率不到 60%。作为组装型产品，风扇质量下滑受上游配件厂家影响严重。

为了解决行业共性的痛点，南海区质监部门推动成立行业协会并制定联盟标准。联盟标准从关键配件入手，作为上游企业进货的依据，倒逼产业链升级。这一做法起到了立竿见影的效果，风扇行业的抽检合格率很快大幅上升。

知政君认为，在这一阶段，佛山制造业企业“从过去打价格战向打价值战”转变，高于兜底型行业标准的区域联盟标准，同样是制造业升级发展的必然。佛山区域联盟标准涉及家用电器、家具、纺织服装、半导体照明、机械装备、食品等佛山优势产业集群，是彰显区域制造业优势的有力一招，增强了佛山传统优势产业产品的美誉度。

从行业抱团到企业领跑
区域化标准“更上一层楼”

进入标准化的 3.0 阶段，“佛山制造”跑出了领跑者的姿态。

作为国家制造业转型升级综合改革试点城市，佛山在实施企业标准领跑者制度的过程中，多项工作走在全省乃至全国前列。

2020 年 12 月 19 日，在北京召开的 2020 年企业标准“领跑者”大会发布了 2020 年度第一批企业标准“领跑者”名单，佛山斩获两项“全国第一”——佛山共有 64 项企业标准上榜，约占发布的企业标准“领跑者”总数的 1/7，数量位居全国第一；全市累计企业标准“领跑者”达到 95 项，总数位居全国第一。

企业标准“领跑者”，是指在同行业可比范围内，企业自我声明公开的产品、服务标准中核心指标处于领先水平的产品或服务的能力。

越来越多佛山本土优势产业的“领跑者”争当标准“领跑者”。2021 年 5 月 12 日，“佛山标准”工作首批成果落地，15 个具有地方产业特色的“佛山标准”和第一批 56 个“佛山标准”产品亮相。佛山企业每获得一个“佛山标准”产品证书，可获得一次性奖励 20 万元。

“佛山标准”是代表佛山制造先进质量水平和技术水平的系列标准，定位为“国内领先、国际先进”，为消费者优质购物、放心购物提供了重要渠道和参考信息，满足了市场对高品质产品的消费需求，展示了“佛山制造”高质量发展的成果。

对企业而言，高标准、高品质虽然意味着高投入，但同时也带来高效益。

来自蒙娜丽莎陶瓷的干压瓷质砖和陶瓷大板，都入选了佛山标准产品。“明星企业中的明星产品才能达标。”蒙娜丽莎集团股份有限公司董事张旗康说，蒙娜丽莎的罗马宝石系列技术水平领先业内十年，产品价格比普通的要贵 20%—30%，但备受市场欢迎，为企业贡献了不少利润。

知政君认为，从佛山制造业标准化的 1.0、2.0 阶段到 3.0 阶段，不论是先知先觉的乡镇企业跳高“采标”“一镇一品”打出联盟标准，还是单项冠军争当“佛山标准”，扎实的产业基础、进取的佛山企业，始终是驱动“佛山制造”以标准提高发展质量、增强竞争力的底气。接下来，佛山制造业标准化还要继续以企业为主角，以抢占行业话语权为目标。

佛山还不妨放眼全国，获取对“标”先进、加速自我跃升的更强动力。在上海，认定企业标准“领跑者”有星级之分，更细致的认定划分有效提升了企业的积极性。在郑州，对被评为国家、河南省、郑州市企业标准领跑者的企业，分别给予 100 万元、60 万元、40 万元的一次性奖励，对主导制定国际标准的单位奖励 1000 万元，有力促进企业更加积极地参与到“领跑者”的工作中来。

更有效政策杠杆和服务配套，也能够成为带动“佛山标准”更上一层楼的法宝。作为一项推动高质量发展的创新性制度，佛山还需要根据实际，持续完善企业标准“领跑者”制度及实施方案，不断出台和完善与其相配套和协调的落地政策，提升和持续保持企业参与的积极性和争创意识。

高质量发展需要有先进的标准做基础和支撑，高质量发展的成果需要先进的标准来体现。对照既定目标，到 2023 年，佛山将制定佛山标准超过 100 项，通过评价的佛山标准产品超过 300 个，佛山标准品牌显著提升；到 2025 年，将制定佛山标准超过 200 项，通过评价的佛山标准产品超过 500 个，佛山标准将成为中国制造品质标杆。

期待“佛山标准”推动更多佛山企业形成自身独到优势，获得最高品牌溢价的竞争利器，更有效助力佛山制造业向全球价值链中高端攀升，进一步提高竞争力和美誉度，收获更强话语权，真正“大权在握”！

知政主笔 / 陈梦

（原载 2021 年 7 月 15 日佛山+ APP 东平知政专栏）

万亿 GDP 佛山
跑上制造业数字化智能化新赛道

2021 年很像是佛山制造业向数字化智能化转型升级的觉醒年。

“坚持制造业立市不动摇，把推动制造业数字化智能化转型、建设新时代高素质企业家队伍作为重要着力点，全面加快传统产业转型升级步伐。”

“拿出 40 年积累下来的家底，来支持数字化。”

“宁可放缓一些工程项目，也要下大决心推动制造业数字化转型。”

在一句句掷地有声的豪言壮语中，万亿 GDP 佛山跑上制造业数字化智能化新赛道的决心可见一斑。

2021 年 6 月，《佛山市推进制造业数字化转型升级的若干政策措施（征求意见稿）》出炉，12 项具体措施浮出水面。力争到 2023 年打造 50 个数字化示范工厂、100 个数字化示范车间，推动 3000 家制造业企业实施数字化转型，带动 10 万家各类企业“上云用云”，建设 10 个以上产业集群数字化转型试点等目标，勾勒了佛山制造业数字化智能化蓝图的粗线条。近期，佛山将召开以全市推进制造业数字化智能化转型为主题的大会，届时综合各方意见的政策措施有望出炉。

佛山制造业数字化智能化车轮滚滚向前，很多人不禁会问：佛山制造业数字化智能化从何时悄然发轫？目前佛山制造业企业实现数字化智能化的总体在全国、全省处于什么水平？在佛山步入制造业数字化智能化觉醒年之时，如何调动企业主体力量？又怎样促进金融、数字化转型服务商等数字化智能化转型链条上的创新要素在佛山集聚？

发轫：产业迭代与改革先驱

中国经济进入新时代，改革开放40多年来增长所倚靠的人口红利、规模化生产已经无法持续。

佛山作为以传统产业为主要支柱产业的城市，压力尤为加剧。近年来，“成本上涨”“原材料价格上涨”成为佛山制造业企业老板口中的老生常谈。当成本优势不再，消费端需求又不断升级，那些仍处于全球产业分工和价值链中低端的企业，生存空间必然日渐狭小，急需塑造竞争新优势。

与此同时，数字技术蓬勃发展，推动云计算、大数据、人工智能、物联网等向实体产业渗透，数字化能力正在成为国家和企业的核心竞争力。

最早走上制造业数字化智能化转型之路的，必然是最靠近市场的企业。

早在2012年，总部位于顺德北滘镇的美的集团就有了数字化转型概念。彼时，中国正在经历一轮经济产业调整。互联网加速改造商业模式，电商兴起对包括家电在内的整个消费模式形成了巨大的影响。新的商业模式对于美的这样高度依赖渠道的制造型企业是一次巨大冲击。

处于发展的十字路口，美的迎难而上，创新启动数字化1.0工程。当时美的的转型围绕“产品领先、效率驱动、全球经营”三大战略主轴进行，不断加强产品研发、持续提高核心技术与能力、提升产品品质，同时推行“一个美的、一个标准、一个体系”的制度标准，提升精细化的运行效率与管理水平。在这个过程中，美的招募更多的数字化人才，过去仅为辅助机构的IT部门变成了创新驱动的策源地。

2017年，美的登上《财富》世界500强排行榜，成为当年唯一一家上榜的中国家电企业。企业转型脚步再加速，明确战略定位为致力打造“全球领先的消费电器、暖通空调、机器人及自动化系统、智能供应链（物流）的科技集团”。也是在这年，美的完成了对德国工业机器人巨头库卡公司的收购。

有了巨头的加持，美的顺势进入工业互联网，借助自身在信息自动化、工业互联网等诸多方面的技术优势和实力积累，真正将数字化链接到全价值链的各个环节，打通了制造端与消费端的联系，实现了端到端的全面协同，并诞生了获世界经济论坛认证的“灯塔工厂”。

九年奋斗，美的在制造业的知识和数字化的经验，更沉淀成为新的产业能力。通过搭建自主兼备“制造业知识、软件、硬件”三位一体的工业互联网平台、美云销平台、IoT 平台等三大平台，对外输出数字化服务。2020 年末，美的将沿用了近十年的三大战略，升级为“科技领先、用户直达、数智驱动、全球突破”四大战略主轴；同时从过去的四大板块更迭为“智能家居事业群、机电事业群、暖通与楼宇事业部、机器人与自动化事业部和数字化创新业务”五大业务板块。

敢为人先的佛山企业，成为插在中国企业数字化转型航船上的一面旗帜。

萌动：政策红利与思想启蒙

纵观制造业数字化智能化转型的历程，如果说市场驱动是制造业数字化智能化转型的内生动力，政策红利则是推动更多企业参与其中的“催化剂”和“加速器”。

制造业数字化智能化转型是实现高质量发展的必由之路。作为全国第一经济大省，广东一直是全国制造业数字化转型探索的先驱，是全国首批两个工业互联网国家示范区之一。2018 年，《广东省深化“互联网＋先进制造业”发展工业互联网实施方案及配套政策措施》出台。3 年来，广东推动制造业数字化转型取得初步成效。身为制造大市，佛山也在 2020 年出台了相关政策。在这一时期，受到上云上平台奖励补贴优惠政策吸引，佛山“企业上云”数量猛增。

数字化在佛山激荡的产业江湖，吸引了腾讯、阿里、百度、华为、IBM等“过江龙”纷纷入局，工业富联、赛意信息、精工智能、腾一科技等一批服务商也活跃在佛山制造业数字化转型一线。

广东精工智能系统有限公司成立于2017年，专注于智能工厂整体解决方案，是当前活跃在佛山制造业数字化转型一线的本土服务商，入选广东省工业互联网产业生态供给资源池。过去三年，精工智能客户数、销售额和企业员工数都翻一番。去年企业销售额接近1亿元，今年预计达到2.5亿元。“我感觉到我们正在春天里。”广东精工智能系统有限公司董事长丁佰胜说。

在丁佰胜印象中，大约六七年前，佛山一些年营业额超过10亿元的大型企业对数字化转型先知先觉，他们经济实力雄厚，有能力建设自身数字化人才团队，较多采用独立开展或者与服务商合作的方式开展数字化转型；营业额2000万元到10亿元的中型企业则稍微滞后，大约在2017年前后，少部分中型企业开始逐渐萌生数字化转型意识，以依托数字化转型服务商为主开展转型；2000万元以下的小型企业尚处于求生存的阶段，它们中开展数字化转型的企业可谓凤毛麟角。

由于企业发展不同阶段的关注点不同，制造业企业推动数字化转型的时间前后与企业体量有千丝万缕的联系。然而，在数字经济时代，制造业企业的数字化智能化是生与死的选择，不是你想不想做。

数字化能为企业带来什么？可以做一个简单比喻——传统企业各职能部门好像一个个烟囱，并不联通，遇到问题就需要各部门开会或者电话沟通，决策权在领导身上，是属于以人为本位的管理。而数字化企业、工厂则打碎烟囱，通过信息化数字化系统，把整个生产过程变成流程，所有部门都可以登录系统实现同步、协同。数字化转型真正的价值是把职能型的管理变为流程型。而当数据积累一定时间后，当问题出现时可以立刻预警甚至提前预警。

因此，越来越多佛山制造业企业通过数字化转型打通了设计研发、生产制造、物流仓储等环节的堵点，数字化转型已经逐渐向协同生产、品质控制、降本增效突破飞跃。

曲折：改革成本与“一把手”工程

改革的机遇必然是与成本代价并存的。

实际上，佛山企业虽是制造业数字化智能化赶着吃螃蟹的一批，但总的来说整体水平还处在起步探索阶段。

毕竟对于企业来说，数字化转型是一场刀刃向内、牵一发而动全身的变革。小企业有缺乏资金和人才的顾虑，大企业有对“不熟不做”和投入大、见效慢的审慎，困惑无处不在。

以美的集团为例，2012 年以来，美的在数字化转型方面投入超过 100 亿元。美的集团董事长兼总裁方洪波曾说：“数字化的推动一定是一把手工程，如果一把手不推，永远推不动。一把手想推，再大的困难也会解决。”

丁佰胜也指出，企业数字化转型对本身的管理水平有一定的要求，佛山的很多中小企业管理能力和方式与数字化标准还不相匹配。而数字化转型一旦开始，将是企业的一项“终身事业”，要根据企业发展不断更新系统流程、任务等。

分析改革成本，我们可以来看一个具体实例。

创立 10 年来，广东维诺电器有限公司保持每年 30% 的营业收入增长。对于公司总经理姚凯源来说，虽然企业规模不大，但他推进企业智能化数字化转型的决心是在 2016 年就笃定了的。

当年，公司接下了美的集团的一个向美国客户供应嵌入式酒柜的半成品订单（SKD）。美的集团全面应用数字化系统管理，要求供应商必须提供从原材料到成品的精准数据并严格按计划进行生产和交付。数字化系统要求从供应链到生产链的整个过程运行必须确保统一和规范，任何一个环节出错造成的损失都会是巨大的。“那时候为了确保能按时按质交货，我有几次亲自去美的的合肥工厂现场处理被挑选出来的不合格品，并需要为因此产生的交货短装及时做出补货或赔偿。”姚凯源说，与美的合作了两年，经济角度上公司几乎没有盈利，但它提升了企业在供应链管理、生产效率、成品合格率方面的能力，而究其根源，就是精准数字化信息系统应用的体现。

姚凯源说，恒温酒柜市场是一个极其狭窄的细分市场，但随着全球葡萄酒消费量的提升，未来五年恒温酒柜产业的扩张乃至行业兼并都会加速。一旦市场容量大到能吸引家电巨头们的关注和投入，这些家电巨头就会凭借他们在研发、资金、市场、品牌等方面的优势，迅速清理这一行业。因此，维诺电器要加快智能化数字化转型升级，壮大企业实力，避免在未来的竞争中被轻易淘汰。

如今在佛山的新工厂，维诺电器大力推进智能化数字化转型升级，仓库调度、不良品发现等生产全流程纳入数字化平台。企业今年 4 月上线了 Mes（生产过程管理系统），当月就提升了 10% 的工作效率。目前还在铺设数据，接下来上线 Wms（仓库管理系统）、Scm（供应链管理系统），希望带动企业自身和供应商共同推动数字化转型。

细数这条路上遇到的困难，姚凯源认为，转型的数字化思维是第一位的。同时对于中小企业来说，实现数字化需要补足大量数据基础工作，必须要理顺流程、统一规则，否则数字化难以发挥效力，这个数据可能是海量的。数字化转型也需要企业管理团队大力配合、基层员工执行，强化内部培训。

春天：呼唤数字化浪潮同行者

佛山是全国唯一的制造业转型升级综合改革试点，是外界透视“中国制造”的窗口之一。在制造业转型升级的路上，佛山一直在探索、实践，外界也在密切观察佛山的选择和行动。

翻阅近年佛山市委全会报告、市政府工作报告，“数字化”“智能化”被提及的频率不断增加。特别是 2021 年以来，佛山市委、市政府更多次发出拿出“真金白银”，全力推进制造业数字化智能化转型的强音。

“数字化智能化的春天来了！”这是佛山制造业企业的强烈感受和普遍共识。

在这春天里，在这浪潮中，在这不得不去走、去闯的转型道路上，佛山制造呼唤更多志同道合、勠力前行的同行者。其中有几个问题，知政君认为有待重视：

其一，构建企业家的数字化思维应是头等大事。一切变革都是从思想启蒙开始的，需要通过举办培训、论坛、座谈等多种方式积极引导企业不要惧怕数字化带来的冲击，而要主动拥抱数字化、智能化，上云用云、建设数字化转型示范工厂、打造数字化智能化改造转型标杆。

其二，佛山制造业企业以中小企业为主，但从资金投入、管理水平、运营经验等方面，中小企业在数字化智能化转型中处于弱势地位。调动广大中小企业的主观能动性，需要在奖补政策上给予一定程度的倾斜，在政策和资金扶持上，少一些“锦上添花”，多一些“雪中送炭”，帮助中小企业数字化智能化转型降成本。目前，佛山制造数字化智能化服务商数量不多，也应出台政策加大对服务商的招商引资力度，吸引一线城市互联网大公司在佛山落地成立子公司。

其三，制造业数字化智能化转型可以分行业布局。佛山众陶联产业平台就是由佛山东鹏陶瓷、新明珠、中国陶瓷城、佛山市陶瓷产业联盟、蓝源资本等5个股东共15家企业抱团发起的产业互联网平台。在支持建设工业互联网平台中，可以根据佛山产业特点，扶持成立更多更具专业性的平台，形成佛山制造业数字化智能化转型的拳头产业。

其四，国内数字化领域的人才本身就供求失衡，佛山在粤港澳大湾区的人才吸引力方面优势不够明显，更加剧了数字化转型方面的人才紧缺状况。在国内，苏州、无锡等城市就将数字化人才专门纳入人才计划，对数字化领军人才和企业给予安家补贴、人才公寓、税费减免等支持。佛山可对比参考，出台更具竞争力、吸引力的数字化人才引进、培育政策。

知政主笔 / 黄碧云

（原载 2021 年 7 月 22 日佛山+ APP 东平知政专栏）

创建“青年友好型城市”，佛山正在破题！

青年是城市建设的中坚力量，青年的发展状况关系到城市的前景。

近年来，为吸引更多的青年群体融入城市发展，诸如南京、苏州、杭州等城市，都对人才政策进行了深化调整，由“引人抢才”进一步演变为“助人落地”，以购房补贴、现金奖励等“真金白银”的利好，全方位争夺青年人才，开启了一场城市之间的暗自较量。

作为广东第三大城市，佛山正积极创建青年友好型城市。如何服务好青年人，让他们在城市中安居乐业、扎根创业、建功立业，与城市共成长，成为当下谋划高质量发展的一个重要课题。

同样值得关注的是，佛山明确提出将打造一流营商环境作为一号改革工程。而创建青年友好型城市，为青年创新、创业、工作、生活营造良好环境，无疑是一座城市“打造一流营商环境”的题中应有之义。

青年人才竞争风起云涌

留住人才，吸引更多年轻人，成为区域间竞争的重要砝码。

不同以往“掐尖”的人才大战，近年来各地争夺的重点放在青年人才上，其背后一个重要原因在于，中国经济经历了40年高速发展，如今到达了一个拐点——人口红利正在消失，且老龄化问题严重。

纵观当下，围绕吸引青年优秀人才、抢占未来产业发展制高点，国内外不断进行政策创新。

从国际看，如自金融危机以来，美国实施了毕业生计划、高科技人才输送管道项目、职业技术学院高中预备学校制度等，大力培养本土制造业人才；英国设立“人才办公室”，推出了“全球人才签证”。

从国内看，为吸引青年群体的加入，不少城市先后提出了一系列建设青年友好型城市、青年发展型城市的战略：如深圳提出推动建设“青年发展型城市”，编制《深圳市中长期青年发展规划暨“青年发展型城市”建设规划》；武汉实施“百万大学生留汉工程”，致力于打造“大学生最友好城市”；杭州出台“人才生态37条”，重点实施“青年人才弄潮工程”；成都以“成都对青年发展更友好、青年对成都建设更有为”为理念，印发《青年友好城市营造共建共治共享行动工作方案》；宁波举全市之力打造“青年友好城”，出台《关于宁波市集聚全球青年才俊打造青年友好城的实施意见》。

青年人才竞争，风起云涌。谁赢得青年，谁就赢得新一轮发展的主动权。

站在改革开放的新起点，进入高质量发展新阶段，伴随着“北雁南飞”成为中国人口大规模流动的新趋势，佛山要在区域竞争中脱颖而出，必须燃起争夺青年人才的燎原之火，刷新新一线城市的“存在感”。

广深人才“虹吸效应”较为突出

据《粤港澳大湾区产业发展及人才流动报告》显示，湾区总体人才净流入率为1.39%，人才虹吸效应明显。流入湾区的人才中有七成选择了广州或深圳，其中流入深圳的占比最高。从省内外净迁移看，2018 年佛山吸引了 118832 人迁入，仅占珠三角城市净迁移总数的 11.49%。据调研，佛山本地培养的人才、新引进的人才容易被广州、深圳等城市吸引，而佛山反而留不住。

这也反映，从粤港澳大湾区城市来看，广州、深圳对佛山人才的“虹吸效应”较为突出，佛山吸引海内外高层次人才的优势不显著、力度不够。

在如此阵势下，佛山频频放招。从每年面向全省大学生提供来佛山见习岗位约 4000 个，到为青年送一次性创业补贴，再到出台实施《佛山市柔性引才暂行办法》，足见佛山揽人心切。

2020 年，佛山市委十二届十一次全会报告提出，佛山要创建青年友好型城市，以鼓励创新的环境吸引新生创造力量，为一切创新的力量创造更有吸引力的环境。

如何为天下的青年人才造一座“青年友好型城市”？佛山“火线”入局，正在破题。

2020 年，佛山正式发布《佛山市中长期青年发展规划（2020—2025）》（以下简称《规划》），从城市发展的高度推进佛山青年发展事业，从青年思想道德、教育、文化、健康、婚恋、人才培养、就业与创新创业、交流与合作、社会融入与社会参与、权益与预防犯罪等十大领域提出发展措施，为青年友好型城市建设绘制了“路线图”。共青团佛山市委也积极发挥党的助手和后备军作用，与政务职能部门、科研院所、企业、青年科技人才协会等组织一起携手，为青年人才求职、安居、教育、医疗等创造更好的条件，营造更具竞争力的青年人才发展环境。

2021 年 5 月，佛山中心城区禅城区吹响青春集结号，出台《佛山市禅城区创建青年友好型城市工作方案》，提出将用 3 年时间，实施“青春禅城同心圆”“星海工程”“启航计划”“青年安居”“青年共治”“青聚活力”“青春有约”七大行动，提升城市对国内外优秀青年的吸引力。目前，禅城区在南庄绿岛青年荟、石湾青年创客小区、张槎智慧新城 3 个小区建成青年职工公寓，面向在禅青年和应届大学生提供 3853 套租住房源，建成并对外开放一座集青年休闲娱乐、文化体育、游览观光为一体的佛山市青年公园。

同时，南海区策划开展“南燕归家”计划，将连续三年每年投入100万元落实“一库一网一链三平台”建设工作，即完善南海大学生人才库，搭建南海大学生校友网，构建南海学子乡情教育全链条，建立南海大学生校地合作平台、新媒体宣传平台和“归家”服务平台，为南海全区的青年学子提供多方位、全链条返乡就业创业引导服务。

佛山作为制造业大市，到了迫切需要加快制造业数字化智能化转型发展的关键时刻。日前，佛山召开全市制造业数字化智能化转型发展大会，现场发布《佛山市推进制造业数字化智能化转型发展若干措施》，同样把揽才摆在了重要位置，提出鼓励企业大力引进数字化智能化人才，对符合条件的全职新引进人才，按政策规定给予最高400万元扶持，“一事一议”领军人才上不封顶。鼓励企业组织数字化智能化人才参与佛山市创新领军人才、创业领军人才和青年拔尖人才选拔认定，给予最高100万元扶持。

佛山需要打造脍炙人口的青年人才政策品牌

知政君也注意到，近年来引进的高层次人才普遍年轻化，学历越来越高，涌现不少辞去高薪带着积蓄回佛山创业的青年才俊。毕业于香港中文大学，现任佛山市安齿生物科技有限公司总经理的陈贤帅，就是其中之一。

“比起钱，我们更看重这个地方的产业基础，各种政策的兑现率，行政服务的便利性。除此之外，也极为看重医疗、教育、交通等配套环境。”陈贤帅曾坦言。

毋庸置疑，佛山这座城市对于青年人才具备强大的磁力。但在全国各地的人才招募热潮和政府政策越发趋同的条件下，各地“人才大战”从东到西、从南到北燃起星星之火，未来佛山是否还具备吸引青年才俊的绝对优势？

“佛山制造的城市形象太深入人心了！但这种单一的外在形象反而不利于企业招揽人才。”广东利事丰机器人自动化科技有限公司总经理刘汉刚以自己企业举例，每次到广州大学城招聘，收到一大摞简历，但最终愿意前来面试、就业的寥寥无几。大学生普遍认为佛山就是一座工业城市，没有广州、深圳的发展前景好。

知政君认为，佛山现行人才政策具有系统性强、配套性好的特点，但对比深圳的“孔雀计划”、苏州的“姑苏人才计划”以及无锡的“太湖人才计划”，佛山尚未形成与城市形象相吻合、与青年人才息息相关的闻名海内外、口口相传的政策品牌效应，在一定程度上影响到我市对海内外人才的吸引力。佛山需要打造脍炙人口的人才政策品牌，使之成为城市形象的“放大器”、吸引人才资源的“强磁场”。

“现在大家拼的，基本上还都是硬件，而起关键作用的往往可能是软件。因此，让人才特别是高端人才愿意扎根，需要软硬件环境兼备。这也是佛山打造引才品牌一直主攻的方向。”佛山市人力资源和社会保障局相关负责人表示。

谨防人才政策陷入同质化“泥潭”

也应看到，近些年各地五花八门人才政策的背后，同质化成为通病。送户口、送钱、送房子成为始终绕不开的“老三样”法宝。佛山支持青年发展不是搞“抢人大战”，要谨防人才政策陷入同质化“泥潭”，因此做好一盘“服务大餐”尤为关键。

佛山创建青年友好型城市，如何做一盘“服务大餐”，知政君认为要回答好“二问”。

一问：青年人才想不想来佛山？

围绕创新做文章，提升城市知名度、美誉度是一个城市吸引青年人才的重要因素。一方面，佛山要继续完善创新创业平台，创新人才引进机制，健全人才培养机制，打造创新要素集聚的城市，这样才能更好地激发青年的力量，促进青年在城市更好地发展。另一方面，要同时做好城市创新形象塑造和宣传，让广大青年人才知晓在这座青春型、创新型城市拥有更好的发展环境、更多的发展机会，愿意争相汇聚到这座创新知名度高、美誉度好的城市。

二问：青年人才会不会来佛山？

青年友好型城市要有较高的针对青年人才的政策支持度。佛山除了号召广大青年抓住干事创业黄金期来佛山，立大志、谋大业，还要因地制宜出台更为优厚的人才引进政策，在政策激励上舍得“真金白银”，才能在地理优势、城市规模、发展程度差不多的同类城市中脱颖而出，成为青年人才就业创业、工作生活的优先选择。

三问：青年人才留不留在佛山？

在青年友好型城市，青年人才对城市拥有文化认同感、情感归属感、心灵愉悦感，在经济、社会和心理等多方面与城市发展相融合。佛山在创建青年友好型城市的道路上，需要通过精神和制度的双重作用，让城市对青年的发展更友好，营造更有利于青年发展的环境。把握住青年成长规律，充分考虑青年对工作机会、职业发展、工作生活环境等的深层次需求，着力打造涵盖青年人住房信贷、创业就业、就医就学、旅游休闲、生活保障等服务。青年人就业创业的生活压力缓解了，城市才能广泛凝聚青年共识、激发青年活力、助力青年建功。

只要拿出“百分百”诚意、“百分百”真心，全力服务好青年发展，为青年搭建人生出彩的舞台，让更多梦想扎根发芽，让青年在奋进中成长，佛山这座城市就必然会因为青年集聚而充满青春活力。

知政主笔 / 郑奕纯

（原载 2021 年 7 月 29 日佛山＋ APP 东平知政专栏）

佛山举办民营企业领军人才培训班，有何深意？

2021年7月29日，佛山市民营企业领军人才培训班开班，这是佛山首次举办民营企业领军人才培训班。

知政君注意到，这个培训班“不一般”。新闻通稿如此表述：“本次培训班是市委、市政府学党史办实事的一项重要举措，受到市委高度重视，市委主要领导亲自点题、亲自谋划。”

此次培训，集结了50多名来自佛山各行业龙头民营企业的“掌舵人”。这些企业市值加起来超万亿元，可以说占据了全市民营企业产值规模的“半壁江山”。其中，上市企业9家，全国百强企业3家，省百强企业4家，市百强企业16家，营收超百亿企业5家。

在培训期间，佛山市委还特意安排了一场别开生面的座谈会，市委主要领导与民营企业家面对面交流互动，倾听企业领军人才心声。

很多关注、关心佛山发展的知友也许会问：此时此际，佛山首次举办民营企业领军人才培训班，且如此重视，其背后究竟有何深意？

像培训党政领导干部一样开展企业家培训

民营经济与佛山共生共荣，在 40 多年的改革开放大潮中，实现从无到有、从弱到强，从星星之火到光彩夺目。

对佛山而言，民营企业有多重要？来看一组数据：

民营企业贡献了佛山全市 60% 国内生产总值、70% 以上税收、80% 以上工业增长率、90% 以上企业数量，夯实扎牢了佛山经济基础盘，并从中涌现出美的、碧桂园、海天、格兰仕、蒙娜丽莎、坚美、联塑、新明珠等一大批国内外知名企业。

可以说，过去，佛山民营企业对佛山发展功不可没。现在和未来，也只有实现民营企业成长与城市发展同频共振，才能为佛山经济高质量发展汇聚起强大合力。

民营企业家无疑是民营企业的领军人，是民营企业发展壮大的关键。

近期，佛山市委主要领导多次表示，要像培训党政领导干部一样，对广大民营企业家群体开展常态化、全方位的培训，帮助企业家提高现代经营管理水平。

这次“高规格”培训班的举行，还有着特殊的背景。分析当前的发展形势，或许我们可以找到答案。

2021 年 4 月，广东省“十四五”规划纲要发布，把“双区”引领放到了重要位置。可以说大湾区建设，是佛山上一个五年迎来的最大“红利”，也是佛山下一个五年发展的最大平台。企业要继续伴随改革开放不断成长，那就要搭上粤港澳大湾区建设这个时代快车，否则就会失之交臂、错失良机。

佛山拥有一大批民营骨干企业和细分行业“隐形冠军”，美的、碧桂园跻身“世界 500 强”。而佛山企业家群体形成的坚守实业、敢为人先、锐意创新、精益求精的佛山企业家精神，正是佛山制造历经百般艰辛却越发强大的的灵魂支柱，是全体佛山人民取之不尽、用之不竭的宝贵精神财富，这种精神需要不断被传承和弘扬。

如今，我国经济已由高速增长阶段转向高质量发展阶段。转型必然经历阵痛期，企业遇到各种困难在所难免。如何在变化中求生存、求发展，是摆在佛山企业家面前的重大挑战。

民营经济大市佛山，希望借此次培训助力广大民营企业家进一步把握国情省情市情，转变思想观念、注重转型升级、推动企业高质量发展，把自己的企业办成卓越的企业，进而带动佛山这片热土涌现出更多优秀民营企业家、更多优秀民营企业，续写更多春天的故事。

首次培训聚焦制造业数字化智能化转型发展

此次民营企业领军人才培训班，制造业数字化智能化转型发展被列为重要课题。

2012 年 7 月 27 日，佛山专门召开全市制造业数字化智能化转型发展大会，现场发布《佛山市推进制造业数字化智能化转型发展若干措施》，共提出 30 条举措，以真金白银的实际行动支持佛山制造业数字化智能化转型。包括设立一只总规模为 300 亿元的制造业转型发展基金，力争到 2023 年打造 50 个数字化示范工厂、100 个数字化示范车间，推动 3000 家制造业企业实施数字化转型，同时大力引进培育一批工业互联网平台服务商。

这些政策红利，是推动企业参与数字化智能化转型的“催化剂”和“加速器”。然而，制造业转型发展的主体还是在企业，尤其有赖企业家当好领军人。

知政君认为，这次培训把佛山龙头民营企业的“大当家”请过来，是为了更好地让大家强化推进数字化智能化转型发展的意识，在思想上深化认识，与党委、政府形成良好互动，在推进数字化智能化转型发展上为全市民营企业当标杆、作示范。

“数字化转型非常重要，不仅需要做，更需要马上做。”为期三天的培训给广东星联科技股份有限公司董事长张伟明带来了数字化转型的新思考、新认识。

张伟明坦言，在数字化转型升级这条路上，星联做了不少投入，遭遇不少曲折，交了不少学费。最大的困难是同领域同行业中没有较为成熟的样本可供参考，有太多的未知需要探索。但这次培训组织企业家到美的集团总部开展现场教学，让大家深入了解美的在数字化转型升级方面的典型样本后，对当前发展大势有了新了解，对数字化转型升级有了新认识，增强了大家坚定不移走数字化转型升级之路的信心。

小熊电器股份有限公司于2019年上市后，将募集到的10亿元资金，重点用于厂区改造。在改造厂区过程中，小熊公司意识到数字化是未来发展大趋势，并做了该方面相关规划预算。然而在实际操作中，小熊公司发现，完成一条生产线自动化改造需要投入几百万元，虽然员工从原先的三四十人减少到二十人左右，但是考虑到产品更新迭代以及维护，这笔经济账是不划算的。尽管企业最终暂停了这个项目，但小熊公司每年在信息化建设方面的投入约两三千万元。公司董事长李一峰坦言，企业转型意愿很强，但实践起来难度很大。这次培训让他深受触动，美的成功转型为一家科技型企业，为大家注入一剂强心剂。“企业数字化转型势在必行，不升级就会被淘汰，但升级也可能会面临阵痛期，未来还是会坚持到底。”

张伟明和李一峰的体会，足以窥见这次培训为佛山民营企业领军人才带来的启发是具有冲击性的。

知政君了解到，为高质量办好这次培训，佛山下了很大功夫。这次培训是一次脱产学习，其间所有学员不参加企业其他业务。这次培训的课程是根据佛山企业转型发展的需要为大家量身定制的，既包括专题开展学习习近平总书记关于支持民营企业发展的重要指示精神，帮助广大企业家客观把握当前经济发展形势，认识到各级党委和政府都高度重视民营企业的发展，真心实意为民营经济发展加油鼓劲，也组织了国情省情市情教育、企业战略管理、资本市场运作、数字化智能化转型等方面的专题教授辅导，并安排企业家到先进企业现场观摩。接下来还将安排企业家到深交所、上交所学习培训，系统地学习资本化运作知识；组织企业家到广州、深圳等地的大型企业、先进企业交流学习，进一步加深企业家对数字化智能化转型的认识；同时通过建立人才智库，打造高端人才论坛，做大企业家的朋友圈，积极推动佛山市民营企业领军人才培训班工作实现常态化。

企业与城市最好的关系就是相互成就

佛山市委明确提出，把打造一流营商环境作为佛山一号改革工程。此次佛山民营企业领军人才培训班，特别安排了市委主要领导与企业家学员座谈，发改、科技、工信、商务、金融、政务服务等较多承担经济职能的市直部门负责人也悉数参加。这场座谈始终围绕一个大主题：为打造一流营商环境开门问策。

在持续 2 个多小时的政企互动座谈中，大家畅所欲言。企业家纷纷“抢麦”发言，从支持企业数字化智能化转型、佛山城市品牌塑造、人才培育引进、工业用地等方面，为佛山打造一流营商环境提出意见建议。佛山市委主要领导向企业家们表态，全市各级党委、政府将聚焦打造一流营商环境，深化简政放权，以最简、最快、最优的办事流程服务企业，让企业发展如鱼得水，进一步激发市场活力和社会创造力。

以知政君所见，通过这场特别的座谈会，佛山向广大民营企业家释放出全市各级党委、政府将竭尽所能打造一流营商环境、支持和服务民营企业高质量发展的坚定意志和强烈信号。

知政君认为，佛山强调打造一流营商环境，显然不只是为了对外招商，同样也是为了让本土民营企业生于斯、长于斯、壮大于斯。同时，佛山市委也希望以此倒逼职能部门，把民营企业当成宝、当成掌上明珠，疼爱企业，支持企业，发展企业。

同时，在这场座谈会上，佛山市委主要领导也对民营企业家寄予了期盼，希望佛山民营企业家进一步增强家国情怀、现代气质、科技素养及管理能力，争做新时代高素质的民营企业家，为佛山经济社会发展贡献力量。

企业与城市最好的关系，就是共同成长，相互成就。

佛山这座民营经济大市，与民营企业的命运共同体关系，或许可以从这次培训中找到答案：服务好民营企业，是佛山各级党委、政府的“使命”；而对企业家而言，佛山不仅是“归属”，如何让佛山发展得更好，也是他们的“使命”。佛山市委、市政府致力于打造一流营商环境，支持、助力民营企业做大做强；民营企业发展壮大，必将更有力“反哺”和“支撑”佛山城市发展。

知政主笔 / 郑奕纯

（原载 2021 年 8 月 5 日佛山＋ APP 东平知政专栏）

营商环境“千城千面”，佛山改革如何再出发？

2021 年 6 月，佛山新任市委书记上任伊始，即在其主持召开的第一次佛山市委常委会会议上，向全市发出动员令：高举改革开放伟大旗帜，把打造一流营商环境作为一号改革工程，在接续奋斗中当好全省地级市高质量发展领头羊。

两个多月以来，“把打造一流营商环境作为一号改革工程”的号召在佛山日渐深入人心，成为这座城市上上下下的共识和行动。

国际和城市间的经贸投资竞争日趋激烈，营造稳定公平透明、法治化、可预期的营商环境，是培育引资竞争新优势、加快建设开放型经济新体制的重中之重。改革的紧迫性不仅来自国际竞争、城市竞争，更来自国内企业的共同呼声。改革的日标，就是营造更有吸引力的国际化、法治化、便利化营商环境，降低制度性成本，培育提升竞争新优势。

在厦门大学管理学院教授、厦门大学中国营商环境研究中心执行主任许志端看来，营商环境改革上半场的进化，主要解决了各城市的共性问题；而改革越到后期，不同城市的经济发展水平、产业特色的差异越大，意味着营商环境的改革走上了分岔口，“千城千面”将是下半场的趋势。

很多城市打造营商环境，都正在形成自己的“打法”。2021 年 2 月，北京的营商环境 4.0 版聚焦市场主体关切；3 月，上海、南京推出优化营商环境新举措，关键词分别是系统集成和创新激励；5 月，广州提出用“绣花功夫”建设更具国际竞争力的营商环境。近期，深圳、成都也陆续宣布将推出营商环境 4.0 改革政策，均有不同的侧重点。

在全国各地都把优化营商环境作为党委、政府工作重要议题的当下，在愈演愈烈的城市竞争中，佛山应该如何发力？

对优化营商环境成功路径兼收并蓄

有研究认为，观国际案例，政府打造营商环境有三条成功路径：新加坡式“大政府”高效管控路径、香港式“小政府”自由开放路径、爱尔兰式“需求引导”路径。

新加坡式“大政府”高效管控路径：突出政府在引商、育商领域的职责及主导作用，形成以行业为导向的企业服务机制，强势推动经济发展。新加坡经济发展局（EDB）作为招商引资部门，每隔三年对重点引入产业进行细致入微的战略讨论。一旦确立产业重点，EDB 设立以行业为导向的专业架构，同时建立“服务专员”制度，为重点客户选派服务专员，并授予其政策灵活度，提供全程服务。专业的产业筛选以及贴身服务使新加坡电子信息、生物科技、医疗等重点行业取得高速增长。

香港式“小政府”自由开放路径：香港依靠开放的市场化机制，以辐射亚太的区位优势、低税率和高效的服务吸引投资者，政府不过分干预市场，倡导“小政府”的理念。香港投资推广署过去 10 多年不限行业，对各类企业提供免费、保密的“投资一站通”服务。由于其不过度干预市场，成功吸引了国外企业以香港为基地进入亚洲市场，以及国内企业以香港为平台“走出去”。香港设立独立的“效率促进组”，作为流程再造的内部顾问与统筹单位，同时与 100 多家外部顾问公司保持长期合作，开放引入专家意见，推动流程再造。

爱尔兰式“需求引导”路径：虽然爱尔兰的区位和政策等禀赋条件对外吸引力有限，但是通过政府与潜在目标企业长期保持沟通、时刻了解企业发展的动态及需求，引导企业在本地投资寻找解决方案。爱尔兰产业发展局（IDA）注重产业规划，主动接洽龙头企业，以有针对性、高质量的方案和高效率的服务帮助投资者真正解决问题。同时与企业建立长期合作伙伴机制，了解其发展计划，逐步将产业链中的更多环节集中到爱尔兰。爱尔兰 IDA 通过与戴尔的长期合作，成功将戴尔从 12 名员工的制造配套业务，扩展成员工超过 1000 人的战略性全球枢纽和卓越中心。

对于佛山来说，改革开放 40 多年来，既有强大党委、政府引领，也有坚持“放水养鱼”激发市场主体活力、推动民营草根经济蓬勃发展的成功经验，更在陶瓷、家电等领域拥有国内龙头企业，对以上路径未尝不能博采众长、兼收并蓄。

当前，经过一段时间的发展，区域的经济结构和产业体系逐步完善，准确预判下一个产业的爆发式增长点也并非易事。佛山可考虑招聘强大的政府智囊团，针对佛山制造的独特优势及其短板，确立产业重点制定“特惠型”政策，以吸引重大项目落地，成为佛山经济社会发展的“压舱石”。并与龙头项目、企业达成更紧密的合作，在产业链、人才等方面出台专门政策，培育更具世界影响力的全球性企业及其下游梯队企业群。

与此同时，应该注意到，在新的产业发展趋势下，我们需要更为丰富的产业主体，如垂直行业的隐形冠军、中小型创新企业等，以填补产业空隙。除了“特惠型”政策，优化营商环境就是创造共生共赢的土壤，哺育各种规模、不同模式的企业共同发展的“普惠型政策”也必不可少。

从制度层面为优化营商环境提供保障和支撑

要走好优化营商环境之路，奠定基础是起步工作。

从本质来看，打造一流营商环境是一项改革工程，制度创新无疑是深化改革的关键和核心。从制度层面为优化营商环境提供更为有力的保障和支撑，其中立法是最具有刚性的。

2020 年 1 月 1 日起，国务院公布的《优化营商环境条例》施行，这是我国优化营商环境的第一部综合性行政法规，在我国营商环境建设制度史上具有里程碑式的意义。迄今，北京、上海、天津、广州、苏州等地也完成了优化营商环境立法工作。自 2015 年 5 月 28 日获得设区的市地方立法权以来，佛山已经获得地方立法权 6 年，立法数量和质量位居全省 17 个新获地方立法权城市前列，具备营商环境立法基础。

实际上，通过开展营商环境立法，可“破”，即清理一些不规范的、限制公平竞争的政策和制度规范性文件；可“立”，即可把近年来各地区、各部门实践证明行之有效、人民群众满意、市场主体支持的改革举措用法规制度固化下来，同时聚焦市场主体反映强烈的突出问题，坚持对标一流标准，统筹系统解决共性问题，明确一揽子制度性解决方案，推动各级政府深化改革、转变职能。

在制度层面，制定和完善营商环境评价指标体系也是进一步优化营商环境的基础性工作，有利于城市和各级政府部门对标先进，营造你追我赶的良性竞争格局。

目前国际上较为完善也被广泛认可的一套衡量标准是世界银行的营商环境评价体系。自 2003 年以来，世界银行已经连续 18 年发布年度全球营商环境报告，目前其评价体系包括开办企业、施工许可、获得电力、产权登记、获得信贷、投资者保护、税收、跨境贸易、合同执行、破产保护和劳动力市场监管等 11 个领域数百个指标。观察这些指标可以发现，这套营商环境评价体系逻辑上基于市场主体的全生命周期，蕴含其诞生、成长、壮大、衰退和死亡的过程。

而我国也初步构建了中国特色、国际可比的营商环境评价指标体系。

我国幅员辽阔，各地城市化进程和产业结构不同，仅按照企业生命周期的环节进行评价是远远不够的。在企业经营过程中遇到的基础设施建设、生态环境水平等硬环境因素，以及教育、医疗资源配备、人才吸引开放政策等软环境因素，也决定了一个城市对外的吸引力和对内的凝聚力，都是广泛意义上营商环境的重要组成部分。2018 年，国家发改委会同有关部门和地区，从衡量企业全生命周期、反映城市投资吸引力、体现城市高质量发展水平三个维度构建了 23 个一级指标，近年来也选取城市进行了试评价。

值得关注的是，此前普华永道、财新智库、数联铭品与新经济发展研究院联合发布了《2018 中国城市营商环境质量报告》，采用大数据算法，通过城市对企业的吸引力（该指标主要反映经济主体企业在不同城市间迁移选址落户的情况）和企业在城市的发展力（该指标主要是对比和反映企业迁移前后的发展状况）两个以结果为导向的评分，对全国主要城市营商环境质量进行量化分析和排名。

在深入研究借鉴以上共性指标基础上，佛山作为一座制造业大市，是否可聚焦制造业发展，探索更具佛山特色的营商环境评价指标体系，既为各区各镇街各单位打造一流营商环境提供“行动指南”，也对其成效作出科学评价。

争创国家营商环境创新试点城市

近年来，佛山在“放管服”改革上不懈发力，“一门式一网式”政务服务改革也名噪全国。但从总体来说，对照国际一流标准，对标全国标杆城市，佛山营商环境还存在许多短板、弱项，政务服务水平还有很大提升空间。

要做好优化营商环境这一改革工程，必须给予改革深水区更大的政策空间。

2020 年 11 月，国务院办公厅印发《全国深化“放管服”改革优化营商环境电视电话会议重点任务分工方案》，方案明确支持地方探索创新，设立一批营商环境创新试点城市，先行先试深化“放管服”改革。佛山应该积极争取创建国家营商环境创新试点城市，争取更多先行先试的试点政策，打造成本“洼地”。

要做好优化营商环境这一改革工程，让企业更有获得感应该是第一标尺。

佛山可通过线上、线下的企业大调研，更好地找到营商环境的短板弱项，有针对性地对症下药。此前佛山在国内较早设立了地方政府综合性政务服务热线 12345，参考此平台，打造一个政企沟通全时在线平台，让企业的问题能够在第一时间得到了解、沟通与解决非常必要。

进入大数据时代，过去需要耗费大量人力物力才能实现的服务功能可以“一键完成”。佛山应该在现有政务服务改革基础上，通过应用大数据、区块链技术，推动探索更大程度、更多数量的行政审批服务事项实现“全程网办”“最多跑一次”“智能秒批”等，让数字化治理为优化营商环境保驾护航。特别是在大数据分析的帮助下，为企业画像，更好地了解企业需求，提供定制化的服务。在这方面，打造“数字城市”的杭州表现突出。

要做好优化营商环境这一改革工程，城市对人才的吸引力至关重要，这也是企业普遍反映的佛山的不足之处。

事业是吸引人才的首要条件。从根本上说，佛山还是应该从提高产业吸引力抓起。上文已经提到针对特殊产业提出“特惠型”政策，在此不再赘述。与此同时，摆脱产业发展的中低端，向全球价值链中高端迈进，包括加强三龙湾高端创新集聚区、佛山高新区等平台建设，都应是题中之义。

此方面还可以观察一下成都。成都是一座公认的“悠闲”城市，给人感觉似乎缺少一些奋斗的氛围。但近年来，成都不断瞄准国际国内最高水平，结合本土发展实际，相继推出营商环境 1.0 版到 4.0 版方案，还在全国首发政府需求、政府供给能力、企业能力、企业协作需求四张“城市机会清单”，从给优惠到给机会，破解“少不入川”难题。

城市软硬件环境是留住人才的重要因素。佛山更应该做好与广州、深圳、珠海、东莞、惠州等周边城市的比较研究，在标兵渐远、追兵渐近的当下，找到自身独特的城市软硬环境优势，找到错位发展的优势，从而强化佛山在粤港澳大湾区的核心竞争力。

知政主笔 / 黄碧云

（原载 2021 年 8 月 12 日佛山＋ APP 东平知政专栏）

承办全国博士后创新创业大赛，佛山在下一盘大棋！

2021年8月11日，2021年全国博士后创新创业大赛倒计时100天暨大赛标识发布仪式在佛山新闻发布厅举行。

全国博士后创新创业大赛以“博采科技精华、创新引领未来”为主题，由人力资源和社会保障部、广东省人民政府主办，全国博士后管委会办公室、广东省人力资源社会保障厅、佛山市人民政府承办，是我国博士后制度实施以来举办的规模最大、覆盖面最广的全国性博士后创新创业赛事，将于2021年11月19—21日在佛山举办全国总决赛。预计将有超过1000个博士后团队参赛。

这样一项全国性重大赛事得以在佛山举办，对这座城市有何重要意义？

知政君梳理发现，从1995年组建博士后工作管理委员会办公室，到2011年首办中国（广东）博士后人才交流与科技项目洽谈会（以下简称“博交会”），再到如今博士博士后工作在全国地级市居于前列，佛山对博士博士后等高层次人才可以说“倾慕已久”。佛山倾力承办全国博士后创新创业大赛，既是面向博士博士后高端人才的揽才行动的延续，又是产业转型升级的必然需求，更是开辟高质量新赛道、新局面的必然选择。

在一盘指向高层次人才、高质量发展的大棋局中，佛山走出一步“正着”！

3000 多名博士在佛山就业创业

人才是第一资源。

近年来，全国各地针对博士博士后等高层次人才的“大手笔”政策频频占据新闻头条。

“抢人大战”的背后，是城市综合竞争实力的比拼，是城市发展动力资源的“争先战”。人才的结构、质量、数量等，将影响乃至决定一座城市的未来。

改革开放以来，佛山敢为人先、敢闯敢试，“孔雀东南飞”“星期六工程师”“陶瓷界黄埔军校”等现象传为美谈，大批人才推动佛山制造打出威名，走向全国。

美的集团创始人何享健的一番话，可见佛山“追求人才”“善用人才”的人才观：美的 20 世纪 60 年代用北滘人，70 年代用顺德人，80 年代用广东人，90 年代用中国人，21 世纪用全世界的人才！

正当全国各地开始构建开放、市场化的人才合作机制之时，佛山瞄准了博士博士后——站在创新体系“塔尖”的人才群体。

在著名物理学家李政道的建议下，1985 年，我国开始设立博士后科研流动站，实行博士后制度。1995 年，佛山组建博士后工作管理委员会办公室，专门负责全市博士博士后政策制定与服务对接工作。至近年，佛山已建立了博士和博士后创新创业孵化基地，建立了“1 + 5”服务专区、优粤佛山卡、人才服务专线等人才服务体系。

近年来，佛山多次举办大型活动，向博士博士后群体发出“邀请函”。

2011 年 5 月，“博交会”在佛山举行，这是全国首次由地级市承办“博交会”，共吸引 130 家企业博士后科研工作站、158 家高新技术企业和包括北京大学、清华大学、中山大学在内的国内 53 家高校及海内外博士逾 2000 人参加。

2019年11月，佛山再次举办“博交会”，世界各地1200名人才报名参加，其中98%的具有博士学位。

除了市级活动外，各区、佛山企业也根据自身需求举办各类招才引智活动。如顺德连续多年举办“百所高校顺德行”活动，广邀清华大学、北京大学、南京大学等高校负责人、顶尖人才前来考察交流合作；南海区重磅推出“南海鲲鹏人才计划”，涵盖不同层次人才的全方位人才服务和奖励。博智林机器人公司举办了智能装备与机器人领域的产业创新发展论坛暨博士和博士后人才交流对接会。

时至今日，共有3000多名博士在佛山就业创业，全市博士后科研工作站达64家，数量居全国地级市前列，为佛山经济社会发展作出巨大贡献。

承办此次大赛是一个“支点”

创新是第一动力。

“给我一个支点，我就能撬起地球。”

佛山承办此次大赛，正是一个“支点”，一个撬动佛山制造加快转型升级、向价值链中高端迈进的支点。

对于创新领域来说，一个关键人才，能够带动一个项目、撬动一个产业。

在佛山，一批博士博士后正在为佛山制造的新领域、新方向而探索。

美国爱荷华大学工业工程博士贺礼，专注前沿3D打印工艺及装备研发，他牵头的项目获得了国家级基金中国博士后科学基金会资助，为佛山先进制造、高端装备、增材制造等行业进行前瞻性的探索。

毕业于香港中文大学精密工程研究所的陈贤帅是一名年轻的博士后。在佛山创业6年间，他带领研发团队在世界首创了基于影像技术和3D打印技术的个性化牙科种植体，打破了口腔种植系统长期被欧美国家垄断的局面，短短几年，带动佛山医疗器械产业整体进阶。

2021年是“十四五”开局之年，佛山提出，将抓住用好全国唯一的制造业转型升级综合改革试点的机遇，打造面向全球的国家制造业创新中心，促进佛山制造业向全球价值链中高端迈进，推动佛山由制造大市向制造强市转变。

当前，佛山制造业发展已走到转型升级的关键阶段。一方面，佛山传统制造业转型升级步伐加快，陶瓷、家电、铝型材、装备制造等产业领域加快推进向数字化智能化方向迈进。另一方面，人工智能、机器人、电子信息、新能源、新材料等战略性新兴产业，以及工业设计、现代物流、商贸会展等生产性服务业发展迅猛，亟须加强博士博士后人才引进，加强科研团队建设，大力开展科技攻关，集中力量突破一批关键技术和“卡脖子”技术，抢占未来发展制高点。

2021 年 8 月，佛山出台推进制造业数字化智能化转型发展若干措施，其中包括加大人才引进和培育力度，尤其是数字化智能化人才，甚至拿出对领军人才“一事一议”上不封顶的大手笔。

近日，《广东省制造业高质量发展“十四五”规划》出台，佛山被寄予厚望——20 个战略性产业集群重点布局佛山，其中包括智能家电、汽车、先进材料等五大战略性支柱产业，智能机器人、前沿新材料和新能源等五大战略性新兴产业更将佛山作为核心布局城市。

比如，芯片制造领域，支持佛山依托季华实验室推动建设 12 英寸全国产半导体装备芯片试验验证生产线。工业机器人领域，支持佛山重点打造智能制造产业基地和机器人谷，推进工业机器人在家电、陶瓷、纺织、家具等重点行业的集成应用。纳米材料领域，支持以广州、佛山为依托，建设纳米科技核心技术研发、中试孵化、微纳加工、工程化示范应用和产业化等功能性基地与平台等。

佛山制造迎来更大的发展机遇，产业结构调整步伐加快，必然需要更多来自海内外的博士博士后高层次人才参与其中，产生一大批创新创业成果。

如果说观察佛山对创新的渴求，大背景是全市产业转型升级的需求和压力的话，那么此次大赛筹备期间两组数据，可以作为窥见佛山企业创新需求的“一扇窗”。

截至2021年8月4日，大赛设置的“揭榜领题”赛项，共征集遴选出208个科技攻关项目需求，其中来自佛山的张榜需求21个，项目计划总投入达1.12亿元。同时，全国共有1838家单位发布博士博士后人才需求，发布岗位7578个，拟招聘博士后21675名、博士3203名。其中佛山有96家单位发布需求，提供911个以上岗位。

也就是说，“揭榜领题”中佛山企业的需求数，和单位对博士博士后人才的提供岗位数，均占全国的1/10左右。这既是佛山作为东道主充分发动的结果，也反映了佛山企业对高端人才、对创新成果的真实需求。

为城市能级提升带来强劲势能

发展是第一要务。

一座城市举办一场国家级大赛，既是检验城市综合实力的试金石，更为城市发展带来能级提升的强劲势能与经济转型的澎湃动力。

承办全国性创新创业大赛，有机会向外界展示一个“不一样”的佛山。

佛山不是省会城市，也不是经济特区，在城市知名度上，佛山一时难与北上广深等一线城市相比；在“网红经济”时代，也稍逊色于长沙、合肥、重庆等城市。对不少高层次人才而言，提起佛山，可能大多数人的第一印象，还停留在黄飞鸿、叶问等和武术有关的名词。

创新发展中的佛山，如何向全国高层次人才递出一张“生动有感”的名片？或许是承办本次大赛面对的另一个命题。

大赛自启动以来，获得了全国博士博士后人才的广泛关注，来自海内外的博士后团队踊跃报名，仅在百度搜索中输入“全国博士后创新创业大赛”就显示出578万条信息，佛山作为总决赛承办城市的受关注度也持续升温。

不难预见，三个月后的佛山，在迎来数千名博士博士后之时，将全方位展示城市风貌品质、历史人文底蕴、创新创业氛围、投资发展环境、人才服务水平，让博士博士后们对佛山留下深刻印象，产生城市认同感，影响他们未来创新创业的选择。

更令人期待的是，佛山将与博士博士后人才、创新创业团队擦出怎样的火花？

此次大赛参赛项目创新性强，大多集中在前沿科技领域，瞄准新一代信息技术、生物医药与大健康、高端装备制造、新材料、新能源（含新能源汽车）、节能环保、现代农业与食品等八大产业领域，与佛山全力打造“2＋2＋4”产业体系相吻合。

大赛搭建起博士博士后创新创业项目与佛山企业、投资机构、孵化园区等直接对接交流的平台，佛山将以“不求所有、但求所用，不求所在、但求所为”的新型人才观敞开怀抱，让博士博士后创新创业项目在佛山找到产业化、市场化的机会，为佛山从制造大市向制造强市的升级注入新鲜血液。

知政君也了解到，众多佛山企业积极参与本次大赛，如某著名制造业企业已计划拿出超千万元资金借大赛招贤纳士，破解企业转型发展难题。

当前，佛山正全力打造人才向往之城。广邀四海人才的大赛也将成为突破口，推动佛山进一步遵循博士博士后人才特点和科研工作特色，调整人才服务措施，优化人才服务，乃至在更大层面营造爱才重才的社会氛围，推动一流营商环境打造，为城市品质形态提升提供契机。

一个城市的未来，不止于产业发展。在知政君看来，尽管本次大赛聚焦理工科博士博士后人才的比拼，但佛山这座城市迸发的活力与提供的机遇，将同样吸引人文社会科学等领域高层次人才的关注，助力佛山经济社会文化建设，支撑佛山高质量发展。

知政主笔 / 莫璇

（原载 2021 年 8 月 17 日佛山＋ APP 东平知政专栏）

再解密：
谁来担任佛山首席数据官？

佛山各级政府部门即将试点设立新的岗位：首席数据官。

知友们有很多疑问：首席数据官是做什么的？是什么级别？是专业技术岗位还是领导岗位？将由谁来担任？佛山为什么突然在各级政府部门中设立这个新角色？其背后究竟有何深意？

前期，媒体对佛山市年内试点建立首席数据官制度作了相关报道。在此基础上，知政君进一步深入了解，尽可能解析知友所关注、关切的。

按照佛山市印发的《佛山市首席数据官制度试点工作实施方案》（以下简称《方案》），2021 年底前，包括市教育局、工业和信息化局、公安局等 23 个部门和佛山五区及有条件的镇（街道）和区级政府部门，分别设立本级政府首席数据官和本部门首席数据官。

推动建立首席数据官制度，是佛山深化数据要素市场化配置改革的一项制度性安排，标志着“十四五”期间数据要素市场化配置改革的又一开创性、基础性和制度性创新举措在佛山落地实施。

进入数字化时代，佛山全面推行首席数据官制度，是进一步提高公共数据治理、运营和监管水平，推动政府治理体系和治理能力现代化，高标准高品质推进“数字佛山”建设的应有之义。

首席数据官：原则上由行政副职及以上负责同志兼任

什么是首席数据官？

首席数据官这个职业最早源于企业，大概诞生在 1991 年，属于企业高管，主要负责企业内的数据管理与运用。而政府首席数据官旨在促进数据共享开放与透明度，提高数据驱动的决策能力，保护数据机密性和隐私。

公开资料显示，美国是最早任命政府首席数据官的国家。2011 年，芝加哥市设立首位市政首席数据官；2013 年，联邦储备委员会任命首位首席数据官；2019 年，美国要求联邦政府各机构需指定一名首席数据官。

除美国外，其他国家也纷纷开展设立首席数据官的实践。2015 年，法国设立首席数据官，英国政府也于同年设立首席数据官。2017 年，新西兰在国家统计局任命首席数据分析与管理官。

在国内，广东省政府全国首创首席数据官制度。2021 年 4 月，广东省出台《广东省首席数据官制度试点工作方案》，选取佛山等 10 个地级以上市，以及省公安厅等 6 个部门，试点建立首席数据官制度。

佛山落地的《方案》，赋予首席数据官四个方面的职能：一是推进数字政府建设。组织制定本级政府或本部门数字政府发展规划、标准规范和实施计划等。二是统筹数据管理和融合创新。统筹推进数据共享开放和开发利用工作，推动公共数据与社会数据深度融合和应用场景创新，积极推进重点领域应用场景落地实施等。三是实施常态化指导监督。协调解决本级政府或本部门信息化项目建设中的重大问题等。四是加强人才队伍建设。组建数字政府改革建设人才队伍，对人才的晋升、奖惩提出建议等。

佛山为首席数据官下了“定义”，是负责制定本地区或部门数字化发展战略、整体规划和技术方案，组织管理本地区或部门数据资源，推动数据资源跨区域、跨层级、跨行业协同发展与开发利用，以及与信息技术应用有关事宜的管理专员。

知友们比较关心，由谁来担任首席数据官。根据任职要求，担任佛山各级政府部门的首席数据官，要熟悉政府行政和业务工作，具有较强的领导协调能力、统筹组织能力和信息化项目管理能力，有大数据、信息化方面的相关工作经验。原则上，市、区政府首席数据官由本级政府分管数字政府改革建设工作的行政副职及以上负责同志兼任，各试点部门首席数据官由本部门分管数字政府改革建设工作的行政副职及以上负责同志兼任。

值得注意的是，各区政府首席数据官由各区数字政府改革建设工作领导小组任免，报市政务服务数据管理局备案；各试点部门首席数据官由本部门任免，报本级政务服务数据管理部门备案。

佛山对首席数据官建立了严格的考核评价机制。一方面，结合重点工作部署、日常管理等落实情况，由市数字政府改革建设工作领导小组办公室对市、区政府首席数据官和试点部门首席数据官履职情况进行监督评价。另一方面，首席数据官须向考核机构提交年度述职报告，全面总结本级政府或本部门数字政府建设、数据治理运营及人才队伍建设等履职情况，并提出改进措施。

佛山还将定期邀请行业专家以授课、讲座或组织培训班等形式对首席数据官和数据联络员进行培训，解答业务难题，提升业务和技术水平，帮助首席数据官和数据联络员熟练掌握有关法律法规和方针政策。

毫无疑问，首席数据官制度将创新佛山数字化管理理念和管理制度，加强数据资源管理，提升数字化建设效能，促进数据资源开发利用，为佛山建设一支素质优良的信息化管理人才队伍。

首席数据官：将有效提高数据治理和数据运营能力

2020 年 3 月 30 日，《中共中央 国务院关于构建更加完善的要素市场化配置体制机制的意见》正式印发，这是党中央、国务院第一次对推进要素市场化配置改革进行总体部署。数据与土地、劳动力、资本、技术等其他四个要素，摆在了同样重要的位置。其中明确提到，加快培育数据要素市场，包括推进政府数据开放共享、提升社会数据资源价值、加强数据资源整合和安全保护。

我国“十四五”规划纲要提到，迎接数字时代，激活数据要素潜能，推进网络强国建设，加快建设数字经济、数字社会、数字政府，以数字化转型整体驱动生产方式、生活方式和治理方式变革。

随着大数据、云计算和人工智能等新一代信息技术的快速发展，数据已成为数字时代的基础性战略资源和革命性关键要素。

敢为人先的佛山，早已意识到数据要素的重要性。2017 年 12 月 16 日，佛山市数字政府建设管理局揭牌成立，这是广东省首个以数字政府建设为主要职责的地级市政府工作部门。

佛山当时就提出，要抓紧完善制度机制建设和人员配备，促进机构尽快运转，从严推进佛山全市信息化，以及大数据项目的统筹建设和统一标准体系，加快形成以创新为主要引领和支撑的数字经济，充分运用大数据推进社会治理和民生事业发展，为全省、全国建设数字经济作表率。

时至今日，佛山的数据资源家底如何？知政君查阅最新的资料显示，截至 2021 年 8 月 16 日，佛山建成全市政务大数据平台，累计归集数据超 250 亿条，开放数据达 18.6 亿条，逐步实现对政务数据“聚、通、用、评、看、管”目标，有力支撑了“数字佛山”各项改革。

面对海量数据，数据资源共享应用不深是佛山的短板。佛山市政务服务数据管理局主要负责同志接受知政君采访时表示，虽然近年来佛山在政务数据归集方面取得了积极成效，但还存在数据质量不高，数据可用率、增值开发能力较低等不足。

佛山在各区和市重点涉及数字化管理部门试点建立首席数据官制度，明确职责范围，健全评价机制，将创新数据共享开放和开发利用模式，有力、有效提高数据治理和数据运营能力。

佛山首席数据官其中一个重要职责是统筹数据管理和融合创新。里面就包括：组织制定数据治理工作的中长期发展规划及相关制度规范，统筹管理数据普查登记、规范采集、加工处理、标准规范执行、质量管理、安全管控、绩效评估等工作，统筹协调内外部数据需求，统筹推进数据共享开放和开发利用工作，推动公共数据与社会数据深度融合和应用场景创新，积极推进重点领域应用场景落地实施。

相信不久的将来，佛山以试点首席数据官制度为契机，将不断涌现数据应用创新场景，推动数据应用课题研究、重点领域应用场景落地成效，不断释放数字红利。与此同时，佛山将加强试点区和部门成果推广，鼓励开展差异性特色数据应用探索，形成百花齐放的局面。

首席数据官：面临数据开放利用与安全重大挑战

充分运用大数据技术手段提升政府治理现代化水平，充分利用大数据资源推动经济社会高质量发展，趋势不可逆转。

佛山各级政府、部门首席数据官，肩负“数字佛山”改革建设重要使命，需要稳步推进数据要素市场化配置改革：

完善数据要素自由流通配套机制。加快建立统一协调的公共数据法治环境和管理体系，全面推进公共数据资源开放，开展公共数据开发利用试点，持续完善数据要素交易规则和平台机构，推进数据要素交易流通。

明确数据交易的关键技术和业务模式。对数据要素市场化配置体制机制所需的法律体系、政策体系，以及数据产品与服务的确权、质量、市场化定价策略等问题，一一深入研究并制定完整的解决方案。

配好配强数据管理队伍。建立并配强首席数据官和数据专员队伍，全面增强各区各部门对数据管理和融合创新的统筹指导能力，深入推动全市公共数据共享开放和开发利用。

同时，在信息技术快速迭代、数据资源被各利益方觊觎的时代，如何保障数据安全？中国（深圳）综合开发研究院博士后工作站的李恩汉就有此担忧：政府始终是一个责任主体，与企业的首席数据官相比，市场考虑数据利用的利益、效率，而政府首先要考虑责任，在开放环节最主要的应该是安全问题。

知政君认为，保障数据安全及数据隐私是数据利用无法绕开的关键环节，是数字经济发展的基础，也是必须坚守的底线。如何在推进数据要素市场化配置改革，充分开放、利用数据的进程中，确保数据安全，将是首席数据官们面临的重大考验和挑战。

知政主笔 / 吕金生

（原载 2021 年 8 月 26 日佛山+ APP 东平知政专栏）

全球造芯，
佛山是否要做追风少年？

最近，芯片价格不断上涨，“芯片荒”正从智能汽车、消费电子蔓延到越来越多的智能制造产业。“芯片荒”出现的重要背景，是芯片不断在赋能新的应用趋势。人工智能、5G、IoT及可穿戴等新应用层出不穷，直接引爆半导体产业。

在全球缺芯的背景下，当前全球半导体产业进入重大的调整期，发展高端芯片和集成电路已被写进我国的“十四五”规划中。上海、深圳、南京等地纷纷加码芯片产业，其中南京2020年集成电路主营业务收入增幅37.9%。

《广东省制造业高质量发展“十四五”规划》提出，要打造我国集成电路产业发展第三极、建成具有国际影响力的半导体及集成电路产业聚集区。芯片研发生产战的号角已经吹响。

“造芯”赛道火热抢眼，制造业大市佛山，是否也要做“追风少年”？发力半导体产业能给佛山产业全面升级带来怎样的帮助？如果确定要投入，佛山又该从哪些方面发力？

芯片自主：转型升级决战的关键

业界有这样一个数据：1∶100，即1美元的半导体产值，可以带动100美元GDP的增长。作为半导体元件产品，一颗小小的芯片却可以驱动巨大的设备。譬如如今的智能家电、智能汽车产品，最关键的核心已经集中到智能身上，而智能的关键，在芯片。

随着佛山的支柱性产业——泛家居产业往智能化方向发展，佛山制造业正整体向数字化智能化转型升级，可以预见，未来佛山需要芯片的地方将更多。

但是，芯片研发这样"卡脖子"的技术，并不掌握在我们自己手里。中国是全球最大的芯片进口和消费国，占全球芯片市场份额的三分之一，每年进口芯片要花费约3000亿美元，而其中广东就占了40%左右。每年，美的、格兰仕等佛山企业，都要花费上亿元采购芯片。

而且，这种情况还在逐年加剧，随着产品不断往智能化方向升级，未来芯片占制造成本的比重将越来越高。能否掌握自主造芯技术，保障有高品质、稳定、便宜的芯片可用，关系到企业基业能否长青，也关系到地方经济能否保持稳定持久增长。

这就是家电巨头都纷纷开始大举"造芯"的原因。佛山家电龙头企业也不例外，2018年，美的成立间接控股子公司上海美仁半导体有限公司；2020年1月，格兰仕也发起成立广东跃昉科技有限公司，主导开源芯片产业生态链建设，格兰仕首期规划投资100亿元在顺德建设世界级开源芯片基地。到了2021年，美的又成立了美垦半导体技术有限公司。

这也是北上广深以及佛山等各地政府都纷纷宣布要大力发展半导体产业的原因。背靠半导体应用的最大市场，广东发力半导体产业本该一马当先，但如今国内芯片产量最大的省份是江苏。与佛山同为向制造业强市转型的制造业大市，无锡借创新之力赋能产业，2020年无锡集成电路产业产值增至1350亿元，产业规模全国第二，受此带动，2020年无锡数字经济核心产业规模以上企业营业收入超过5500亿元。芯片对产业升级和经济高质量发展的推动力可见一斑。

如今，芯片投资呈现你追我赶的激烈态势，因为他们明白，谁掌握了芯片的主动权，谁就能在新一轮“智能经济”这条赛道上率先抢跑；谁落后于人，谁就有可能被市场抛弃。

保持理性：以市场化原则去发展芯片产业

随着芯片赛道的火热，这两年来，进军芯片领域的企业不少。根据启信宝的统计，2020 年全国有超过万家企业变更经营范围，加入半导体、集成电路相关业务。

这不得不让人想到几年前，中国 LED 芯片产业经历的一轮投资热——全国各地短时间内冒出近百家 LED 芯片企业，总投资达到 800 亿元。低端的同质化竞争，让行业出现了严重内卷，仅仅两年后，70% 的企业已经关门。潮退之后，才能知道谁在裸泳。

这也给佛山发力半导体产业带来一个警示，在产业风口之上，最应该做的，就是保持冷静和理性，要遵从产业发展的市场规律，以市场化原则去发展芯片。当前全球半导体产业进入重大的调整期，集成电路产业的风险与机遇并存。作为一个“三高一低”的行业，芯片制造高风险、高投入、高科技，回报周期长，投入常以亿元为单位。而且在行业内，芯片常需要垫资生产，客户的验证期也长达几个月甚至半年，对资本要求极高。一个企业要持续发展下去，必须在市场赚到钱，不能依赖政府的资金扶持。

而拥有潜力巨大的应用市场，是佛山“造芯”天然优势。利用半导体应用的市场需求，佛山可反向培育半导体产业。

目前，佛山一些企业的芯片产品已经落地并实现了商用。2019 年 10 月，格兰仕发布了两款 AIoT 家电物联网芯片——BF- 细滘、NB- 狮山，拥有自主知识产权，目前已应用在格兰仕的家电产品上。2021 年 3 月，美的旗下的“美仁”芯片也完成了产品测试，并逐步进入批量销售阶段。

但总体而言，佛山的半导体产业还处于起步阶段，没有形成完善的产业链。截至 2021 年 3 月，广工大研究院省半导体创新中心引进和孵化企业 20 余家，涵盖芯片设计、装备、封测等领域，而顺德的开源芯片基地还处于建设初期。从数量和规模上来看，这都不算多、不算大。

知政君认为，“罗马不是一天建成的”，在发力半导体产业的过程中，质量比数量更为重要，佛山没有必要过于求全。正如 2020 年 9 月发布的《广东省培育半导体及集成电路战略性新兴产业集群行动计划（2021—2025 年）》提到的那样，佛山可以依据各自产业基础，在封装测试、半导体材料、特种装备及零部件等领域，积极培育发展产业龙头企业，推动建设半导体及集成电路产业园区。结合自身的制造基础，先做市场急需的项目，培育出细分行业单打冠军，增强产业集群的综合实力，譬如可以依托季华实验室推动建设 12 英寸全国产半导体装备芯片试验验证生产线；加强产学研协作，研究机构与企业密切沟通，着力破解企业发展缺“芯”痛点等。

人才因素：得人才者得芯片产业天下

虽然佛山龙头企业对发力半导体热情高涨，但知政君也看到，美的把子公司美仁设在了上海，把美垦放在了重庆。2020 年上海集成电路产业规模超过 2000 亿元，2022 年重庆市集成电路销售收入有望突破 1000 亿元。

美的的这种选择与人才因素紧密相关。跃昉科技首席技术官江朝晖直言：“顺德还不是芯片产业的集聚地，对芯片人才的吸引力不够强。”

虽然格兰仕把前 Google 企业网络首席技术官、前思科中国首席技术官江朝晖拉来跃昉科技坐镇，力邀前中芯国际执行副总裁汤天申博士出任跃昉科技 CEO。但 2021 年格兰仕仍然求才若渴，广发招贤令全球揽才。格兰仕董事长梁昭贤表示：“紧紧抓住新一轮科技革命和产业变革的机遇，关键是解决人才问题。”

对发力芯片产业的企业来说，人才乃必争之地。《中国集成电路产业人才白皮书（2019—2020 年版）》显示，到 2022 年，我国芯片专业人才缺口仍有约 25 万。甚至可以说，得人才者得芯片产业天下。

针对此痛点，不少专家提出过解决方案，广工大数控装备协同创新研究院发展规划部部长朱涛认为，可以引导佛山院校增设半导体芯片专业，让人才培养本土化、订单化。订单化或许可以解决基层芯片人才的需求问题，但对更高层次的人才还是需要大力引进。

对于特别的高层次人才，仅仅用高福利是吸引不了他们的，要吸引他们，最关键的还是要给他们发挥才能的科研或者企业平台，正如江朝晖所说："我早就实现了财富自由，吸引我来顺德的，是梁昭贤董事长不惜一切代价要研发'中国芯'的理想信念，和能提供给我施展才能的研发平台。"

如果引才太难，倒不如不要过于纠结是否把人才引到佛山来，更着眼于用才，让项目跟着人才跑，先在世界各地设立研究中心，把产业基础强健起来，栽好梧桐树，不必担忧凤凰不来。等到合作的时间长了，这些人才会不时来佛山交流、沟通，这时，佛山就可以通过良好的城市环境吸引他们，让一部分人才留在佛山，从而形成越来越多的人才集聚。

此外，建立各种联盟和协作平台，开展上下游协作，也是佛山半导体产业"用才"的有益探索。2021 年 5 月 21 日，季华实验室联合国内 20 余家相关企业和单位发起成立粤港澳大湾区半导体装备及零部件产业技术创新联盟，加强产业链和上下游之间的互动交流与协同合作。这也将为佛山解决半导体技术攻坚、产业发展过程中遇到的问题提供帮助。

与改革开放带来的传统制造业高速发展不同，芯片是全球竞争高地，要想在全球竞争格局中获得一席之地，佛山必须有大格局、长眼光，高瞻远瞩地对半导体产业进行布局，尊重产业和市场发展规律，为研发、生产企业提供一流的营商环境，做好服务型政府的角色，借助市场的力量取得突破。

知政主笔 / 高慧超

（原载 2021 年 9 月 9 日佛山＋ APP 东平知政专栏）

佛山与横琴，历史照进现实！

有一些故事，对在这座城市久居的人而言，或许略知一二，但年轻一代或初来乍到的人却未必了解。回顾那些尘封的故事，更让历史照进现实、启迪未来，这也是知政的意义。

近日，中共中央、国务院正式印发《横琴粤澳深度合作区建设总体方案》，清晰地勾勒出横琴粤澳深度合作区建设的宏伟蓝图。历史发展的聚光灯投向了横琴，这个离澳门最近处仅60米的边陲小岛成为世界瞩目的焦点。

在方案出台约半个月前，在与横琴相隔百余公里的佛山，市委十二届十三次全会提出，要举全市之力对接支持服务横琴、前海两个合作区建设，推动佛山在更广阔舞台加注新动能、赢得新优势、续写新篇章。

乍一听，“横琴”两字对佛山人来说更多是对国家级新区的仰望，是对横琴粤澳深度合作区带来重大机遇的期盼。

实际上，如果把时间维度拉伸到20世纪，横琴与佛山并不遥远，反而有着一段亲密的“前世今生”。就在当前高楼林立的横琴新区、横琴自贸区，其核心地带的一部分——中心沟围垦区，曾经是属于佛山顺德的“飞地”。其背后更有着一段沧海变桑田的故事。

20 世纪 70 年代，佛山顺德响应号召，投身横琴岛中心沟围垦工程，在非常艰苦的条件下，筑大堤、建水闸、挖河道、建公路、搞农业生产，历时 10 年缔造了填海工程的一个奇迹。到 2010 年，为配合国家全面实施横琴开发战略，佛山市顺德区将中心沟权属移交给珠海市横琴新区。

今天，知政君带您一起关注佛山与横琴的过去、现在和未来！

跨越山海：上万名顺德儿女赴横琴围海造田

横琴岛是珠海第一大岛屿，与澳门三岛隔河相望。

在横琴，佛山顺德曾拥有一块围海造田造出来的“飞地”。这种“飞地”现象，在广东乃至全国都少见。

当时，顺德人为什么会去横琴围海造田呢？

原来的横琴仅有 40 多平方公里，由大、小横琴两个岛组成，两岛之间是一条海水与湿地交织的巨沟，面积约 14 平方公里。

1968 年，为了向海滩要粮食，珠海决定对中心沟进行围垦。由于工程艰巨，当时归属佛山地委管辖的珠海，提出与邻近兄弟县合作围垦开发的设想。

根据佛山地委的指示，1970 年，顺德县乐从（沙滘）、杏坛、勒流、龙江、均安等五个公社的 3200 名基干民兵，分两批浩浩荡荡奔赴珠海横琴中心沟。

时任顺德县围垦工程党核心组成员、指挥部副指挥，后任总指挥的黎子流曾经回忆，当时大多数投身建设的都是二十来岁的年轻人，没有现代化设备，没有与大海打交道的经验和技术，靠的是“一颗红心两只手”。

将一片汪洋拦腰截断、围海造田，怎能是易事。

那时是全国经济困难时期，没有机械化，粮食不够吃。横琴岛上缺淡水、无蔬菜、无住房，岛上每年风和雨特别多，有时候台风能有 11 级，自然环境恶劣。

围垦人员开山、筑路、填海搞围垦都是靠双手双脚，乘的船一天能被浪打翻上百次。住的是自己搭建的草房，台风一来就被刮得破破烂烂甚至倒塌。

顺德儿女经历 3 年多艰苦卓绝的奋斗，终于筑起了长各 2 公里的西堤和东堤，开挖了 14 公里长的环山河，把中心沟“填平”了。此后，五个公社的农民轮番到岛上开垦种植。顺德人还发挥养鱼专长，把垦区改造成具有珠三角特色的桑基鱼塘。其间，为了解决滩涂上无淡水、无电的情况，顺德人兴建了水库和发电站。引淡、排涝、发电，中心沟不再是“有得种，没得收”的“伤心沟”，沧海终于变桑田。

顺德围下的中心沟面积到底有多大？当年，广东省测量局测量结果：1.6 万亩（10.65 平方公里）；省国土厅测量数据为 1.7 万亩（11.3 平方公里）；也有说法为 1.8 万亩（11.98 平方公里）。

我们可以与澳门进行对比，澳门的面积大约 32 平方公里，这次围垦，顺德得到了约 1/3 澳门大小的陆地。

回顾这段历史，从人力上来看：由于有轮换制度，前后超过 1 万名顺德儿女在中心沟里挥洒青春与汗水。直至 1980 年珠海立市，顺德人开始大批撤回，只有少数人仍留在了横琴。

从财力来看：据粗略统计，在最艰苦的 4 年间，顺德耗费了财政资金 650 多万元及大量物资在中心沟围垦。当时人均工资一个月大约 40 元，一个普通家庭四口人一个月 100 元足够基本生活。可以说，对当时一年财政收入约 5000 万元的顺德县来说，是倾了全县之力支持中心沟围垦工作的。

权属之路：胸怀大局将中心沟移交珠海

虽然在挥师横琴之前，顺德与珠海双方明确工程完工后，围垦的土地面积三分之二归顺德，三分之一归珠海。但最终，围垦工程由顺德独立完成，中心沟后来也成为顺德的一块“飞地”。1980 年珠海立市时没有将中心沟与横琴一齐划入珠海。

1985 年珠海启动统征全市土地工作，到 1988 年，整个珠海市区的土地已基本统征，只剩斗门和横琴的中心沟。

珠海原市委书记梁广大在接受媒体采访时回忆说，听说珠海要征中心沟，顺德人认为，顺德人在中心沟流血流泪，刚刚才有收获的喜悦。按照当时征收农地的标准，账算不来。已在江门和佛山任职的黎子流、欧广源频频来找他沟通。后来梁广大心软了，此事作罢。

经过数年的协商，1994 年，珠海与顺德终于达成了协议。

根据这份协议，中心沟的 1/3 归珠海所有，面积 421.46 公顷（4.21 平方公里），顺德方占 842.93 公顷（8.429 平方公里）。由珠海统一完成基建配套，顺德一片由顺德、光大国际信托投资公司、香港信港集团联合开发。每开发 1 平方米向珠海缴纳 700—800 元。

然而此后中心沟并没有开发大动作。与此同时，横琴的围垦大战却并没有结束——毕竟横琴毗邻澳门，必须进行更大规模的围海造地，才能突显横琴的潜在价值。

1991 年，珠海开始建连接横琴与湾仔的横琴大桥。1992 年，横琴岛被广东省定为扩大对外开放的四个重点开发区之一，横琴经济开发区管委会挂牌。珠海成立了横琴开发指挥部。珠江水利委员会聘请专家对横琴的围海造地进行了论证，并提出了方案。当年 10 月，“战役”打响，当时围垦土地有 40 多平方公里，1997 年基本围成。横琴的土地开始向东、南、西、北延伸，中心沟被包在了中间。

不过显而易见的是，相比深圳等 20 世纪 90 年代腾飞的特区，横琴岛一直处于“开而未发”状态，被认为错失了许多机遇。“横琴是不是被丢荒？”这是进入 21 世纪后，珠海时常被外界质疑的问题之一。

梁广大对此也给出解释说：“并不是我们丢荒横琴，而是横琴的土地是填出来的，下面都是海，如果要打桩，代价太大。我们只把它作为后备土地，等待自然下沉，这本身就需要 10—20 年。”

横琴真正迎来大发展，是在澳门回归的第十个年头！

2009 年，中央决定开发横琴岛，横琴开发由此纳入国家战略。

在此背景下，2010 年，珠海和顺德就中心沟归属问题签订相关协议。当年 4 月 8 日，珠海市国土资源局横琴分局和佛山市顺德区横琴岛中心沟办事处联合发布公告，珠海以 30 亿元的补偿价收回顺德“飞地”。经广东省人民政府批准同意，2010 年 9 月 30 日前，佛山市顺德区横琴岛中心沟围垦区内的全部国有土地使用权移交珠海市国土资源局。

在国家全面实施横琴开发战略大局中，佛山展现了自己的忠诚与担当。

照进现实：举全市之力支持合作区建设

虽然佛山与横琴那段波澜壮阔的故事已经渐渐远去，但这段历史为我们留下的胸怀大局、敢为人先、艰苦奋斗的宝贵精神财富历久弥新。

《横琴粤澳深度合作区建设总体方案》出台后，迅速在佛山引起强烈反响。各界人士充满期待，一致认为佛山有基础、有条件、有能力与横琴合作区发生更大“化学反应”，形成更多高质量发展的新增长点。

对佛山来说，具有与横琴地理位置相近、改革特质相同、产业结构互补、文化同根同源等多重优势。特别是从产业看，横琴合作区位于广珠澳科技创新走廊关键节点，定位于发展科技研发、高端制造、文旅会展商贸产业，科技创新条件优越，与佛山制造业具有很高互动性和匹配度。

经过十余年的开发建设，横琴走在快速增长的康庄大道上。公开数据显示，自 2009 年起至今，横琴地区生产总值从 2.85 亿元增长到 407 亿元，累计固定资产投资超 3300 亿元，登记商事主体数量超过 5.5 万家，其中澳资企业逾 4400 家，注册资本超 1300 亿元，已成为我国内地澳资企业最集中的区域。

如何把握横琴粤澳深度合作区发展的重大机遇，让历史照进现实？佛山市委十二届十三次全会提出，佛山要举全市之力对接支持服务两个合作区（另一个合作区指前海深港现代服务业合作区）建设，推动佛山在更广阔舞台加注新动能、赢得新优势、续写新篇章。

加强改革联动，共同释放改革整体效应。提振改革雄风、再燃创新激情，聚焦现代服务业创新发展、科技发展体制改革、社会治理体制改革、广东赋予佛山相关领域改革实验等方面发力，以集成改革措施牵引带动佛山高质量发展。

加强科研协同，共同服务全省创新发展。积极参与广深港、广珠澳科技创新走廊建设，推动高端人才、核心技术、创新成果向三龙湾聚集，全面建设珠江西岸创新极核。

加强产业合作，共同建立现代产业体系。加强与两个合作区产业链上下游和头部企业合作，积极对接两个合作区科技、信息等现代服务业，引金融“活水”浇灌佛山实体经济，打造大湾区世界级产业集群。

加强市场衔接，共同融入新发展格局。推动人流、物流、资金流、信息流便捷高效流动，加快建设一批“高标仓＋智能化”的现代物流产业园，携手拓展“一带一路”多元化国际市场。

加强文化交流，共同打造心心相印的家园。推进公共文化服务提档升级，加快港澳青年创新创业就业基地建设，深化文旅融合发展，进一步促进佛港澳人文相融、民心相向、精神相依。

东方风来满眼春，国家每一次重大战略部署都会释放巨大红利。百舸争流、千帆竞发，佛山一定要敢为人先，抢抓机遇，深挖利好，借势借力向着第二个万亿目标迈进！

东风已至，让我们共同期待佛山与横琴一起演绎下一个更精彩的“春天的故事”。

知政主笔／黄碧云

（原载 2021 年 9 月 16 日佛山＋ APP 东平知政专栏）

清北硕博竞相涌入，佛山教育怎能错过这波“抢人操作”

2021 年新学期，6 名硕士研究生学历新聘教师登上佛山一中的讲台，他们是佛山一中首次到北京校招的惊喜“收获”，其中包括 1 名清华大学硕士、2 名中科院硕士。“优秀的老师能培养出更优秀的学生。”佛山一中校长谭根林认为，优质师资是培养优秀学生的重要前提，他们不只传授知识，更会用自己的视野和格局引领学生，让同学们更早立大志，存大格局。

实际上，最近几年，广州、深圳等城市的很多优质中学尤其是高中，早已开始发力招揽高学历人才，尤其是具有名校背景的高素质人才。2021 年新学期，深圳中学、华南师范大学中山附属中学（简称“华附”）、广东实验中学（简称“省实”）等省内几所重点高中，分别迎来一批新教师。其中，华附迎来 9 位博士，1 位博士后；省实迎来 14 位清北教师，其中 7 名北大博士，6 名北大硕士，1 名清华硕士。

很明显，面向清华、北大等名校招聘毕业生进入教师队伍，已经成为一些先发城市优质学校抢夺高端教育人才、提升教育水平的关键一招。

强教必先强师。如果说知识和人才都有赖于教育，使得教育成为现代化的一个决胜因子和先行者，那么教育现代化的关键变量就是教师现代化。近年来，诸如北京、杭州、深圳、广州等城市，都在加大基础教育优秀师资内引外培力度，由“引人抢才”进一步演变为“助人落地”，其背后是城市综合竞争实力的比拼，更是城市发展动力资源的“争先战”。

站在“十四五”开局的新起点上，佛山提出要把教育作为重要的营商环境和“一把手”工程高效推进，这意味着佛山教育事业发展面临更多、更高的需求，必将吸引更多高层次人才向佛山“迁徙”。在此背景下，如何打破教育系统引才、育才、用才、留才的瓶颈，让群贤毕至、引得“孔雀东南飞”？如何让高素质教师人才在城市中安居乐业、建功创业，与城市共成长，助推城市高质量发展？对此，佛山需要有更高的格局、更大的魄力、更灵活的机制。

趋势：越来越多高学历人才加入基础教育行列

从近两年各地各校发布的招聘公告来看，进入教师队伍的学历门槛正在提高。

2021 年 9 月开学，深圳中学一份新教师名单引发热议。其中，17 名任教物理、化学的新入职老师全为博士或博士后。2020 年该校新聘教师 66 人，其中硕士 39 人，博士 21 人，博士后 6 人。近几年，深圳中学从哈佛大学、剑桥大学、新加坡国立大学、北京大学、清华大学、中国科学技术大学等海内外名校引进了百余位优秀毕业生。

除了深圳中学外，引发关注的还有广州的教师。2021 年 7 月，广州白云区教育局共录用了 18 名博士担任中小学教师，其中两位已有副教授职称。2021 年 5 月，广雅中学、广州二中等 25 所中小学启动教师招聘，88% 的学校仅招硕士或博士研究生。2021 年，广东实验中学新聘教师中，14 位来自清北，其中北大博士、清北硕士各占一半。2020 年，该校已成功聘入 11 名博士，并设立“基础教育研究博士工作站”，这是广东省第一家在中学设立的博士工作站。

这一现象并非广东特有，在名校云集的北京海淀，清北毕业生由于具有较高的综合素养，而成为人大附中、清华附中等名校教师人才招聘的首选。早在2019年，清华附中硕士及以上学历教师已超过50%，毕业于清北、人大、北师大、浙大、英国约克郡大学等国内外名校的教师已超过22%。大规模招聘高层次教师，已成为许多先发城市基础教育的常态。

一流的教师队伍成为助推学校实现跨越发展的“源头活水”。以深圳中学为例，根据省教育考试院公布的2021年广东高考物理类前150名、历史类前50名的人数统计表，深圳中学再登榜首。2021年高考，该校屏蔽生人数全省第一；各高分段人数全省领先；41人被清华、北大录取，录取人数全省第一；特控线上线率99.4%，本科上线率100%，全省第一。

名校毕业生当老师有什么优势？“老师好”一定能成为“好老师”吗？

有人认为，高学历不代表能成为好老师，日后的表现更重要。在21世纪教育研究院副院长熊丙奇看来，高学历教师不仅是用来改变教育绩效的，更是用来改变教育绩效标准的，“每个学生都有自己的特点，名校毕业生显示出更强的综合性学科优势，学生在求学过程中，培养的是复合型的知识结构，所以，有不同学校背景和不同专业的毕业生应聘教师，这是好事”。

可以肯定的是，基础教育，需要一批领军人物和顶尖人才。一方面，他们可以发挥对教师队伍“搅动一池春水”的“鲇鱼效应”，激发更多教师提升能力，最终让学生受益。另一方面，其背后彰显的是社会整体素质的提升——尤其基础教育是人才成长的起点，高中阶段更是培育创新人才承上启下的关键一环，站在提升学生素养的目标审视基础教育，这些教师能带给学生的更是培养学生终身学习发展、创新性思维、适应时代要求的关键能力。

现状：佛山燃起争夺教育人才的燎原之势

事实上，大力引进高素质教育人才背后的出发点和基础，还源于各地优质基础教育的扩张。近年来，深圳、广州、东莞等各市纷纷掀起基础教育学位建设新高潮，学校建成后，如何同步配套配备优秀师资成为首要直面的问题。佛山要在区域竞争中脱颖而出，必须燃起争夺教育人才的燎原之火，刷新新一线城市的“存在感”。

栽好梧桐树，引得凤凰栖。2018 年，佛山市教育局发布以“最高 200 万元安家补贴”引进基础教育高层次人才的公告，一个月内便收到来自省内外 40 多份人才材料，在这一波招聘中，成功引进的国家级基础教育杰出人才是全国化学竞赛国家级教练贾永山，顺利入职石门中学。第二年，该校 27 名学子在中国化学奥林匹克竞赛中荣获一、二等奖，获奖人数全省高中排名第二；佛山市竞赛成绩的前 20 名中，石门中学有 17 人。当年高考，石门中学共 7 人被清北录取，2021 年高考，石门中学北大录取人数增至 13 人。

这几年，佛山一中新聘教师也以硕士学历起步，并陆续引入 2 位国家级基础教育杰出人才。2021 年高考，佛山一中进入全省物理类前 150 名、历史类前 50 名共计 12 人，全省排名第五。为了充分发挥杰出人才的辐射作用，2021 年，佛山一中教育集团还在成员校建立了拔尖创新人才联合培养基地，探索打通小学、中学至大学的拔尖创新人才成长通道。

这离不开佛山在这场城市竞争另类赛道上总结出的“章法”：建立全市统筹、市区联动的教育人才工作机制，形成人才引育的互补叠加优势。其中，市负责佛山市高等教育高层次人才引进扶持，统筹佛山市国家级基础教育杰出人才、省级基础教育领军人才；区负责区一级“三名”人才、骨干人才、青年拔尖人才和特色师资的引育及管理，构建引育并重、布局优化的“十百千万”人才发展通道。

“一个区县级教育部门，能够带着 30 多名校长来到北京高校宣讲，让我看到了当地对教育人才的重视与渴望，也是我最终选择来佛山当老师的原因。”2020 年底，禅城教育系统首次组团进京广撒“英雄帖”，北京师范大学硕士毕业生毛柏懿切实感受到佛山对教师的礼遇。知政君留意到，这批名校毕业生若满足《禅城区基础教育高层次人才引进、认定（评定）及管理办法》的新苗人才认定类别，还将获得安家补助以及畅通的成长通道。

思考：佛山教育人才引进力度尚有较大提升空间

大力度引才的成效是看得见的。数据显示，目前，佛山全市基础教育领域拥有国家“万人计划”教学名师 2 人、国务院特殊津贴 5 人、国家级杰出人才 4 人、省级领军人才 66 人、省级各类名师名校长 53 人、正高级教师 79 人、省特级教师 144 人。高中阶段研究生及以上学历专任教师占比都有不同程度提升。

但即便如此，佛山在打造粤港澳大湾区教育人才发展高地的过程中，又面临着“虹吸效应”的烦恼。有调研报告指出，受地理位置、高等院校数量和产业结构等影响，广州、深圳等地区对佛山人才尤其是高层次人才的“虹吸效应”远大于“溢出效应”。打造人才高地绝非一日之功，要“引得进”“留得住”“用得好”人才，并不容易。

佛山的市、区、镇三级教育部门多位负责人在面对记者时，都不约而同坦言佛山基础教育引才仍存在一定“掣肘”：一方面是与一线城市相比，佛山区域优势不明显；另一方面，引才的体制机制不够灵活也成为佛山基础教育引才的“掣肘”。“现在到处都在抢人才，有时候拖得久了，人才就被抢走了。”

“教育系统尤其是公办学校从外地招聘优秀教师或校长，必须经过层层审核，时间长，流程多。”虽已成功引入 2 名国家级基础教育杰出人才，但佛山一中校长仍遭遇过数次“求而不得”。“对于教育高素质人才，各地求贤若渴，哪怕招进来了，也会面临留不住的尴尬。”究其原因，除了待遇，人才往往也更看重平台、相关配套以及教育、人文等城市综合实力。

放眼全国，从近年来兴起的城市“抢人大战”可以看出，各地广聚教育英才、激发竞争活力的期冀很高。招聘教育高端人才不能单以“高薪”为“诱饵”。佛山要打赢教师人才争夺战，还需跳出具体人才工作本身，在全社会营造尊师重教的良好环境，营造健康可持续的教师人才发展生态。此外，与一些先发城市相比，佛山教育优秀人才引进力度、配套尚有较大的提升空间，应更着力解决优秀人才关于住房、医疗、教育等“燃眉之急”，为他们创造更好的环境，拓展职业发展的空间，让优秀人才飞入“寻常百姓家”。

还有教育人士建议，在引才过程中可由政府部门牵头与知名高校形成战略合作，通过多级联动，构建吸引全省乃至全国优秀教育人才集聚的“磁场”，为佛山的基础教育“造血”。对此，深圳等先进地区已从源头开始布局，深圳提出筹建一所高水平师范大学，以此加大教育人才队伍的自主培养能力。

期待：以教育的力量成就家庭和城市的梦想

在全市2021年庆祝教师节座谈会上，佛山市政府主要领导表示，在看到教育发展成绩的同时，更要积极面对教育工作存在的突出短板弱项，进一步增强推动佛山教育高质量发展的紧迫感和使命感，切实加大教育财政投入，更好地满足人民群众对高质量教育的需求。“宁可放缓一些项目建设，也要优先保障基础教育经费。”

下一步该怎么走，佛山的路径也十分明确。比如持续推进教育高层次人才引进和培育计划，引育并重，让引进人才“引得进、用得上、留得住、有发展”，让本土人才“扶得上、用得来、留得住、可持续”；比如加大精准引才力度，逐步健全高层次教育人才引进考察制度，重点考察引进人才的资格业绩、协作精神等综合素质。其中，顺德还提出启动“教师关爱”计划，包括探索建立教师公寓配套制度，有效吸引和留住优秀教育人才。南海则实施“南海鲲鹏人才计划”，每年投入1亿元强化教育人才队伍建设。

建设高素质专业化教师队伍，一流的待遇是重要保障，干事创业的舞台是关键推动力。深圳中学校长曾说道：深中引进优秀人才，靠的是三大法宝——情怀、平台、关怀。锻造一流的教育铁军，这些不可或缺。

今天的教育，已成为城市竞争的重要赛道。随着以清北学子为代表的高学历人才不断聚集，还将对后来者形成示范效应，而我们也期待着，佛山能够引入更多高层次教育人才，以教育的力量，成就无数家庭的梦想，成就城市新时代的梦想。

知政主笔 / 邹婷婷

（原载2021年9月24日佛山+ APP东平知政专栏）

十年磨一剑，佛山能否成为大湾区德企之乡？

时代变幻，风云际会，起飞正当时。

2021年9月27日，佛山中德工业服务区来到上海举办城市品牌推介会。这场推介会的目标群体非常清晰，那就是面向在华的德欧企业，展示佛山这座城市蓬勃发展的投资机遇及其对德对欧合作的决心与意愿。

当今产业的竞争，不仅是城市的竞争，更是城市群的竞争。过去数十年，以上海为核心的长三角地区成了全国最大的外资聚集地。而今，随着粤港澳大湾区建设进程加快，珠海横琴、深圳前海两个合作区加速建设，珠三角将成为外资往南迁移的首选地。

佛山位于珠三角腹地，在中德两国总理共同见证下、两国政府支持下诞生的佛山中德工业服务区，用近十年的时间打造成了佛山对德合作第一平台，积累了优势资源。

在知政君看来，面对全新的历史机遇，依托中德工业服务区，佛山对德合作腾飞正当其时。

佛山成珠三角中德合作桥头堡

世界上的制造强国并不少，我们为什么如此青睐德国？

德国的土地面积与2个广东省相当，其制造业实力长期处于欧洲第一、世界领先的位置。根据《福布斯》发布的全球品牌价值100强榜单，德国有SAP、奔驰、宝马、奥迪、西门子、保时捷等10家企业上榜，并且绝大多数是制造业企业，中国唯一上榜的是华为。德国8200多万人口，诞生了2300多个世界名牌，这是德国制造享誉世界的基石。

一直以来，德国是中国的好朋友。中德关系始终走在中欧关系发展的前列，两国已经形成全方位、多层次、宽领域的合作格局。中国已经连续五年超过美国，成为德国在全球的最大贸易伙伴。今天，中德一天的贸易额相当于两国建交初期一年半的。

随着中国加快构建新发展格局，包括佛山在内的众多制造业城市也在加快产业转型升级，中德两国企业合作空间巨大、潜力无限，尤其是在环保技术、可再生能源、新能源汽车、机器人和自动化、工业4.0、人工智能、生物医药等领域。

正如中德友好协会会长、中国前驻德大使史明德所言：相互尊重、求同存异、合作共赢、优势互补仍将是中德关系未来发展的主流。

佛山在中德合作中起着重要作用，可以说是走在了珠三角城市前列。其中，佛山中德工业服务区更是承担起对德合作桥头堡的作用。

佛山中德工业服务区可谓“含着金钥匙出生”。2012年5月，省十一次党代会上，佛山中德工业服务区作为省重要战略合作平台写进党代会报告，成为广东省重点打造的六个重大合作平台之一。同年7月，中德工业服务区正式挂牌，成为佛山开展对德对欧合作的省级重大平台。

成立以来，中德工业服务区主要做三件事：服务德企融入佛山、助力德企立足湾区、协助德企连接中国。

在产业合作方面，中德工业服务区促成了库卡机器人生产基地、广东—亚琛工业4.0应用研究中心、德国机器人学院等约50家德企或中德合作项目落户。

与其他城市不同，中德工业服务区将对德合作重点放在生产性服务业上。德国汉诺威展览公司落户后，为佛山潭洲会展中心提供了全程的设计和运营咨询服务，助力其打造“中国工业会展第一馆”，也让佛山中德工业服务区荣获“2020 年度中国十佳会展名区”称号。

依托佛山中德工业服务区，佛山对德对欧工作不断取得新突破。中德工业服务区牵头发起成立的中德工业城市联盟，目前已经有 27 个中方城市和 20 个德方城市成了联盟成员。

但如果把目光放在全国，聚焦在长三角，佛山乃至整个珠三角在对德合作的广度、深度、密切度来看，仍有不少提升空间。佛山作为探索对德合作的先头部队，需要有更大作为。

粤港澳大湾区竞争优势加速形成

要超越竞争对手，向竞争对手学习是最好的方式之一。

对德资企业来说，长三角究竟有何魅力？在知政君看来，德资企业在以上海为核心的长三角区域集聚，离不开天时、地利、人和。

20 世纪 80 年代，得改革开放风气之先，德国大众汽车进入上海，中国生产的第一辆大众汽车——桑塔纳轿车在上海组装成功，这标志着德企在中国的产业布局缓缓拉开。在大众的示范带动下，上海逐渐成了德资企业在中国的大本营。

现在的上海是绝大部分德资企业来华投资的第一站。以上海为中心的长三角聚集了全国 70% 的德资企业。而这，也是佛山选择在上海举办德资企业招商推介会的主要原因。

早期来长三角投资的德企，都会在上海设办公室，然后以一小时车程的半径画圈，在圈内选择生产基地。在上海这座超级城市的辐射带动下，长三角地区形成了对德合作生态圈。基于靠近上海的地理位置优势，周边的昆山、太仓等地的德资企业开始集聚发展。

在长三角城市群中，对德合作最引人注目的就是位于苏州的太仓。

也许佛山人对太仓这个县级市并不熟悉，但在德国企业圈中，太仓可以说是赫赫有名。对于太仓与德国的亲密度，德国工商大会上海代表处首席代表马铭博这样评价：“太仓在德国的知名度，比在中国高。”

“德企之乡”名不虚传。太仓陆域面积仅620平方公里，常住人口才83万，这里却聚集了超400家德资企业，项目总投资超50亿美元，年产值超500亿元，是中国集聚德资企业最多的县级市。

在来上海举办城市推介会之前，佛山中德工业服务区多次前往太仓考察学习，他们不停追问：究竟是什么让太仓成了“德企之乡”？当地政府给出的答案是：一张蓝图绘到底。

太仓与德国企业的缘分开启于1993年，德国一家弹簧隐形冠军企业克恩－里伯斯公司选择在太仓落户。最初，他们的场地是租的，员工也只有10人，但依然受到了无微不至的服务。这样的服务不仅让太仓留下了克恩－里伯斯，还示范带动了托克斯、舍弗勒、慧鱼等一批德企相继落户。

随着德企的集聚，太仓开始出现“技工荒”，周边的城市甚至开始过来“抢项目”。太仓想出了一记“大招”——2001年，太仓在全国率先引入德国“双元制”职业教育。20年来，太仓相继建立国内首个德资企业专业工人培训中心、长三角规模最大的“中德双元制培训中心”等培训平台，构建了中专、大专、本科等多层次有序衔接的人才培养体系。

正是这一张“服务德企到底”的“蓝图”，让太仓成了对德合作的典范。在佛山中德工业服务区管委会对外合作局副局长李杰看来，对德国这种秩序感极强的“理工生”来说，透明、稳定、长期、可持续的发展环境是他们所期待的。这恰好也是佛山能够持续发力的地方。

佛山打造粤港澳大湾区德企之乡正当时

而今，新的“天时”正在形成。

当前，粤港澳大湾区建设加快推进，珠三角的制造业正进入加快转型升级期，相比长三角地区，仍是对德合作的洼地。对德资企业而言，要进一步打开中国市场，粤港澳大湾区是他们不能错过的重要据点。

在2021年9月27日的推介会上，有10家德欧资项目宣告落户佛山的决定。他们选择佛山的理由都非常相似：立足佛山，辐射粤港澳大湾区，进一步拓展中国市场。

正是看到了这样的大趋势，佛山加快了对接在华德资企业的脚步，专门来到上海向他们展示一个具有超高“性价比”的佛山：佛山的一小时半径可以同时享有广、深、港三大核心都市的城市配套；佛山拥有19万家制造业企业，与德国智能制造领域有极大的合作空间；在产业运营综合成本方面，佛山是湾区同类城市中最低的……

最重要的是，佛山与太仓一样，拥有“一张蓝图绘到底”，为德企提供透明、稳定、长期、可持续营商环境的决心。2021年，佛山将打造一流营商环境作为头号改革工程，目的就是营造适合所有企业生长的良好生态环境。

在推介会上，佛山现场发布了针对德国、欧洲企业来佛山落户及开拓市场的专项政策及专有服务，佛山称之为“德企华南发展陪伴计划”，目的就是陪伴德企落地成长发展壮大。

陪伴是最长情的告白。知政君留意到，这份计划是基于佛山前期的扎实调研，梳理出德企在华南地区投资的三大需求，包括投资落地、采购贸易、市场开拓，对这些诉求给予对应的解决方案，细致到办公场地哪里找、公司设立如何办、员工去哪里找。

在介绍这份陪伴计划时，佛山中德工业服务区（三龙湾）管委会主要负责人提到了一个细节：这份陪伴计划在向市政府报批时，两次被打回，因为力度还不够大、服务还不够全。最终几易其稿，才正式向德企发布。因为佛山深知：要成为德企的中国下一站，需要坚守初心，需要以更大力度、更专业的精神去服务德企。

新征程的号角已经吹响，新的机遇就在眼前，期待中德工业服务区在下一个十年能乘风而起，让佛山成为粤港澳大湾区的“德企之乡”！

知政主笔 / 阮凤娟

（原载2021年9月29日佛山＋APP东平知政专栏）

寻找佛山“人设”：众多城市 IP 如何一语“出圈”？

2021 年 9 月底，佛山市委宣传部、市委网信办发出城市形象宣传口号全球征集令，刷爆了佛山人的朋友圈。在半个月的时间里，超 1.5 万份投稿从各地纷至沓来，广大投稿者脑洞大开，仅个人提交了 5 份以上投稿的创作者就超过 200 人。

城市口号征集并不是什么新鲜事，却为何热度不减？

放眼全国全球，在日益激烈的城市竞争中，城市营销方兴未艾，城市形象塑造和传播正在经历新一轮的转型升级。城市形象不再是简单的宣传与推广，而是从城市发展战略的高度对城市优质资源进行优化配置，在传播中塑造城市形象，在塑造中提升城市品质，推动城市高质量发展。

直面城市名气与经济实力、城市地位不匹配的尴尬，“一句口号认识佛山，一句口号记住佛山，一句口号向往佛山”，唱响佛山城市形象，更好地讲好佛山故事，做好城市推广策略选择，成为佛山站在新起点上推动高质量发展的必答题。

将千年城市发展历史与现实成果浓缩为一句话，佛山要如何提炼广为人知的城市口号？纵观国内外城市口号营销的成功经验，又有哪些优秀案例值得我们借鉴？今天知政君关注佛山寻找“人设”话题。

“多面”的佛山VS“面目不清”的佛山

“佛山是一座怎样的城市？”这是知乎上的一个问题，回答的人不多，或片言只语，也难有人能用简短的语言说清。

无论是经济社会发展成就，还是人文历史、城市特征，佛山介绍自己有足够多的可圈可点之处。说一句，佛山不仅是广东的，是岭南的，是粤港澳大湾区的，更是中国的，是世界的，也毫不夸张。

站在全球看，佛山承包了岭南几乎所有的世界级文化名片，武术、醒狮、美食享誉全球。

作为国家历史文化名城、岭南文化发源地之一，这里有近1400年的城市得名史，在明清时期有“四大名镇”“天下四大聚”的美誉。底蕴深厚的佛山是全国唯一的“武术之城”，顺德区是联合国教科文组织授予的“世界美食之都”。粤剧之乡、南国陶都、龙狮龙舟名城……无数文明光环照耀佛山。

纵观经济发展，佛山身为制造业大市、民营经济强市，也一直被外界视为世界观察中国制造的窗口之一。

在由20多位著名经济学家和产业领域专家历时10个月完成的《中国制造2025——佛山样本》研究报告发布时，报告专家组组长、国家制造强国建设战略咨询委员会委员朱森第说：“选择佛山为样本，是因为佛山制造业是中国制造业的缩影，是中国制造业转型升级的路标。”

的确，从总量上看，佛山不仅经济总量突破万亿元、工业经济实力排名全国第六；从特色来看，佛山更是实体经济立市、民营经济占大头、草根经济蓬勃发展的城市。2020年中国社科院发布的《中国城市竞争力报告》显示，佛山城市综合经济竞争力排名全国第14位。

然而点与面都很“有料”的佛山，在外界看来，却有些“模糊”了。

一直以来，佛山较少进行大力度的城市形象宣传，加上一言难说尽佛山，使得佛山缺乏一个鲜明而清晰的“人设”，造成佛山城市形象不鲜明、不突出，与经济地位、城市地位不相称。很多省外地区的人对佛山的感知，始于功夫影视作品的“佛山无影脚”、黄飞鸿、李小龙，但也仅停留于此。

城市的存在感和知名度不高，制约了佛山经济社会发展。几乎每年佛山两会上，都有来自各界的人大代表、政协委员提出，因为佛山城市形象不够突出，在人才引进、招商引资等高端要素发展方面，往往要付出更多的成本。

一位佛山的医院院长忍不住吐槽，连续4年招不到人，“我去长春招聘会发现，人才不愿意来，很多是根本不知道佛山”。

当下流行一个词叫“人设”，人设定位可以让用户对你产生深刻的印象和好感，是一种能快速记住你的方式。对佛山而言，近年来，“有家就有佛山造”的口号传播广泛，但在广东利事丰机器人自动化科技有限公司总经理刘汉刚看来，宣传“佛山制造”后，应该也对城市其他元素做系统包装，否则容易让外界形成“佛山都是工厂”的错误印象，看不到一座多元的城市。

佛山迫切需要寻找自己的城市“人设”。

立人设的受众思维VS提高辨识度跨界出圈

从“上有天堂下有苏杭”“桂林山水甲天下”这样传诵至今的千古名句，到“北京欢迎你”“来了就是深圳人”这样耳熟能详的宣传口号，再到新加坡“世界花园城市”、法国“浪漫之都”等，多少城市与“一句永流传”的金句绑定在一起，深深地刻在了人们的脑海里，让人心向往之。

在深圳大学管理学院副院长、教授周志民看来，拟定品牌口号一般有三种思维：第一是“我是谁”，把我的特点告诉大家；第二是“我主张什么”，传达一种观点、精神、价值观；第三是“我带给你什么”，即给予目标群体怎样的价值和利益。对于不同的目标群体，说的话不一样。

比如，十三朝古都西安提出“一座没有围墙的历史博物馆”用深厚文化底蕴吸引游客；“来了就是深圳人”凝聚起深圳这座移民城市的归属感，也展现了其改革、开放、包容的新时代城市精神；浙江义乌市“小商品的海洋，购物者的天堂”中“带货”的目的诉求清晰明确。

因此，此次佛山征集城市形象宣传口号，首先要思考自己的初衷和目标，是要通过提升城市形象招商引资，还是要招才引智，抑或要让佛山成为“一场说走就走的旅行”的目的地？目标受众群体明确后，再回归到城市口号本身。

与此同时，拟定城市口号不能不思考城市定位。

从内部来看，城市口号只是语言的表达，其背后的总基调应该是城市定位。

从外部来看，全球化时代，城市在营销自己时，要考虑所在区域、所在城市群，要考虑国家战略，力求获取更多合作、更多资源。佛山是粤港澳大湾区重要节点城市，与广州携手共建大湾区三大极核之一，要更多借力国家战略，与湾区城市通过资源互换、共享，实现城市品牌叠加效应。

不过总的来说，城市口号要跨界出圈还是要靠提高辨识度。数年前，有一份关于城市发展的调查显示，有 655 个城市正“走向世界”，183 个城市要建“国际大都市”。这样的口号显然意义不大。

在现实中我们也时常会看到有些城市口号走入误区：比如有的不顾实际盲目照搬，千人一面、非驴非马，毫无生命力；有的刻意拔高，急不可待地往自己头上扣大帽子，言过其实；有的为一举成名，打出夺人眼球的雷人口号。

针对佛山，广东工业大学管理学院教授冯冈平坦言，佛山与广州同根同源，地缘相近、文化相通，也是导致了佛山在挖掘岭南文化提炼城市口号时，遇到“你有别人有”的元素，就必须做到“你比别人优”，否则就会让人感到模棱两可。

冯冈平认为，城市宣传口号必须突出差异性，而这种差异性是基于城市的文化底蕴、商贸特征、自然条件乃至标志性建筑等提炼幻化出来的，体现城市特色和社会特征。要提高城市辨识度，城市口号必然是从文化着手的，这个文化可以是物质文化也可以是精神文化。应该对佛山经济社会文化发展全方位地调研，把深厚的岭南文化底蕴，制造业智能化数字化转型、智能制造创新发展的趋势等各方面特征的内涵挖掘出来。

一句话叫响佛山VS“叫响”的后半篇文章

城市形象宣传口号与城市品牌、城市营销和城市文化、城市发展的话语权密切相关。专家认为，做好城市形象品牌建设可以产生两个方面的效益：一方面是直接效益，比如投资增加、人力资源流入、游客增多、市民满意度提升等；另一方面则是间接效益，对贸易、招商引资具有增值效应。

寻找到“一句话”之后，要真正发挥城市品牌效应，整合资源强化宣传推广，才能真正写好“叫响”这后半篇文章。

这里知政君要提一下两个城市，一个是英国苏格兰地区首府爱丁堡，另一个是多年位居中国城市品牌发展指数（CBDI）十强榜单的杭州市。它们不只有城市口号，而且在品牌战略上发力。

2002年，爱丁堡启动城市化品牌化进程，成立城市品牌管理机构、建设品牌推广阵地、建设并提供城市品牌相关资料和产品，还成立了公私协作机构——“爱丁堡目的地营销联盟”，协同并推进爱丁堡所有的城市营销推广活动。

中国人民大学中国市场营销研究中心副主任、教授刘彦平认为，爱丁堡在城市品牌的建设、沟通与推广等方面都具有国际标杆意义。其经验起码有三点值得佛山借鉴：一是建起了由政府发起城市品牌建设及其制度化的进程。二是广泛使用联合营销的手段，在城市内部不同群体、不同机构之间形成协调。三是发挥城市品牌的“群”“带”联动效应，联合格拉斯哥以“合作去竞争”为口号效果显著，把区域价值转化为自身的价值。

比其他多数城市先行一步的杭州，也突破了传统的僵化体制的影响，创新性地组建了由相关知识界、媒体界、行业企业界、党政界“四界联动”的城市品牌网群。城市品牌网群通过成立市品牌办、市发展研究中心、杭州发展研究会、杭州创业与交流中心、杭州城市品牌促进会、杭州生活品质研究与评价中心，创办生活品质网站、生活品质期刊、生活品质视厅系列媒体，组建生活品质调查中心、展示展览中心、纪念品中心等系列动作，构建了一个“研究院＋研究社团＋展览、推广、制作机构”为一体的复合型社会主体，对杭州“生活品质之城”城市品牌进行整体建设、研究、宣传、推广和管理。

此外，应该留意的是，除了城市口号，城市标志、城市卡通形象等都应该是城市营销与品牌化体系的重要组成部分。周志民认为，醒狮在海外是一个中国文化符号，佛山作为南狮发源地，可以借鉴日本熊本县，以南狮形象开发城市 IP。

在官方吉祥物熊本熊诞生之前，熊本县只是日本九州的一个小小的农业县。2011 年贯通九州的新干线全线开通，作为一个中间过站，熊本县政府抓住机遇，邀请本县知名作家和著名设计师合作，设计了官方吉祥物——人形公仔熊本熊。在这场地方形象营销中，熊本熊被赋予熊本县营业部长的职位。熊本熊如同艺人一般，由经纪人规划它的日程、路线、动作、表情，甚至和人打交道的方式。它还频繁登录各大媒体，在日本其他地区进行营销推广活动，呆萌的形象深入人心，红遍全球。短短两年内，“熊本熊”为默默无闻的熊本县带来 12 亿美元经济效益，包括观光和产品销售，以及相当于 9000 万美元广告和宣传的效果，创造了区域公用品牌与卡通代言的奇迹，成为县域品牌化策略的典型个案。

酒香也怕巷子深。当前，大至国家、城市，小至组织、个人，都非常重视在自我介绍中“讲好故事”。我们希望，经过此次征集，有料的佛山，能更自信大方地讲好佛山故事，也必将为佛山打造一流营商环境，当好全省地级市高质量发展领头羊提供更大的精神力量和文化支撑。

知政主笔 / 黄碧云

（原载 2021 年 10 月 9 日佛山＋ APP 东平知政专栏）

佛山，吹响党政机关广纳高层次专业人才号角！

前不久，佛山市委组织部发出2021年佛山市引进急需紧缺高层次人才公告，拟面向海内外引进20名博士研究生人才。这是佛山首次面向全球招引博士研究生党政机关储备人才。

2021年10月15日，报名系统将正式启动。据了解，此次招考信息自发布以来，迅速成为轰动话题，各大媒体平台广泛传播。目前佛山市委组织部人才办已陆续接到不少求职者的咨询。

这一招考公告，是佛山市委、市政府向高学历人才发出的邀请函。其反响为何如此之大？除了佛山诚意十足、超大手笔引才，背后还释放出一个重要信号：佛山党政机关需要高层次专业人才！

佛山首次面向全球招揽党政机关储备人才

知政君注意到，佛山此次引进人才公告有几个方面特别引人关注。

要求高！此次招考指定学校、学历、专业，对引进人才条件要求很高。招考对象必须获得博士研究生学位，毕业于全球排名前200名的高校或国内“双一流”高校。其中，“一流学科建设高校”毕业生所学学科还必须是该校“一流学科”。引进人才的岗位主要包括规划建设类职位，经济和管理类职位，法律、传播、教育类职位，现代产业类职位。这些专业，是佛山打造一流营商环境、推进产业转型升级所急需。

模式新！此次招考引进的人才，将直接聘至事业单位七级职员（事业单位正科级）岗位，并纳入佛山市党政机关储备人才管理。根据专业领域和实际工作需要，采取跟班锻炼、参加专项工作等方式，统一安排到机关工作。聘任期为3年，考核表现优秀的，按照公务员调任程序调任到党政机关工作。这意味着招录人员将直接获得事业单位正科级，聘用期满后表现优秀直接转为正科级公务员。这样的党政机关引才模式，在佛山尚属首次。

诚意足！此次引进的人才最高可获40万元安家补贴。全职引进的博士每人给予20万元安家补贴，博士后每人给予30万元安家补贴，对国（境）外博士和博士后再给予10万元生活补贴。此次人才引进工作不收取任何费用，外地到佛山面试的考生还可以领取交通食宿补贴，可谓诚意十足。

知政君认为，这次招考，可见佛山市委、市政府求贤若渴、求才心切，也可以说是吹响了佛山党政机关广纳高层次专业人才的号角。

各地频出高招引进高学历党政干部储备人才

人才竞争，风起云涌。

实际上，在国内一些地方，早就有引进名校高才生作为党政储备人才的先例。知政君注意到，近年来，一些城市更是频频出招，创新引才模式，面向国内外知名高校引进高层次专业化党政干部储备人才。

2020年8月，浙江省杭州市余杭区委组织部发布的一份招聘公示在社交网络上火了。这份长长的公示名单里，清一色是来自清华、北大的毕业生，学历均为硕士研究生和博士研究生。一些岗位甚至是街道办事处基层岗位。其实，这份拟录用人员公示名单，是2018年初杭州市余杭区拟招聘人员的公示名单。

除了余杭区，2018年，杭州市下城区委组织部也发布公告，引进全日制硕士、博士应届或往届毕业生党政储备人才20名，博士研究生定向考录为相当于正科级领导职务，转为事业编制后，博士工作满3年，符合干部选拔任用条件的，可择优提拔为党政机关副处级领导干部，并按规定程序进行公务员登记。同年，杭州市萧山区委组织部也面向部分国内外高校引进一批高层次专业人才，博士研究生享受单位正科级待遇，硕士研究生享受单位副科级待遇。博士工作满3年，硕士工作满5年，工作表现优异的，可提拔为党政机关副处级领导干部。

而早在2016年，深圳市人力资源和社会保障局就发布消息：面向全国公开招考150名紧缺专业公务员，录用人员将被列入深圳市“双百苗圃计划”，作为党政领导干部后备人才进行培养。1年试用期满考核合格的，博士将按主任科员任职定级，硕士将按副主任科员任职定级。

也是在这一年，江西省赣州市为储备一批高学历的专业型党政后备人才，面向海内外选聘20名优秀博士毕业生。这20名博士选聘人员报到后，被安排到基层挂职锻炼2年，其中第1年挂乡镇副职，第2年挂县直部门副职。工作4年后，可提任副处级职务。

2021年7月，汕尾陆丰市面向社会引进104名急需紧缺人才，作为事业单位聘用人员。全日制博士给予生活补贴与住房补贴共100万元，全日制硕士给予生活补贴与住房补贴共25万元。陆丰市委组织部将对这些事业单位聘用人员进行长期跟踪培养，并择优选拔表现优秀且符合调任资格条件的人员，调任为公务员。

城市竞争归结到底是人才的竞争。党政干部作为城市管理者，只有与时俱进了解重点行业、新兴产业发展趋势，善于制定推出科学有效的政策措施，才能影响带动整个地方经济社会事业发展。

全国各地紧锣密鼓频出高招，吸收高学历人才到党政机关并给予较高层次岗位，充分印证了城市建设发展对高学历、专业化人才的需求和渴望。

后浪推前浪激活佛山干部队伍一池春水

改革开放以来，佛山善用市场机制吸引人才，佛山的企业对高层次人才一往情深，也从高层次人才激荡出的创新成果中尝到了甜头。

如今，面对激烈的区域发展竞争和人才资源竞争，佛山把党政机关干部选拔的目光投向了高学历人群。吸收一大批高学历、专业化人才充实到党政队伍中来，这对加强党政机关干部队伍建设，提升干部专业素质有着重要意义。

国以人兴，政以才治，千秋大业在于选人用人。

从目前来看，各地吸收名校高学历人才并给予较高层级岗位，是党政机关人才引进的一种有效手段，也是让高层次人才学以致用、为民服务的一种路径。

知政君认为，这样的选人用人模式、路径，有助于促进佛山干部队伍年轻化、知识化、专业化。这些高学历人才具有视野开阔、专业知识深厚、学习能力强的特点，进入党政机关干部队伍，也有望形成“鲇鱼效应”，通过“后浪”推“前浪”，激活干部队伍一池春水。

当然，除了开出丰厚的条件引进人才，更需要提供优质的环境、灵活的机制、广阔的舞台留住人才、使用人才、培养人才，推动这些千方百计、真金白银引进的高学历人才在岗位上发挥所长、各尽所能，真正为佛山这座城市的高质量发展注入高水平动力。

知政主笔 / 郑奕纯

（原载 2021 年 10 月 14 日佛山+ APP 东平知政专栏）

超 100 万亿投入！
碳中和催生万亿产业，佛山如何借机起飞？

很多年后，一些地方政府和企业回忆起，或许会认为，这是一个命运的转折点。

2020 年 9 月 22 日，习近平主席在第七十五届联合国大会一般性辩论上宣布："中国将提高国家自主贡献力度，采取更加有力的政策和措施，二氧化碳排放力争于 2030 年前达到峰值，努力争取 2060 年前实现碳中和。"这是中国基于推动构建人类命运共同体的责任担当和实现可持续发展的内在要求作出的重大战略决策。

减碳之势即将燎原。而这，对中国，对中国企业来说，都将是一个重大考验。"碳达峰""碳中和"将极大地改变中国的能源结构，影响中国的产业布局。

传统产业发展将遇到瓶颈，新增长点却更加生机勃发。

中国气候变化事务特使解振华透露："据我们国家有关机构测算，如果中国实现碳中和目标，大体上需要 136 万亿元投入，这将是一个巨大的市场。"双碳政策使新能源、绿色建筑、节能家居、光伏发电等新兴产业发展得更加迅猛，不断在催生新的万亿市场。

转换赛道、重新洗牌，给了地方经济和企业一个大跨步发展的机会。抓住了，就能弯道超车；抓不住，就可能被大浪淘沙。在传统制造阶段引领风骚数十年的佛山，在低碳经济时代，如何延续曾经的优势和辉煌？转型必将带来阵痛，佛山如何把阵痛降到最小，把降碳成效和经济效益做到最大？

碳中和时代

能源、建筑、工业释放大量机遇

知政君先和大家聊一聊，碳达峰、碳中和是什么？

碳达峰，就是指在某一个时点，二氧化碳的排放达到峰值，不再增长，并开始逐步下降。

碳中和，指的是在一定时间内，通过植树造林等途径，不断吸收二氧化碳，从而抵消产生的二氧化碳排放量，实现二氧化碳“零排放”。

气候变化是人类面临的全球性问题，随着各国温室气体二氧化碳排放猛增，对生命系统形成威胁。降低二氧化碳排放量，保护绿色地球，是实施“碳达峰”和“碳中和”政策的最终目的。要做到前者，主要是需要节能减排，减少二氧化碳的排放；而后者，还需要加强绿色生态建设，使排放出去的二氧化碳又“变身”回来，形成一个完美的圆。前者是后者的基础，只有先控制好二氧化碳的排放，才能最后实现排放和吸收平衡。

2021 年 3 月 15 日，习近平总书记主持召开中央财经委员会第九次会议。会议强调，实现碳达峰、碳中和是一场硬仗，也是对我们党治国理政能力的一场大考。

2021 年 4 月 30 日，习近平总书记在主持中共中央政治局第二十九次集体学习时再次强调，实现碳达峰、碳中和是我国向世界作出的庄严承诺，也是一场广泛而深刻的经济社会变革，绝不是轻轻松松就能实现的。各级党委和政府要拿出抓铁有痕、踏石留印的劲头，明确时间表、路线图、施工图，推动经济社会发展建立在资源高效利用和绿色低碳发展的基础之上。

作为世界第二大经济体和最大的发展中国家，中国当前仍处于工业化和城市化发展阶段中后期，能源总需求一定时期内还会持续增长。从碳达峰到碳中和，发达国家有 60 年到 70 年的过渡期，而中国只有 30 年左右的时间。这意味着，中国温室气体减排的难度和力度都要比发达国家大得多。

但随着低碳产业链不断延伸，其意义变得更加深远，不仅仅是推动工厂节能减排，还将拉动上百万亿的产业升级，催生超百万亿的市场。

根据国内外主流机构测算，“碳达峰、碳中和”需要的资金投入规模介于 150 万亿—300 万亿元，相当于年均投资 3.75 万亿—7.5 万亿元。巨量资金需求背后蕴藏巨大的风口机遇。中国亚洲经济发展协会会长权顺基曾举例，以电动汽车为例，学者预测，这几年的销售和资金投入每年要增加 35% 以上。此外，建筑、工业领域都会释放出大量的机遇。

中信证券发布研判也认为，在能源结构方面，为实现“碳中和”，我国光伏、风能、氢能等清洁能源在能源中的比重将大幅提升，预计整体比重将从目前的 10% 以内提升至 70% 以上，平均每年提升 1.5 个至 1.6 个百分点的比重。而从消费结构方面来看，更节能的新能源汽车、节能家居等产品将逐渐普及。

建筑方面的机遇则更加明显。《中国建筑能耗研究报告（2020）》显示，2018 年全国建筑全过程碳排放总量为 49.3 亿吨，占全国碳排放比重的 51.3%。随着城市化进程的加快，我国建筑能耗还将持续增高。推行绿色建筑，将是建筑行业节能减排的重点工作。

低碳经济
城市魄力、能力的比拼

作为国家重大战略决策，在实现碳达峰、碳中和背景下，降低碳排放已经是势在必行。对佛山而言，作为一个制造业大市，节能减排的压力不小，经济也要保持稳健增长。

知政君认为，低碳经济的本质，不只是节能减排，而是在完成碳达峰、碳中和的目标外，还可以更多地问低碳要效益。不是让碳排放与经济发展脱钩，而是让碳排放与经济发展挂钩！越能积极践行低碳政策，越能帮助全社会节能减排的，其经济效益就应该更好。

如何将两者更好地结合起来，考验的是一个地方政府的魄力和能力，也考验一个企业的格局与勇气。

在这条赛道上，已经有众多地方、资本和企业率先动起来了。

深圳银保监局发布的数据显示，截至2020年末，深圳银行业金融机构绿色信贷余额达到3488亿元，同比增长16.8%。绿色金融的快速增长，正成为深圳经济高质量发展的重要力量。深圳绿色产业经济发展也迅猛，特别是在新能源汽车、废弃物处理等产业中拥有一批领军企业。2020年，深圳绿色低碳产业增加值1227亿元，同比增长6.2%。

福建也在打造“碳中和”工业园区样板。福建三峡海上风电国际产业园引进了金风科技、东方电气、江苏中车等知名风电企业，并获得了北京绿色交易所颁发的“碳中和”证书。而江苏省无锡市不仅在5月成立了首个零碳科技产业园，远景智能、红杉中国共同发起的碳中和基金近期也在此落地。

在这条道路上，佛山走得也挺快。

虽然双碳政策听起来还很新鲜，但低碳环保，对佛山来说并不陌生。早在2011年，禅城区就成功获批成为广东省首批低碳试点区，也是唯一一个入选的珠三角的中心城区。而佛山已经轰轰烈烈开展了数年的村级工业园改造，其目标也是指向低排放、能耗利用率高、生产效率高的绿色经济。如何在节能减排的同时发展经济，佛山已探索良久。

佛山优势

打造低碳经济发展的佛山样本

与其他城市不同，低碳经济佛山样本最大的特点是什么？知政君认为，最重要的依然是民营企业和实体经济。

拥有一大批敢为人先、锐意进取的民营企业家，他们深耕于实体经济、深耕于制造业，这仍然是佛山发展低碳经济的最大优势。

有政策、有市场，佛山自然就有众多民营企业抢着靠岸。

新能源有风口？那就自己造。

2021 年 7 月，广东简一集团陶瓷有限公司与森特士兴集团股份有限公司签订合作协议，双方将在 1500 亩的广西梧州生产基地厂房开展合作，采用建筑光伏一体化设计进行光伏发电。项目建成后，预计光伏发电量年均 6000 万度，二氧化碳减排量 54000 吨。除了简一集团，还有顺成集团、新明珠、东鹏控股等多家佛企近年来纷纷与光伏企业合作，布局自发自用、余电上网的光伏发电项目。减排的同时还可增强能源的自主性。

氢能的布局也在不断加快。2021 年 5 月 26 日，广东省内首艘氢能源船舶——南海企业广东中氢博创产业发展有限公司研发氢能游船下水，标志南海氢能又进一步。作为氢能产业的先行者，南海目前已集聚了广东探索、广东清能、广东济平、海德利森等数十家氢能企业，形成了较完整的氢能产业链。

节能产品有需求？那就加大马力研发、生产。

作为制造大市和建材生产大市，随着碳达峰、碳中和战略的推进，佛山正积极抢抓绿色建材生产机遇，力争创建国家级装配式建筑示范城市，建陶、铝型材、节能门窗、灯具和新光源、新能源建筑应用产品、新型墙材和节能材料等建材产业发展更加蓬勃。

节能家电的发展也如此。2021 年 7 月，美的家用空调事业部联合两家研究院共同牵头起草的《家用电器生命周期评价导则》和《温室气体排放核算与报告要求家用电器制造业企业》团体标准正式发布，这是行业首份“碳中和”实施领域技术标准。据悉，高达 30% 的居民碳排放来自家用电器。随着碳交易的实施，国外各种“绿色贸易”壁垒建立，将使节能家电的门槛不断提高。美的率先出手起草标准，除了能为节能减排作出贡献，还极大地增强了企业在节能产品上的话语权和影响力，进一步增强核心竞争力。

有这样的产业基础，有这样的民营企业，佛山有望做低碳经济的践行者，甚至在实现碳达峰、碳中和过程中打造低碳经济发展的佛山样本。

佛山挑战

考验地方政府低碳经济规划能力

虽然佛山发力低碳经济有诸多优势，但面临的问题和挑战也不可小觑。

由于佛山还有大量碳排放较高的行业和中小企业，高耗能、高排放问题仍较为突出，在对其进行整改的过程中，将会不可避免地面临行业阵痛。

陶瓷行业最为明显，作为耗能和排放都较高的行业，佛山对其监管严、行动早，2008 年就在全国率先打响了陶瓷产业环保整治攻坚战，严监管加上“煤改气”后陶企生产成本上涨，导致部分企业生产线关闭或停产。2017—2020 年，佛山陶瓷工业总产值达到高峰后连续四年负增长。

但一些龙头陶瓷品牌，如蒙娜丽莎、新明珠、科达、宏宇、欧神诺、金牌、新润成一直在积极进行改革，创新通过绿色制造提高生产效能使内生动力持续增强，反而在“环保风暴”中脱颖而出，被评为国家级“绿色工厂”，并促进了佛山陶瓷产业在全国率先建立起绿色生产的领先优势。

如何减排？减排的日程和力度怎么安排？如何才能更有针对性？这都非常考验政府的“低碳经济”规划能力。

知政君建议，政府对减碳应该以引导和鼓励为主，以严控为辅。坚持引导发展低碳经济与节能减排相结合。针对一些排放比较高的企业，更要提前积极做好规划，避免为了“补功课”，而忽然一刀切关停并转。

“十三五”期间，顺德设立了区级节能专项资金，对企业开展的节能技术改造项目、资源综合利用项目和清洁生产项目等给予扶持，共扶持项目 42 项，引导企业降低能源消耗强度，优化用能结构。

未来，政府可以加大对经济效益＋节能减排效果都较为显著的项目的扶持力度，比如受市场欢迎的节能产品、新材料、新能源的研发等，可以通过加大扶持力度大幅增加企业的动力。2021 年 6 月，深圳市启动 2022 年绿色低碳产业扶持计划，重点支持新能源领域如氢能、新能源汽车，先进储能和节能环保领域如节能装备、环境治理装备的技术创新、产品提升，最高资助 1000 万元。深圳的实践值得佛山参考。

此外，佛山制造产业众多，如何针对不同产业实施不同的节能减排规划，也值得深思。中国科学院院士谢在库认为，受碳排基数、用能方式、技术路线、产品性质等因素影响，不同行业在碳减排进程中的作用存在很大区别，把握好降碳节奏很关键，要制定最经济有效的降碳顺序和路径。佛山应根据自身情况，研究确定不同行业的战略重点和实施路径，实现差别化和包容式低碳转型。

总而言之，实现碳达峰、碳中和形势下，低碳经济是一个非常大的风口，需要具有针对性的精细化的发展规划。能否在这条赛道上既快马加鞭又行稳致远，真正考验佛山作为一个制造业大市的战略眼光、规划能力和行动力！

知政主笔 / 高慧超

（原载 2021 年 10 月 21 日佛山+ APP 东平知政专栏）

高规格举办第一届全国博创赛，有何深意？

下月，第一届全国博士后创新创业大赛总决赛将在广东省佛山市拉开序幕。

这是我国博士后制度实施以来规模最大、覆盖面最广的全国性博士后创新创业赛事，既是对博士后工作成果的一次高规格、高水平的集中展示，也是推动博士后制度创新发展的一次崭新实践。

1985 年，经著名物理学家李政道先生倡议，改革开放总设计师邓小平同志亲自决策，已有一百多年历史的博士后制度正式开启了“中国篇章”。

36 年来，栉风沐雨，砥砺前行。36 年来，耕耘不辍，薪火相传。

博士后制度已成为具有中国特色的培养高层次创新型青年人才的重要制度。我国博士后群体人数也从 0 到 1 到 28 万，成为推动国家科技创新和经济社会发展的重要力量。

冲破藩篱：博士后制度在中国走出新路子

综合国力竞争说到底是人才竞争。

20 世纪 70 年代中期，中国面临着人才匮乏、青黄不接的困难，尤其是高级专业人才紧缺。1977 年，主抓科技、教育的邓小平提出了“尊重知识，尊重人才”的方针，推动增派留学生出国学习等工作。

关注到这一重大举措的著名美籍华裔物理学家、诺贝尔奖获得者、美国哥伦比亚大学教授李政道博士，推动建立了中美高层次物理人才培养计划。1983 年 3 月，李政道又就人才培养提出了“建立科研流动站”的建议。

李政道的建议很快引起邓小平的重视。1984 年 5 月，李政道带来了更详细的《如何安排“博士后”科技青年的一些建议》。与邓小平会面时，他对博士后制度进行了介绍，建议尽快建立十多个博士后科研流动站试点。

邓小平听完后赞赏说，设立博士后流动站，是一个新的方法，这个方法很好。培养和使用相结合，在使用中培养，培养和使用中发现更高级的人才。十个博士后流动站太少，要建立成百成千的流动站，要成为制度。

自此，博士后这项起源于 19 世纪、第二次世界大战后在发达国家逐渐形成的吸引、培养、使用专业人才的制度，在中国生下了根。

1984 年底，中国科学院启动博士后试点工作。已在麻省理工学院做了半年博士后研究的陈和生，毅然归国进入中科院高能物理研究所，成为我国最早的博士后之一。

“中国科学技术归根结底还是要靠中国人在自己的土地上发展。”陈和生主持研制的我国第一台高能加速器——北京正负电子对撞机（BEPC）在 1988 年首次对撞成功，被视为中国科技发展史上的重要里程碑之一。

试点半年之后，1985 年 7 月，国务院下发《批转国家科委、教育部、中国科学院试办博士后科研流动站报告的通知》，中国博士后制度正式启动。同年，全国博士后科研流动站管理委员会成立，首批在中国科学院、北京大学、清华大学等高校与科研机构设立 102 个博士后科研流动站。

这项全新的人事制度，迸发出巨大的改革能量，让“尊重人才”方针得到贯彻落实。

全国博士后管理委员会办公室陆续出台 30 多项政策，为博士后解决户口迁移、档案调转、子女入学等一系列问题，在当年僵化的人事教育体制中开辟“政策特区”，保证人才在安心、舒心的环境中，尽心、全心从事科研工作。

“我先去博管办报到，拿到了调动户口的介绍信，一到派出所就把三个人户口调过来，从来没有这么快。”博士后研究人员中第一位中国科学院院士欧阳钟灿回忆说。

经历探索和发展，博士后制度始终紧扣国家发展大局，与时俱进，不断激发博士后人才动力和活力。

1990 年，吉林成为第一家博士后管理体制改革试点省市，原有二级管理模式变为国家地方设站单位三级管理模式。1992 年，在著名学者费孝通先生建议下，北京大学社会学试点招收博士后，设站学科延伸至社会科学领域。1996 年，军事学科获批设立博士后科研流动站，利于军队系统吸引培养人才。2000 年，博士后制度加快在西部地区设站步伐，引导更多人才奋斗在西部广袤大地上。2012 年，实施博士后国际交流计划，加强博士后创新能力建设，提高博士后国际化水平……

随着中国经济的起飞，博士后人才走进经济发展一线，成为企业科研人才的“生力军”。

1994 年，上海宝山钢铁（集团）公司成立我国第一家企业博士后科研工作站。1999 年，国家人事部出台《关于积极开展企业博士后工作的意见》。2002 年，广东顺德鸿昌涂料公司成为首家建立了博士后科研工作站的民营企业。

就这样，大批的博士毕业生走出校门，进入企业，从事博士后研究工作，在科研、生产、经营的实践中不断开拓不断突破。

据统计，仅“十三五”期间，我国新设博士后科研工作站 896 家，年招收人数增长 73%，博士后在站期间专利申请数量逐年增加，共获得专利总数约 4.34 万项。时至今日，3800 多家博士后科研工作站已覆盖国民经济主要行业领域，成为加速企业技术创新的催化剂，锻造高级技术专家的孵化器。

聚贤纳才：为国家输送高端科研人才的“蓄水池”

“博采科学精华，士当为国争光，后辈定能居上。”李政道先生以“博士后”三个字嵌入句首题词，寄托了对博士后的殷切期望。

“暗物质、暗能量的理论研究及实验预研”首席科学家吴岳良院士认为，博士后制度是为国家输送高端人才的“蓄水池”，为我国在日益激烈的国际竞争中处于优势地位提供着源源不断的精英人才，也是我国实施人才强国战略，抓住和利用好重要战略机遇期的一项有力保证。

目前，中国已拥有 7200 多家博士后科研流动站、工作站，累计招收 28 万多名博士后研究人员，为国家培养一大批高水平的青年英才。

他们的身影，出现在全世界最快巨型计算机天河一号研制现场，出现在中国载人航天工程指挥中心、我军首个实战化大型计算机兵棋系统研发队伍中，出现在我国首条大型复杂激光放大器生产线上、抗击新冠肺炎疫情科研一线上……他们用智慧与汗水攻克一个个技术难题，对国家的科学发展和创新能力建设产生了重要影响。

“十三五”时期，全国在站博士后研究人员共承担国家级项目 9 万个，省部级项目 8 万个，其他各类项目 12 万个，平均每位博士后人员承担 2 个以上研究项目。出站的博士后绝大多数成为高校、科研院所、企业等企事业单位的技术带头人和科研骨干。

截至 2020 年，具有博士后经历的院士达 125 人，近年来每次新当选院士中有国内博士后经历的人员比例均在 18% 以上，成为中国学术最高水平的代表。博士后工作经历，成为他们勇闯科技创新“无人区”的根基和财富。

博士后研究人员中第一位中国科学院院士欧阳钟灿提出的“场力与扩散竞争理论”被国外学者评为与著名的“DLA 理论”并列的两篇分形生长机制重要文献之一；1986 年进入厦门大学物理化学博士后科研流动站的郑兰荪院士是“原子团簇”研究的开拓者，取得具有国际反响的富勒烯科学研究重要突破；1997 年博士后出站的中国疾控中心流行病学首席专家吴尊友院士，在美沙酮维持治疗工作上为中国在世界赢得荣誉……

一批又一批的青年科技人才，在博士后工作中成长，成为中国科技创新的中坚力量。

近些年来，全国博士后研究人员进站规模迅速扩大，年平均增长率在

10% 以上，平均进站年龄 31 岁。

随着一批批博士后人才项目相继实施，博士后跨学科、跨部门、跨地域流动日益频繁，培养质量和国际化水平大大提升。

而立之年的博士后刘真是中科院神经所最年轻课题组长，他与团队率先突破体细胞克隆猴技术，培育出世界首只体细胞克隆猴；胜利油田 2011 年进站博士后唐明研发的完井工具及膨胀管技术被应用在国内外 300 多口油井；武汉大学“北斗导航”博士后科研团队在刘经南院士带领下，提出分布式广域差分系统技术，建立中国自主的广域高精度卫星导航技术……

青年一代的博士后们成了最具创新能力的高层次人才群体，活跃在经济发展、社会事业、科学研究、产业升级一线，挥洒青春与热血、智慧与汗水，不断攀登科学巅峰，筑垒起科技强国、创新驱动的新高度。

激发活力：新时代博士后制度深入改革创新

发展是第一要务，人才是第一资源，创新是第一动力。

党的十八大以来，以习近平同志为核心的党中央把科技创新作为提高社会生产力和综合国力的战略支撑，摆在国家发展全局的核心位置，深入实施创新驱动发展战略，加速推动我国从科技大国向科技强国迈进。

党中央作出人才是实现民族振兴、赢得国际竞争主动的战略资源的重大判断，作出全方位培养、引进、使用人才的重大部署，推动新时代人才工作取得历史性成就、发生历史性变革。

博士后群体，是我国科技创新的重要力量；博士后制度，是我国培养高层次创新型青年人才的一项重要制度。

站在创新驱动和人才强国两大国家战略的交汇点，我国博士后工作持续改革创新，不断激发制度活力、人才活力。

2012 年起，人社部、全国博士后管理委员会研究制定“博士后国际交流计划”，资助部分优秀在站博士后研究人员到国外一流高校、科研机构、企业的优势学科领域，在合作导师的指导下开展博士后研究工作。

2015 年，国务院印发《关于改革完善博士后制度的意见》，通过改革设站和招收方式，完善管理制度，加强培养考核，促进国际交流，推动博士后制度成为吸引、培养高层次青年人才的重要渠道。

2016 年，“博士后创新人才支持计划”实施，瞄准国家重大战略领域、战略性高新技术领域、前沿和基础科学领域，专项资助一批优秀博士从事博士后研究工作，至 2021 年 9 月已资助 2100 人。

近年来，各地、科研院所和企业等设站单位在深化制度改革、扶持创新创业、提升管理水平、促进国际交流、加快服务体系建设等方面下功夫，形成了一批支持博士后发展、激发博士后活力的好政策、好机制、好做法。

以广东为例，2017 年，出台《关于加快新时代博士和博士后人才创新发展的若干意见》，实施政策、培养、引才、平台、扶持、服务“六个创新”，加快培养集聚一大批优秀拔尖青年人才；2016 年起，连续五年举行全国博士后系列峰会活动，吸引超过 3600 名博士博士后等人才参与交流合作；2018 年，举办国内第一个专门面向博士博士后人才的创新赛事，至今的 4 届赛事共有 2000 多个项目参赛。

在这样的背景下，一场紧扣创新创业、推动行业内外各方交流对接的全国性活动，呼之欲出。

奋楫扬帆：一场全国性大赛蕴含的四层深意

好风凭借力，扬帆正当时。

2021 年 5 月，人社部、全国博士后管理委员会发出通知：为充分发挥博士后制度在培养高层次创新型青年人才、促进产学研融合、推动大众创业万众创新中的重要作用，决定举办第一届全国博士后创新创业大赛。

从赛事情况不难解析出这次大赛的亮点，和安排背后的深意。

——面向全国博士后系统，大赛面向国内和海外，同时举办多项活动。这意味着，本次大赛的意义将不只是一场普通的创新创业竞赛。它将是覆盖全国、联通海外的博士后创新创业的盛事，是广大博士后和有需求的企业、院校、科研院所进行高层次交流对接的国家级平台，是一次高规格、高水平集中展示博士后事业发展成就的盛会，也是一次广泛宣传推荐博士后工作、营造全社会关心支持博士后事业的良机。

——大赛安排了竞赛、对接、交流等多项活动，这意味着，大赛将更充分地发挥舞台、平台的功能，更好地发挥面向全国和海外、集聚全国优秀项目和博士后广阔资源的作用，成为发挥博士后制度作用，促进优秀青年科技人才成长的重要举措。

——学术交流是博士后工作的重要一环。大赛覆盖全国、联通海外，吸引国内和海外高层次人才参与，举办线上线下的展示、交流、对接等活动。这意味着，大赛将成为促进高水平学术交流，推动青年人才开放合作的重要平台。

——大赛紧扣科技创新“四个面向”，在全国范围汇聚国内博士博士后创新成果。从已公布的创业赛、揭榜领题赛项目情况看，大部分是紧贴产业需求、填补国内空白的创新探索。这意味着，举办大赛将是激发博士后创新创业潜能，助力实现科技自立自强的重要办法。

——创新赛、创业赛涵盖新一代电子信息等八大重点产业，与产业链紧密结合，揭榜领题赛推动形成知本、智力与资本、企业科研的合作。这意味着，大赛将是有力推动产学研深度融合，增强企业自主创新能力的重要途径。

根据大赛执委会发布的信息，本次大赛共有超过5000个团队/项目报名参赛，经推荐预选后，将有1388个团队、约4000名博士博士后参加总决赛阶段比赛。

2021年9月27日至28日，中央人才工作会议在北京召开，作出了深入实施新时代人才强国战略，全方位培养、引进、用好人才，加快建设世界重要人才中心和创新高地的重要战略部署，为新时代人才工作和人才事业发展指明了前进方向、提供了根本遵循。

在中央人才工作会议上，习近平总书记强调，要造就规模宏大的青年科技人才队伍，把培育国家战略人才力量的政策重心放在青年科技人才上，支持青年人才挑大梁、当主角。

博士后制度，是培养造就优秀青年科技人才的一项重要制度。博士后创新创业大赛，是中央人才工作会议后举办的一次全国性人才交流活动。

可以预见，大赛或将成为改革完善博士后制度，大力培养青年创新人才的新起点。

2021 年 10 月 13 日，人力资源和社会保障部发出通知，要求全国人社系统深入学习贯彻习近平总书记在中央人才工作会议上重要讲话精神，结合部门职能职责抓好贯彻落实。通知提出，要改革完善博士后制度，大力培养青年创新人才。更好实施博士后创新人才支持计划和博士后国际交流计划，加强企业博士后工作，举办全国博士后创新创业大赛。

人力资源和社会保障部有关负责同志表示，作为培养造就优秀青年科技人才的一项重要制度，博士后工作要充分发挥制度优势，加大工作力度，加快培养集聚优秀青年人才，营造有利于青年科技人才创新创业的良好氛围。

回望来时路，筚路蓝缕，硕果累累。迈步新征程，不忘初心，砥砺前行。历史将见证：在新时代人才强国战略的蓝图下、在高水平科学自立自强的使命中、在中华民族伟大复兴的征程上，中国博士后将不负党和国家期望、不负人民期望，继续谱写辉煌新篇章。

链　接

博士后的起源：

1876 年前后，美国及欧洲一些国家设立研究基金，资助优秀青年学者在较好的研究条件下从事科学研究。当时，美国约翰 · 霍普金斯大学的参与者中有 4 人已经获得了博士学位，故人们称他们为“博士后”。这种人才培养模式所独有的“流动性强”“提升科研创新能力快”的优势很快得到科技界的认可，成为助力美国二战后国力飞跃的重要人才战略。

中国博士后制度建立背景：

1. 适应国家改善高级人才培养环境、培养方式的客观要求；

2. 教育和科研制度的改革为博士后制度的形成提供了前提；

3. 吸引留学博士回国工作是博士后制度产生的重要因素；

4. 知名学者的倡导与中央领导的重视。

第一届全国博士后创新创业大赛：

由人力资源和社会保障部、广东省人民政府主办，全国博士后管委会办公室、广东省人力资源和社会保障厅、佛山市人民政府承办，是我国博士后制度实施以来举办的规模最大、覆盖面最广的全国性博士后创新创业赛事。

大赛以“博采科技精华、创新引领未来”为主题，共设创新赛、创业赛、海外（境外）赛和揭榜领题赛等四个组别，划分为新一代信息技术、高端装备制造、新材料等八个专业领域进行比赛。

根据大赛执委会发布的信息，本次大赛共有超过5000个团队/项目报名参赛，经推荐预选后，将有1388个团队、约4000名博士博士后参加总决赛阶段比赛。目前，创新赛、创业赛、海外（境外）赛决赛名单已公布。其中，创新赛648个项目入围总决赛，创业赛420个项目入围总决赛，海外（境外）赛120个项目入围总决赛。

揭榜领题赛共征集200个左右技术攻关需求，重点聚焦制约本领域发展的“卡脖子”前沿技术和关键共性难题，涉及项目资金总投入近20亿元，各需求单位提供的成功揭榜奖励总计约5000万元。

大赛总决赛将于11月19—21日在广东省佛山市举行。

除了比赛外，大赛还将开展博士后工作成果展示、人才交流和成果转化对接等活动，助推人才、项目、院所、企业、金融间的交流和对接。

大赛总决赛为何放在佛山举行：

1. 佛山市委、市政府的高度重视为大赛提供了组织保障。积极申请承办大赛，市领导带头，成立专班，配强力量，各项筹备工作进展有序。

2. 佛山的经济社会发展为大赛提供了现实基础。佛山是国内第 17 个、广东省第 3 个万亿级城市，与广州共同构成“广佛都市圈”、共同构建粤港澳大湾区三大极点之一。佛山作为全国重要制造业基地，工业门类齐全、配套完善，以高新技术产业和先进制造业为代表的创新型产业日渐成为经济增长的主要动力，对科技创新需求与日俱增。

3. 佛山的人才队伍建设为大赛提供了人才支撑。特别是博士后工作比较突出，早在 1995 年就组建了博士后工作管理委员会办公室。目前佛山共有 3000 多名博士，64 家博士后科研工作站，位居全国地级市前列。

知政主笔 / 莫璇

（原载 2021 年 10 月 25 日佛山＋ APP 东平知政专栏）

这些万亿城市，“十四五”开局都在怎么干？

从时代方位看，“十四五”是我国开启全面建设社会主义现代化国家新征程、向第二个百年奋斗目标迈进的第一个五年。

2021 年是“十四五”规划的开局之年。时至 11 月，近一年来，作为中国经济的“顶梁柱”，万亿级城市“十四五”规划纲要擘画的发展蓝图，已徐徐展开。

来，今天就跟着知政君一起看看，这些万亿城市开局之年都在怎么干？

未来五年万亿城市如何布局？——制造业发展依然是“主旋律”

实体经济是城市发展的根基。万亿城市的竞争，很大程度上也是制造业的比拼。知政君梳理发现，制造业发展依然是国内绝大多数万亿能级城市未来五年发展的“主旋律”。

作为全国首个“制造强国”试点示范城市，浙江宁波提出打造“三城三高地”——制造业单项冠军之城、先进制造业集群之城、工业互联网领军城市、国际智能制造新高地、全域产业治理新高地、产业生态融合发展新高地，巩固提升制造业优势的计划雄心勃勃。

江苏无锡提出，再掀产业强市新热潮、再开产业强市新局面，目标是到2025年形成11个产业生态完整、技术水平领先、安全稳定可控的千亿规模产业集群，其中物联网、集成电路、生物医药产业成为世界级产业集群。

江苏苏州也将进一步巩固制造业在产业结构中的主体地位，坚持创新、融合、绿色、开放协同、安全五大发展原则，锚定“打造全球高端制造业基地”目标，深入推进“苏州制造”品牌建设，全面提升制造业核心竞争力。

上海印发《上海市先进制造业发展“十四五”规划》，提出了加快产业数字赋能、提高产业创新能力、实施产业基础再造、推进产业链现代化、强化项目投资牵引、培育卓越制造业企业、促进产业人才汇聚、加快塑造产业名园、推进绿色低碳发展、服务双循环新格局等10项重点任务。

作为中国制造业发展“排头兵”的广东，也于2021年8月正式发布《广东省制造业高质量发展“十四五”规划》，坚定要在“十四五”期间实现从制造大省向制造强省的大跨越。其中，深圳将在超60个重点细分领域成全球制造核心城市；广州将以“五个抓手”加快建设先进制造业强市，构建全市重点产业链“1 + X”政策体系，建立市重点产业“链长制”工作推进机制，制定21个重点产业链行动计划。

作为全国重要制造业基地，佛山提出瞄准“粤港澳大湾区极点城市、全省地级市高质量发展领头羊、面向全球的国家制造业创新中心”三大目标定位，坚持实体经济不动摇，推动制造业高质量发展，加快构建现代产业体系。

制造业是国家经济命脉所系，是立国之本、强国之基。各地已充分认识到，只要咬住制造业不放松，在区域经济竞争中就将更有底气。

开局之年各地有何“新招”？
——数字化发展成为新赛道新引擎

当前，数字经济已成为世界各国构筑未来发展新优势的关键战略抓手。

我国在“十四五”规划和2035年远景目标中提出“加快数字化发展”“建设数字中国”，数字经济已成为驱动中国经济高质量发展的关键力量。

2021年伊始，北京、上海、深圳、苏州等率先在“新年第一会”“一号文件”中打响“数字经济”的“发令枪”，开启“十四五”开局之年逐鹿数字化转型的“新赛季”。

同一天，上海、深圳、苏州分别推出《关于全面推进上海城市数字化转型的意见》《深圳市数字经济产业创新发展实施方案》《苏州市数字经济和数字化发展行动三年计划（2021—2023）》。随后，北京紧追召开一场新闻发布会，向外界表明了进一步推动数字经济发展的决心。

这些城市还在近期发布的政策中均提出了与城市发展定位、愿景相匹配的数字经济领域发展目标。比如，上海提出在2035年建设成为具有世界影响力的国际数字之都，作为“迈向卓越的全球城市”的重要支撑。

知政君认为，在2020年新冠肺炎疫情和经济下行影响下，数字经济逆势而上成为推动国民经济持续稳定发展的关键引擎。这些头部城市率先发现数字经济高速发展的触角。加之这些城市本来就是作为代表全国、引领区域发展的动力火车头，必须拥有强有力的现代产业支撑和科技创新动能，而数字经济就是拓展和增强区域经济发展回旋空间、产业韧性和治理能力现代化的重要手段。

除了头部城市争先抢占数字产业发展制高点，天津、杭州、无锡、佛山等万亿城市也都在推动地区产业数字化转型的赛道上加速奔跑。

2021年8月，天津发布《天津市加快数字化发展三年行动方案（2021—2023年）》，从释放“津产发”平台产业数据价值、培育数字产业化发展新动能、推动传统产业数字化转型升级等多个方面进行布局，目标是到2023年数字化发展整体实力进入全国第一梯队。

无锡新产业研究会会同无锡市大数据局共同撰写了《无锡数字经济发展报告（2021）》蓝皮书，提出要建设全面数字化示范地，助推无锡数字经济在“十四五”期间实现更高水平发展。

杭州在“十四五”规划纲要中单独拿出一个篇章详细布局“加快数字化

发展建设数字中国”，提出迎接数字时代，激活数据要素潜能，推进网络强国建设，加快建设数字经济、数字社会、数字政府，以数字化转型整体驱动生产方式、生活方式和治理方式变革。

作为全国唯一一个制造业转型升级综合改革试点城市，佛山在 2021 年出台了《佛山市推进制造业数字化智能化转型发展若干措施》，成立总规模 300 亿元的广东（佛山）制造业转型发展基金，明确未来 3 年将共投入 100 亿元，助推制造业数字化、网络化、智能化转型升级。

可以说，2021 年成为数字化转型之年，数字化发展成为各城市发展的热词。

蓝图绘就佛山如何“破圈”？
——人才竞争仍是佛山需要突破的关键短板

比较国内 23 座万亿 GDP 城市（2020 年，国内共有 23 座 GDP 过万亿元城市）2021 年以来的经济发展数据表现，从经济总量看，在 2021 年前三季度万亿城市 GDP 排位中，上海成为国内第一座 GDP 在前三季度突破 3 万亿元的城市，排名第一。北京、深圳、广州紧随其后，重庆以 19951.89 亿元 GDP 规模排名第五，佛山以 8489.33 亿元居第 17 位。

从经济增速看，2021 年上半年，佛山全市 GDP 达 5474.12 亿元，同比增长 17.3%，增速排在国内万亿城市第二位，主要表现为工业经济基本盘稳固、投资增速恢复良好、进出口快速增长。前三季度，佛山经济发展延续上半年优异表现，全市 GDP 同比增长 11.4%，增速继续排在国内万亿城市第二位；其中，第二产业增加值为 4748.05 亿元，同比增长 13.2%，增速处于各市前列。这与佛山坚持实体经济不动摇并大力布局、推进制造业数字化智能化转型发展息息相关。

以奋进的姿态开局“十四五”，佛山已经起好步！

与此同时，在“万亿城市俱乐部”中，佛山在科技创新、产业协调、人才引进等方面存在的短板也显而易见。

如何在“十四五”城市竞争格局中“破圈”成功？知政君认为，城市发展竞争涉及方方面面，人才竞争仍是佛山需要突破的关键短板。

在集聚创新人才方面，“十四五”开局之年，不同城市引人、用人、留人的举措，也有一些亮点值得佛山关注。

如上海为吸引更多青年人才扎根，提供的人才服务不限于资金扶持、安居工程、医疗教育等公共服务，还提出构建24小时青年创新生态社区，满足青年人才的工作、社交、生活需求。南京则充分运用长三角一体化的机遇，探索构建跨区域一体化人才共用共享机制，以缓解当前南京对高端人才吸引力不足的困境。

当前，佛山旗帜鲜明地提出将打造一流营商环境作为“一号改革工程”。这是一项基础性、系统性工程，其中就包括一系列涉及人才引进、培育、评价、激励的政策措施。

展望“十四五”，可以预见，佛山坚持以打造一流营商环境塑造发展新优势，在人才竞争方面也必将实现新的突破！

知政主笔/郑奕纯

（原载2021年11月4日佛山+ APP东平知政专栏）

最缺大学的城市佛山，如何在高校建设大潮中破局？

大学是人才和科技的重要结合点，是国家、区域发展的重要动力源。

日前，广东省人民政府网发布《广东省教育发展“十四五”规划》（以下简称《规划》）。《规划》明确，提升广州、深圳地区高校建设水平，加快创建一流大学和一流学科，为区域经济社会高质量发展提供强大核心引擎；加快推动高起点、高标准建设深圳理工大学、深圳海洋大学、深圳创新创意设计学院、广州交通大学等高校。

《规划》透露，支持珠三角其他城市高等教育改革发展，加快筹设大湾区大学（知政君注：该大学是由广东省、东莞市规划筹建的综合大学、高水平研究型大学）、中山科技大学等高校，促进科教融合、产教融合，提升高等教育服务支撑现代化经济体系建设能力，增强区域竞争力和国际影响力。

眼见周边城市将高校建设写进此《规划》并加快建设进度，本就最缺大学的佛山，难免有些失落，不急不行！

另据不完全统计，近两年来，广州、深圳、苏州、杭州、青岛、济南等城市都在加速新建大学，至少有 30 所大学（含学院、研究生院、新校区）纳入建设计划。一场围绕高校建设展开的争先抢位之战，在国内很多城市特别是粤港澳大湾区城市打响。国内城市的竞争格局，珠三角城市群的命运，未来或许也将随着全新的高校群落出现而被改写。

尽管各地建设高校的具体路径各异，但最终都指向以高校补齐城市短板、加速创新驱动这一核心目标。

在激烈的城市竞争中，当下的佛山，能否抓住机遇，以前所未有的力度、速度，推进高水平大学建设，全面提升高等教育发展水平？纵观国内其他城市兴建高水平大学的成功经验，又有哪些模式值得我们借鉴？今天，知政君与大家一起关注佛山“大学”建设话题。

佛山短板：高等教育发展水平与城市能级不匹配

《经济观察报》曾评出一份“中国最缺大学的十大城市”榜单，佛山位居榜首，因此成为中国最缺大学的城市。该榜单统计了中国 GDP 百强城市的前 35 名城市高校在校生情况，按照该城市每万人大学生在校生人数高低，排出了中国最缺大学的十大城市，其中，佛山大学生密度在国内 GDP35 强城市中最低，甚至不到平均水平的 1/3。

尽管这一评选未必完全科学，但佛山在同能级城市中缺少高水平的大学，佛山高等教育发展水平与佛山经济社会发展水平和需求不匹配、不适应，却是不争的事实。

放眼全国数百座城市，佛山多年来居于全国城市 GDP 前 20 强之列，是名副其实的经济强市。2021 年 11 月 2 日，中国社会科学院财经战略研究院与中国社会科学出版社共同发布的《中国城市竞争力报告》显示，佛山综合经济竞争力排名全国第 14 位。

纵观经济发展，佛山身为制造业大市、民营经济强市，一直被外界视为世界观察中国制造的窗口之一。近年来，佛山也一直把创新驱动作为推动经济发展的核心战略。然而，在政府、企业大力推动创新的氛围下，人们发现，佛山高等教育的实力，尚未能满足产业、城市、人口的发展需求。

一个最直观的事实是，从质量上来看，在目前全国GDP排名前20的城市中，佛山是少数几个没有自己的“双一流”高水平大学的城市。佛山本土实力最强的本科高校，当数佛山科学技术学院。尽管其近年来办学水平提升迅速，但即使与同为地级市的苏州的苏州大学、扬州的扬州大学、宁波的宁波大学等相比，仍有一定差距。

从数量上来看，根据中国城市统计年鉴，地级以上城市大学数量，佛山仅有13所，也不及宁波、泉州等城市能级相近的城市。

有人说，决定一座城市高度的，不是摩天大楼，而是大学。一方面，高校是最重要的人才培养平台，是城市人才持续供给的“蓄水池”；另一方面，高等教育资源本身就吸引和集聚包括大学教授在内的高端人才。城市创新发展、社会管理和城市治理都需要高水平教育体系的支撑，大学作为重要的科研、文化资源聚集地，全面影响着一个城市的竞争力。

高等教育发展水平与佛山城市发展水平、能级不匹配、不适应，很可能成为影响佛山这座城市未来经济社会发展的最大短板之一。

也因此，几乎每年佛山两会，都有来自各界的人大代表、政协委员提出，要大力发展佛山的高等教育，助推高水平人才汇集、文化建设。

更有人士曾一针见血地指出：佛山面临最大的问题，是加快转型升级和实现高质量发展。没有一所高水平大学支撑，没有一批高水平大学支撑，佛山的转型升级和创新是走不出去的！高等教育就是佛山的一个短板，必须把这个短板补上！

当前，各地纷纷出台政策争相揽才，有的高校资源相对丰富、人才外流较多的城市甚至针对性地推出让大学毕业生留在当地就业的措施。如何推动高等教育超常规发展，打造南方高等教育名城，培育更多高层次人才，增强源头创新实力，蓄积城市发展后劲？这对矢志不移当好广东地级市高质量发展领头羊的佛山来说，是一个不得不正视的重大课题。

现实：有所作为但仍须加快高校建设速度

在这样的呼声中，近年来，佛山也为推进高等教育发展作出了很大努力。

2017 年，佛山市委、市政府首次发文，出台关于加快高等教育的专项政策，释放“推动高等教育跨越发展，建设城产人教融合发展的南方高等教育名城”的决心。佛山提出，到 2025 年要建成 2 所跻身国内一流的理工类大学，高等教育办学机构达 30 所，全日制在校生人数达 18 万。

而“十三五”以来，佛山加快集聚国内外优质资源，高等教育发展交出一张“增量”成绩单：截至 2021 年 9 月，佛山有普通高校 13 所，包括市属本科高校 1 所、高职院校 2 所，省属本科高校 5 所、高职院校 5 所，在校生 15 万人。其中，顺德职业技术学院实现入选“国家示范骨干校”“国家优质校”“双高计划”的“大满贯”，近五年竞争力位居全国第九。

此外，南方医科大学、广东财经大学也宣布在两校佛山校区推进全学段办学；华南师范大学南海校区新设可支撑佛山市新兴六大核心产业（技术）的专业，并启动本硕博专业招生；北京科技大学顺德研究生院、北京外国语大学佛山研究生院、东北大学佛山研究生院陆续投入使用。广州美术学院佛山校区预计 2022 年 6 月底动工，2024 年投用。

除了目前在佛山设立校区的高校外，承担创建高水平理工科大学重任的佛山科学技术学院也实现综合型向理工科转型，整体实力大幅度提升。2021 年 7 月，佛山科学技术学院在全省第二轮高等教育“冲补强”提升计划中升格为“高水平大学（重点学科）建设高校”，2021 年 8 月首次跻身软科世界大学学术排名前 1000 强，位列全球高校第 801—900 位，内地高校第 126—142 位。

佛山也正在筹划新建高水平大学。佛山 2021 年教育工作要点提出，将高起点规划建设香港理工大学（佛山）。佛山还提出将建设佛山城市大学，定位为社会力量举办的高水平应用型本科学校，立足佛山、服务湾区、辐射全国、走向世界。

但与深圳等城市相比较，无须讳言，佛山推进新的高水平大学建设还需

"加把劲"。"十三五"以来，深圳抢抓一流大学和一流学科建设机遇，深圳北理莫斯科大学、中山大学·深圳、哈工大（深圳）、深圳技术大学、天津大学佐治亚理工深圳学院等先后获批设立，5 年新增 5 所大学，跑出了高等教育的深圳"加速度"。深圳提出，到 2025 年，全市高校要达到 20 所左右，全日制在校生约 20 万人，成为中国高等教育强市。按《广东省教育发展"十四五"规划》，"十四五"期间，将高起点、高标准建设深圳理工大学、深圳海洋大学、深圳创新创意设计学院等高校。

不只是深圳，在珠三角，东莞、中山等城市也在抢抓机遇，加速加力新建高水平大学。如大湾区大学，是在粤港澳大湾区建设教育合作背景下，由广东省、东莞市规划筹建的综合大学、高水平研究型大学。该校已于 2021 年 4 月举行奠基仪式，力争 2023 年完成松山湖校区教学区的建设，并实现招生办学。而中山科技大学也致力于打造成为以理工类学科为主、兼顾文商的高水平研究型大学，其主校区用地面积约 3000 亩，总投入约 100 亿元，将于 2025 年底前完成第三期建设。

展望：借湾区东风加快打造高等教育资源聚集高地

站在粤港澳大湾区高校建设浪潮中，要在高校资源争夺的赛道上不落人后，佛山需要有更大作为，既要遵循高等教育发展的客观规律，也要找到符合佛山自身实际的高校建设模式。

不少城市选择扩大合作版图，通过引起其他外部高水平高校资源来发力高等教育。

如深圳、青岛、重庆等城市近年来大手笔发展高等教育，除了引进省内、国内知名高校，还吸引港澳台和海外高校入驻，形成了一定规模。佛山可继续利用比邻广州的优势，着力引进省内、国内高水平大学到佛山新建校区。

同时，我们还要看到，随着粤港澳大湾区建设加速推进，新的"天时地利人和"已然形成，佛山的高等教育要趁着这一东风，在打造国际科创走廊的形势下，顺势而为，大力引进国内外高水平大学尤其是粤港澳高校资源，或建大学校区，或成立研究生培养机构，或建立兼具科研和成果转化作用的研究院，或成立中外合作办学机构，在体制机制上大胆创新，推进粤港澳大湾区高等教育合作发展，形成高水平、开放型、国际化高等教育资源聚集高地。

富有竞争力的城市需要与之相适应的富有竞争力的高等教育系统。如何让各类各层次高校更好地服务城市，更考验城市管理者的智慧。在这一过程中，做好高等教育发展的规划设计尤为重要。

这一规划设计既要与佛山发展阶段和产业层级的要求相适应，也要与城市未来发展的目标定位相适应，并适度超前。比如，佛山是一座制造业大市，是一座以民营经济为主、拥有庞大中小企业集群的城市，因此要结合佛山的产业实际，进一步坚持研究生教育、本科生教育、职业教育协调发展，包括擘画佛山职业教育发展蓝图，瞄准“高精尖缺”，推进佛山职业教育高质量发展，甚至是新办高水平应用型大学，打造职业教育的“佛山清华”“佛山常青藤”，为民营企业、制造业发展源源不断提供创新资源、人才资源，支撑佛山制造业数字化智能化转型升级，充分发挥职业教育高校植根产业、服务产业、引领产业的作用。

罗马城不是一天建成的。佛山发展高等教育，需要高瞻远瞩，长远规划，着眼于城市未来 30 年、50 年发展，着眼于一座城市的梦想，持续发力，长期投入，久久为功。

我们期待，佛山在高水平大学建设的赛道上快马加鞭，展现新作为、新突破、新进展，矢志不移，努力让更多、更高水平的高校成为推动佛山城市能级向上跃升的强大引擎，为佛山高质量发展提供强有力的智力支持、科技支撑和文化引领。

知政主笔 / 邹婷婷

（原载 2021 年 11 月 11 日佛山+ APP 东平知政专栏）

奋楫争先逐浪高！

——写在佛山市第十三次党代会即将召开之际

大江流日夜，慷慨歌未央。

五年征程，弹指一挥间。

以争当全省地级市高质量发展领头羊为坐标，市第十二次党代会以来，佛山走过了极不平凡的五年。

稳增长、促改革、调结构，砥砺奋进、上下求索的佛山，跻身万亿 GDP 城市行列，开辟了高质量发展的新天地。

战疫情、化危机、应变局，蹚过激流险滩，穿过惊涛骇浪，佛山巨轮愈挫愈勇、行稳致远。

奔小康、优生态、惠民生，温暖人心的民生答卷，写下了不断增强人民群众获得感、幸福感、安全感的生动注脚。

雄关漫道真如铁，而今迈步从头越。

领头羊，永远身先士卒，昂首而行。

领头羊，即使面对急流险滩，也不会停下脚步。

万众瞩目的佛山市第十三次党代会即将拉开帷幕。此时此际，争当地级市高质量发展领头羊，正是这座城市最有力的动员、最嘹亮的号角！

（一）

岁月如歌，红旗如画。打开历史的经纬，回眸过去五年，佛山虽然步履艰辛，却依旧筑梦前行；虽然遭遇险滩，却仍逆流而上。

市第十二次党代会召开以来，面对错综复杂的发展形势、繁重艰巨的发展任务，佛山以习近平新时代中国特色社会主义思想为指引，深入贯彻落实习近平总书记对广东重要讲话和重要指示批示精神，在争当全省地级市高质量发展领头羊的征途中，顶住了经济下行的巨大压力，经受了疫情防控的重大考验，夺取了决胜全面小康的伟大胜利。

山河为证，岁月为名。

将时间的指针回拨到 2015 年 12 月，佛山获批成为全国唯一的制造业转型升级综合改革试点城市。

这是佛山的机遇，也叩问了佛山一个发展的历史性难题：从制造业大市到制造业强市，佛山的路径在哪？

这是一场在内与外中谋发展的佛山实践。

佛山坚定不移走“世界科技＋佛山智造＋全球市场”创新发展之路，深入推进制造业转型升级，加快建设面向全球的国家制造业创新中心，GDP 成功突破 1 万亿元大关，成为全国第 17 个、全省第 3 个经济总量超万亿城市，实现历史性跨越！

这是一次在破与立中求革新的佛山行动。

从制造业转型升级综合改革到“强市、活区、实镇”改革，从顺德区建设广东省高质量发展体制机制改革创新实验区到南海区建设广东省城乡融合发展改革创新实验区，从禅城区“一门式一网式”政务服务改革、三水区广东省乡村振兴综合改革试点到高明区建设工业企业高质量发展综合评价体系——佛山在改革深水区逐浪前行。

这是一路在新与旧中求空间的佛山追求。

跻身新一线城市，荣膺国家森林城市，蝉联全国文明城市，上榜中国最具幸福感城市，在城市更新、城市治理中，佛山留下了一个个流光溢彩的“高光时刻”。一座宜居宜业宜创新的高品质现代化大城市，向我们走来。

特别是2020年以来，新冠肺炎疫情发生、世界经济陷入第二次世界大战结束以来最严重的衰退、一些国家遏制打压全面升级，不断积蓄力量的“三重冲击”，以前所未有的力度奔涌而来。面对大考，佛山全面统筹疫情防控和经济社会发展，既把人民群众生命安全、身体健康放在第一位，又有力推进经济社会发展，实现双战双赢。

不经历风雨，怎么见彩虹。穿越风雨的佛山，打下了更加扎实的“基本盘”，赢得了一座城市在区域竞合中的身位，同时也赢得了亲历者、见证者、竞争者、旁观者甚至批评者的尊重。

11月初，中国社会科学院财经战略研究院创新工程重大成果《中国城市竞争力报告No.19：超大、特大城市：健康基准与理想标杆》在北京发布，佛山综合经济竞争力排名全国各大中城市第14位，可持续竞争力排名第15位。

既不靠海也不沿边，既不是特区也不是省会城市、计划单列市的佛山，创造了一个地级市的荣光。

（二）

> 凡是过往，皆为序章。站在又一个五年的新起点，我们更应看到，佛山城市发展所处的大局大势，所面临的紧迫形势，准确把握佛山历史方位和发展坐标。

察势者智，驭势者赢。

观大势，建设粤港澳大湾区和深圳中国特色社会主义先行示范区，是习近平总书记亲自谋划、亲自部署、亲自推动的重大国家战略。站在“两个一百年”历史交汇点上，习近平总书记、党中央作出了横琴、前海两个合作区开发开放的重大战略部署。广东全面构建“一核一带一区”区域发展格局、加快推进“双城”联动，深化广佛全域同城化。对于佛山，这既是重大政治任务，更是改革开放再出发的历史性机遇。

与此同时，新一轮科技革命和产业变革正在重塑经济版图，云计算、大数据、人工智能、物联网等向实体产业渗透，数字化能力正在成为核心竞争力。新的生产力格局发展更加扁平化，各地在很多领域处于同一起跑线上，以制造立市、制造强市的佛山迎来发展新赛道。

时不我待，发展的机遇与挑战并存。

百舸争流，千帆竞速。当前，各城市间发展要素激烈竞争的态势前所未有。省外，群雄并起，宁波、泉州、合肥等与佛山城市能级相近的城市，发展势头十分强劲；省内，广州、深圳两大龙头领跑，东莞向GDP万亿城市迈进，惠州、珠海、中山等市正奋起直追。

标兵渐远、追兵日近，佛山是按部就班、亦步亦趋，是畏首畏尾、观望等待，还是直道冲刺、换道领跑？答案必然是后者。

与最优者对标、与最强者比拼、与最快者赛跑，从来就是一个不断攀登、接续奋斗的过程。

历史的车轮滚滚向前，站在又一个五年的新起点，佛山发展的任务越来越重，绝不能躺在以往的功劳簿上骄傲自满、小富即安，必须准备付出更为艰巨、更为艰苦的努力。

然而前进的道路，从无坦途。

踏上即将迎来的“新赛季”，面对新一轮城市竞争“标兵渐远、追兵日近”的紧迫挑战，在“十四五”开新局之年，佛山已然看到、承认并警醒发展的几重“考题”。

——从制造大市奔向制造强市，产业转型升级成效如何能尽展所图？新旧动能转换步伐如何进一步加快？

——在日趋激烈的城市竞争中，城市争先进位难度进一步加大，佛山如何破解营商环境中的堵点痛点难点，进一步塑造发展新优势，增强对高端创新资源的吸引力？

——与先进城市相比，佛山城市形象如何与经济发展更匹配，进一步提高城市能级、城市品质，增强现代化城市氛围？

——千年古城从历史中走来，如何释放人才的“虹吸效应”，让佛山这座城市近悦远来、绽放强大活力？

……

征程万里风正劲，重任千钧再出发。

新时代的号角，如击鼓催征！

圆梦的新征程，正高歌猛进！

全市广大干部群众务必辩证看待和深刻把握发展形势，以“坐不住”的紧迫感、“慢不得”的危机感、“等不起”的责任感，全力以赴抓住机遇、乘势而上，发挥优势、补齐短板，埋头苦干、勇毅前行。以敢为人先、舍我其谁的精气神，在新时代高质量发展的赛道上，扬鞭奋蹄。

（三）

惟改革者进，惟创新者强，惟改革创新者胜。在今天的佛山大地，一场深刻的变革正在进行。

改革开放 40 多年来，佛山发展的重要经验就在于用好用活改革创新这个制胜法宝，在于政府与市场之间的良性互动。

新形势下，区域竞逐已不再单纯比拼土地、政策等优惠，佛山的改革，从哪里突破？

迈入“十四五”新征程，市委、市政府审时度势，将打造一流营商环境作为“一号改革工程”，着力建设服务效率最高、管理最规范、综合成本最低的营商环境高地。

积极构建佛山“益晒你”（“益晒你”是一句粤语，意思是“把好处都给你”。）企业服务体系，深化“放管服”改革，优化政府服务标准……营商环境改革的深层次着力点，指向处理好政府和市场的关系，充分激发市场活力，激活高质量发展新动能。

继往之变，开来之新。这一改革是传承，更是创新发展。营商环境改革牵引下，新时代民营企业家培育工程、城市精细化智慧化治理、城市“畅通工程”、水环境治理、人才发展体制机制改革等系列改革渐次展开。

感知改革举措，市场主体最敏锐。2021 年 11 月 1 日，佛山高济邦健医药连锁有限公司副总经理蔡令东“尝鲜”办证新模式，拿到了佛山发出的全国首张零售药店“守信快批”许可证。

“1 小时发证，非常便捷。”蔡令东说，相比以往要跑两趟，等待 15 天后才能领证，“守信快批”审批流程大幅度地降低了企业开办成本，让企业更快地进入市场，快速发展经营。

水积而鱼聚，木茂而鸟集。改革释放的红利，有效激发了投资者信心和对未来发展的良好预期。统计数据显示，截至 2021 年 9 月底，佛山各类市场主体达到 106.2 万户，同比增长 16.8%。

制造业兴则佛山兴，制造业强则佛山强。佛山是一座制造业大市，旨在推进制造业高质量发展的改革势在必行。

“佛山注定要靠制造业立市、富民，这是历史，也是现实，更是发展规律。”在市委十二届十三次全会上，市委主要领导指出，佛山将坚持制造业立市不动摇，坚定不移推动制造业高质量发展。

针对工业不连片、供地不保障、产业不高端、招商不给力等状况，市委明确要以“四大决心”推动“四大改变”，支撑佛山由制造业大市迈向制造业强市。

加强产业带规划，坚持以“工改工”为主推进村级工业园改造，推进制造业数字化智能化转型发展，理顺机制促招商……一系列政策“组合拳”接连打出，推动制造业发展加速实现质量变革、效率变革、动力变革。

经济发展数据开始彰显改革成效。2021 年前三季度，佛山 GDP 保持上年以来上扬态势，达到 8489.33 亿元，同比增长 11.4%，增速居内地 GDP20 强城市榜单第二。从结构看，工业依然是佛山稳增长的“压舱石”，全市规上工业增加值同比增长 15.6%，增速高于全省 3.5 个百分点，汽车制造等五大支柱产业增速均超过两位数。从趋势看，随着制造业数字化智能化转型政策加速推进，先进制造业投资增长 29.3%，高技术制造业投资大幅增长 73.5%。

长河曲折却东流不改，从历史走向未来，佛山改革再出发，已经迈出了坚实的步伐。

（四）

时序更替、华章日新。肩负重大使命的佛山，正以只争朝夕的创业精神、争当领头羊的奋进之姿，埋头苦干、勇毅前行。一个令人瞩目、令人期待的新佛山正向我们走来。

新时代，习近平总书记寄望佛山“继续走在改革开放的前列、做改革开放的示范”，省委要求佛山争当地级市高质量发展领头羊，佛山肩负重大使命。

新时代，粤港澳大湾区和深圳中国特色社会主义先行示范区“双区驱动效应”不断增强，横琴、前海两个合作区开发开放再提速，广佛全域同城化进入新阶段。

当前，新冠肺炎疫情蔓延形势依然严峻、世界经济持续低迷、经济全球化遭遇逆流，全面深化改革踏入深水区，产业转型升级走进攻坚期，佛山的发展面临多重挑战。

中流击水，奋楫者进。

满怀着950万佛山人民的热切期盼，佛山市第十三次党代会召开在即。

这次党代会，是在中国共产党成立100周年、在“两个一百年”奋斗目标历史交汇点召开的一次十分重要的大会，是在全党全国上下兴起学习宣传贯彻党的十九届六中全会精神热潮、迎接党的二十大胜利召开的关键时刻召开的一次十分重要的大会。

站在新的历史方位，面对新机遇、迎接新挑战，未来属于坚定者、笃行者、奋进者、搏击者！

在实现第二个百年奋斗目标新的赶考之路上，作为经济规模超万亿、人口近千万的特大城市，面对更高的要求与期待，更加需要全市上下重振改革雄风，再燃创业激情，以时不我待、只争朝夕的精神，以争当领头羊的奋进之姿，奋勇拼搏、砥砺奋进，加快实现高质量发展，塑造佛山发展新优势。

迎风起势疾驰远，奋楫争先逐浪高。

我们坚信，在市委的坚强领导下，在全市广大党员干部和人民的共同努力下，佛山一定会在新的历史起点上，实现新飞跃，创造新辉煌。

新征程，佛山发展长风万里，光明在前！

知政主笔/黄碧云、刘伟

（原载2021年11月26日佛山+APP东平知政专栏）

全球招商大会，如何让世界认识新佛山？

勇立湾区桥头，奔赴时代之约。

进入年底的佛山盛事连连。继中国共产党佛山市第十三次代表大会胜利召开后，2021 年 12 月 4—5 日，佛山迎来一场关乎未来发展的重磅活动——2021 佛山市全球招商大会暨湾区经济论坛。

佛山市第十三次党代会向 950 万佛山人民谋划了“新佛山”发展蓝图，明确了未来五年奋斗的方向：坚定贯彻新发展理念，塑造佛山发展新形态，奋力争当地级市高质量发展领头羊，意气风发向着第二个百年奋斗目标大踏步前进。

作为党代会后召开的首场招商大会，佛山将通过这场在家门口举办的盛事郑重宣告：佛山将牢牢抓住粤港澳大湾区、深圳先行示范区建设以及横琴粤澳深度合作区和前海深港现代服务业合作区重大发展机遇，张开怀抱拥抱全球创新资源。佛山还将拿出最大诚意、兼顾深度和广度持续优化营商环境，创造一个创新环境更加优良、创新机制更加完善、创新动力更加充沛的新佛山，携手来自全球的投资者共享共赢发展新机遇！

十年等待 下一个一汽—大众在哪里

征程万里阔，奋进正当时。

2021 年 11 月 22 日，在市第十三次党代会召开前夕，佛山市 2021 年第四季度重大项目集中开工，总投资 1508.36 亿元、共 84 个重大项目开启“大干一场”模式。热火朝天的建设场景，展现出佛山高质量发展的生机和潜力。

项目关乎城市未来发展。如果将城市视作一艘不舍昼夜前行的巨轮，那么重大项目就是“压舱石”，保障着巨轮行稳致远、乘风破浪。

对城市而言，重大项目带来的不仅是一座工厂，更可能是一条产业链，甚至是一座全新的城市。时至今日，佛山人仍然对一汽—大众的落户津津乐道。2010 年 6 月，投资达 133 亿元人民币的一汽—大众佛山工厂正式奠基。这是佛山历史上少见的过百亿元投资项目。当年，佛山的合同利用外资同比增长 116.1%，创下此前十年来合同利用外资增幅新高。在一汽—大众牵引之下，佛山汽配进入整车时代，彻底改变佛山在珠三角的汽车产业格局。

正是意识到重大项目对城市发展的重要性，历届市委、市政府悉心耕耘。“十三五”期间，佛山累计引进投资超亿元产业项目 1698 个，签约投资总额超 1.3 万亿元，推动了美的库卡智能制造科技园等一批重大产业项目建成投产。

但我们也不能忽视的是，十多年时间里，佛山再没有一个项目能像一汽—大众这样激动人心，并且深刻影响佛山产业格局。佛山家电、陶瓷、家具等传统优势产业为佛山赢得了“有家就有佛山造”的美誉，存量产业也走上了转型升级的道路。但在招商引资增量领域，佛山还没出现能引领新的产业发展，打破佛山原有产业格局的重大产业项目。这也为佛山未来埋下增长乏力的隐忧，而增长乏力就意味着倒退。

标兵渐远，追兵渐近。对处于万亿赛道的佛山而言，城市竞争不进则退、小进也是退。2020 年，全国“GDP 万亿城市俱乐部”扩容，2021 年又将有一批新成员加入。这个俱乐部的成员和准成员，近几年在招商引资领域的表现称得上可圈可点：位于安徽省的合肥市，当地政府通过精准的投资手法，在新能源电动汽车布局上，先后招揽了蔚来、大众、零跑等企业，新能源汽车产业迅速崛起。与佛山一样以制造业见长的东莞，继 2014 年将华为终端纳入囊中后，2019 年又吸引了华为研发总部进驻，2021 年有望进入“万亿俱乐部”……

城市竞争日趋白热化，城市突围呼唤新作为。

理念变革“益晒你”背后的佛山逻辑

逆水行舟，奋楫者先。

佛山市委、市政府清晰认识到佛山的处境。2021 年 8 月，市委十二届十三次全会明确提出“四大决心”，其中一个大决心就是要改变招商不给力状况。

下定决心改变的佛山在招商引资领域开始了系列改革。2021 年 8 月，佛山市进一步建立健全招商体制机制，成立由佛山市委、市政府主要领导任双组长的招商工作领导小组，强化全市招商引资“一盘棋”思想，加强政策统筹、资源统筹、产业统筹，同心协力招引大项目、突破大项目。市、区两级招商办密切沟通，共同联动赴上海、杭州、长沙、珠海等地开展项目对接，推动佛山招商引资工作不断实现新突破。2021 年 1—10 月，佛山全市共签约总投资 1 亿元人民币或 1000 万美元以上项目 298 个，签约投资总额 2371.16 亿元人民币。佛山还签约了 6 个 100 亿元重大产业项目，成绩亮眼。

招商机制要变，政府服务理念更要变。2021 年 6 月，佛山市委明确提出，要把打造一流营商环境作为“一号改革工程”。营商环境为何如此重要？凡是企业在任何一个城市投资和经营，所面临的经济、社会、法律以及政府行为的影响或者干预，都被认为是营商环境的重要因素。业界共识就是，哪里营商环境好，人才就往哪走、资金就往哪流、项目就在哪建。抓住营商环境，就抓住了项目落地的牛鼻子。

随后数月，佛山开始酝酿构建佛山“益晒你”企业服务体系。“益晒你”是一句粤语，意思是“把好处都给你”。构建“益晒你”企业服务体系，就是要构建有利于企业的营商环境，颁布一系列的利好政策，让大家都受益。“益晒你”是佛山进一步营造亲清政商关系的一种十分接地气的表达，也是佛山对标先进对标一流，为企业发展提供更高更全更优服务的决心和信心表现。

在全球招商大会上，佛山将正式发布这份酝酿已久、数易其稿的《积极构建佛山“益晒你”企业服务体系 打造一流营商环境的行动方案（2021—2023）》，向世界展现佛山拿出最大诚意、最多考虑兼顾深度和广度来优化营商环境的诚意。

佛山如何“益晒你”？在此前召开的大会新闻发布会上，主办方“剧透”了方案部分内容：“益晒你”企业服务体系涉及企业开办、经营许可、工程建设、市政公用基础设施接入、不动产登记、纳税、贸易通关、企业注销、办理破产等企业全生命周期，将实现全面优流程、减费用、提效率，为企业提供全生命周期服务，可以说是无微不至。

这项让人耳目一新的政策也备受各界期待。在华南理工大学公共管理学院教授、博士生导师文宏看来，“益晒你”背后是佛山政府服务理念的转变。不仅体现政府将为企业提供“保姆式的”全流程全周期服务，同时也将给予企业更多的发展空间，让所有在佛山投资创业的市场主体都能有所收益。

创新优势　实现佛山制造“基业长青”

征程万里风正劲，重任千钧再出发。

佛山靠制造业立市、富民，这是历史，也是现实，更是发展规律。佛山深知，佛山制造要实现“基业长青”，必须要构建以先进制造业为支撑的现代产业体系。目标的实现，离不开优质项目的加持。优质项目的落地成长，需要营商环境的阳光雨露滋养，更需要充足的生产要素保障。

知政君了解到，在这场招商大会之前，佛山为迎接全球优质项目尤其是先进制造业项目的落地做足了准备。

比如在产业用地上，佛山提出要像保护基本农田一样保护工业用地。未来五年，佛山还将实施产业载体升级行动，把工业用地规模由原来的 350 平方公里调整为 450 平方公里以上，坚持以“工改工”为主推进村级工业园改造，建设和提升54个超万亩规模的工业园区，以优质产业空间保障制造业高质量发展。

在资金保障上，佛山积极发挥财政资金引导作用，多渠道帮助解决企业的融资问题。2021年，佛山联合深创投成立了总规模300亿元、首期100亿元的产业转型发展基金，佛山财政还出资50亿元参与国家制造业转型升级基金，重点投向战略性产业。

在电力和能源保障上，佛山大力推进清洁生产和节能减排技术应用，在省内率先补助发电厂顶峰发电，谋划建设节能型示范产业园区，采取多种方式努力降低企业用能成本。

在人才和用工保障上，佛山不断加大人才培养和引进力度，加快建设广东省实验室等重大平台，大力发展高等教育和职业技术教育，建设人才创新灯塔产业园，打造近悦远来的人才政策体系。

……

佛山竭尽全力为投资者提供投资创业所必需的各种关键资源要素，目的就是让投资者愿意来、留得住、发展好！

令人期待的是，本次全球招商大会邀请的350位企业家嘉宾中，超过八成来自制造业企业，涵盖了装备制造、泛家居、电子信息、汽车与新能源、生物医药、智能装备及机器人、食品饮料等多个领域；签约和近期意向投资的重大项目超过100个，涉及投资额超3000亿元，其中制造业项目占比也超过八成。

相信随着这些项目的落地将有力推动佛山夯实智能家电、汽车、新一代电子信息、生物医药与健康等战略性支柱产业集群，壮大装备制造、智能机器人、新材料、新能源等战新产业集群，持续推动佛山产业转型升级。

新的风帆已经扬起，期待全球更多创新资源、优秀企业、优质项目选择佛山、落户佛山，共享机遇，共赢发展，共创美丽新佛山，共谱时代新华章！

知政主笔 / 阮凤娟

（原载2021年12月4日佛山+APP东平知政专栏）

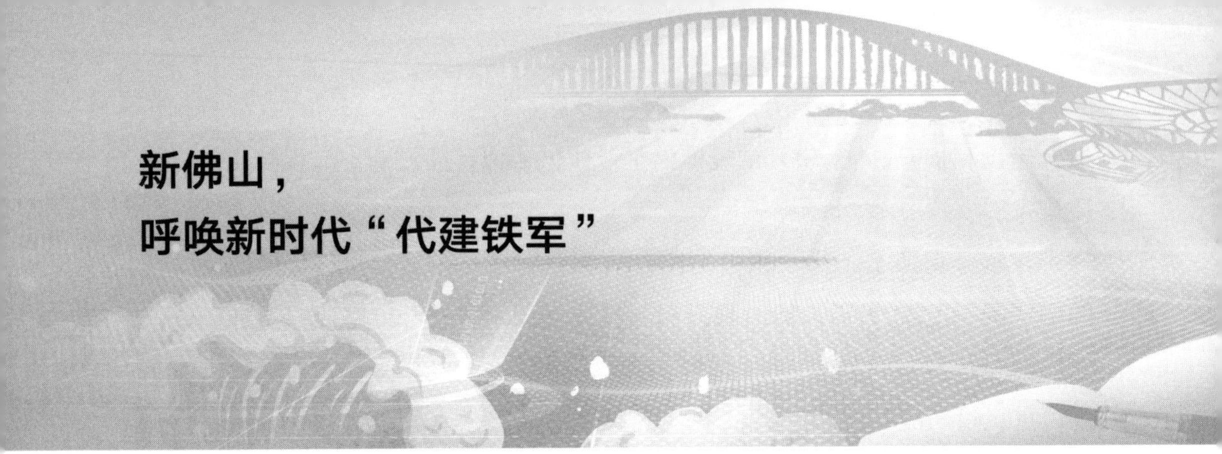

新佛山，
呼唤新时代“代建铁军”

佛山市第十三次党代会刚刚落下帷幕，奋进的号角响彻全市上下。时至年底，各个领域、各条战线都在为高质量完成全年目标任务冲刺冲锋。

在禅城区湖涌片区绿岛湖板块北侧，占地 120 亩的市第二人民医院新院区正在抢抓建设。这个总投资超过 24 亿元的省、市重点建设项目，是佛山历史上市级财政投资最大的医院项目，将建成一所立足佛山、辐射粤港澳大湾区，在省内外具有影响力的大型现代化三甲综合性高水平医院。

如此庞大的公共项目由谁负责建设？

这背后有一个并不为佛山市民所熟知的名字——佛山市代建项目管理中心（以下简称佛山代建中心）。

从 2010 年成立至今，佛山代建中心已经走过十年，完成和正在代建的市级政府投资的非经营性项目，总投资额超 140 亿元。其中包括佛科院北院新校区（北区）建设项目，在短短 425 天里高质量推进项目完工，创造了“佛山速度”；市第四人民医院扩建工程（临时）项目，在新冠肺炎疫情防控形势最严峻、最吃紧的关键时刻，仅用 12 天完成项目建设，再现了武汉“雷神山”“火神山”医院建造速度。

佛山代建中心是干什么的？其成立发展有何历史渊源？职责使命有多重要？将在未来建设城市形象更加现代的新佛山、生活品质更加美好的新佛山等方面，为佛山争当地级市高质量发展领头羊发挥怎样的作用？

今天，知政君带您揭开佛山代建中心的“神秘面纱”，与您一起探寻其中的答案。

三次变身：佛山代建机构应运而生因时而变

要说清楚代建中心，恐怕还要从代建制的推行说起。

2004 年，国务院印发了《关于投资体制改革的决定》，明确提出非经营性政府投资项目必须加快推行代建制。

为什么当时我国要在全国推行代建制？

实际上，过去很长一段时间，政府投资项目主要是通过组建临时建设班子进行管理。这种投资、建设、管理、使用“四位一体”的投资管理体制受到项目管理方式所制约，往往会造成政府投资效益不能最大化，腐败现象时有发生。同时一般在项目建成后其建设班子随即撤销，在建设中积累的经验教训不能转为技术资源供其他单位或后续项目借鉴。

随着全国各城市大兴基础设施建设，城市化步伐加快，1999 年、2002 年，上海、北京分别对政府财政投资项目进行了代建制试点。剑指解决政府投资项目建设中存在的问题，结合试点成功经验，代建制应运而生。

推行代建制以后，政府投资的非经营性项目通过招标等方式，选择专业化的项目管理单位负责建设实施，严格控制项目投资、质量和工期，建成后移交给使用单位。这种方式突破了投资、建设、管理、使用“四位一体”的旧的管理模式，使其转变为“各环节彼此分离、互相制约”的模式。

在全国改革背景下，广东全省各地纷纷成立代建机构。2003 年东莞市组建东莞市城建工程管理局，2004 年深圳组建深圳市建筑工务署，2007 年，广东省批复成立省代建项目管理局后，肇庆、江门、惠州、广州等先后成立市政府直属代建部门。各地市代建机构由政府直接领导、高位推进，为当地的城市建设、经济发展作出了不可磨灭的贡献。以深圳市建筑工务署为例，年完成投资额达到近100亿元!

佛山也积极贯彻落实探索推动代建制，2008年出台了《佛山市政府投资非经营性项目代建制管理办法（试行）》。此后，佛山代建项目管理机构先后经历了“三次变身”:

第一次——2008年12月，佛山发布了《关于设立佛山市代建项目管理机构的通知》，设立佛山市代建项目管理局。佛山市代建项目管理局在市公用事业局加挂牌子合署办公。

第二次——2009年10月，佛山全面启动自改革开放以来的第五次大规模政府机构改革，将33个市政府工作部门整合调整为31个，探索大部门体制，逐步推动经济建设型政府转变为公共服务型政府。在这次改革中，不再保留市公用事业管理局，市公用事业管理局除市政、园林、绿化、环卫管理和供水、用水、节水、排水、污水处理以外的职责整合划入新建的市住房和城乡建设局。

第三次——2010年3月，佛山市代建项目管理中心成立。中心为佛山市住房和城乡建设局下属一类公益事业单位。主要负责市级政府投资非经营性项目的建设组织管理工作。

值得注意的是，从代建制的发展史来看，2017年，广东省做出了较大探索——由委托代建管理模式调整为直接代建管理模式。此后佛山也制定了新的《佛山市政府投资市属非经营性项目代建管理办法》，重新明确了代建单位、使用单位及相关部门的工作职责，进一步从制度上提高了市属非经营性项目的建设管理水平和投资效益。

这次调整基于几个因素的考量，比如代建公司市场不成熟，且代建中心、项目使用单位、代建公司“三方业主”各自的利益和目标不同，导致相互掣肘，没有形成合力。种种原因知政君在这里不再赘述，但简单来说，从“委托”到“直接”，佛山代建中心承担了更多的职责，如今每个代建项目都有中心人员直接进驻工地现场。

奋进十年：创造佛山建筑的速度与质量奇迹

制度改革的效果在佛山立竿见影：总投资 10 亿元的佛山职业技术学院新校园项目于佛山代建中心成立当月（2010 年 3 月）开始施工，2011 年 6 月全部完工。项目有三方面可圈可点：一是从投资控制方面看，项目总投资有结余，并利用结余资金加建一栋南方职教基地；二是从工程质量和建设管理看，按时交付使用，没有出现大的工程质量问题和安全事故，佛山代建中心还因此获得“2010 年广东省重点项目建设工作先进集体”；三是从预防腐败方面看，没有出现任何有关廉政方面的投诉。

走过十年路，至今佛山代建中心完成 16 个项目建设，合计投资额 44.18 亿元；目前在建项目 27 个，合计投资额 100.28 亿元，总共 144.46 亿元。在建项目投资额，按项目 3 年为一个建设周期算，目前佛山代建中心在编 21 人，人均承担投资额高达 1.59 亿元！是珠三角佛山周边地级市的数倍。

梳理这些代建项目，我们发现呈现几大特点：

第一个特点是省重点项目、市重点项目多，投资金额大，近年来大部分代建项目投资是亿元起步。仅当前在建项目中，就包括佛山市颐养院、佛山市第二人民医院新院区、佛山市新社会福利院、佛山市中医院扩改建、佛山市物资储备综合基地 5 个省重点项目，最高投资额达 24.7 亿元；还包括佛山市第四人民医院二期工程等市重点项目 7 个，最高投资额也达 5 亿元。

知政君认为，这与“十三五”以来佛山进一步发挥资产投资对稳增长调结构的关键作用，扩大固定资产投资及推进重点项目息息相关。随着经济下行压力增大，佛山把持续扩大有效投资作为稳增长的“压舱石”，全市固定资产保持稳定增长。仅 2021 年 1—10 月，全市完成投资规模全省第三，同比增长 14%，增速分别比全国、全省高 7.9 个和 5.5 个百分点。

第二个特点是急难险重任务多，建设速度“超常规”。面对突如其来的新冠肺炎疫情，2020 年 1 月 28 日，佛山市委、市政府下达了重要紧急任务：建设市第四人民医院扩建工程（临时）项目。该项目总投资 2.26 亿元，总建筑面积 11532 平方米，病房区可提供基本床位 205 张，扩容床位 303 张，设置负压病房103间。市代建中心党支部迅速组织各参建单位集中办公，仅用5天就完成了设计方案、场地平整围蔽及建设物资筹备等前期工作。项目2月3日启动建设，2月15日即交付使用。

再如当年市政府的“头号工程”佛科院北院新校区（北区）项目。短短425天里，23栋建筑拔地而起。加快发展高等教育，加快推进佛科院创建高水平理工科大学是佛山所需，也是佛山所急。2015年，佛科院和省教育厅、佛山市在省政府签署三方共建协议，佛科院正式列入我省首批高水平理工科大学建设单位，省市两级将投入60亿元推动学校建设。如此大手笔的投入，在广东高等教育历史上，在佛科院60年发展历史上，尚属首次。面对上级次年秋季要开学投用的要求，北院新校区（北区）的建设体现了“佛山速度”。

第三个特点是匠心构筑城市精品，不乏获奖的高质量精品工程。11月底，2021—2022年度中国建筑工程装饰奖第一批入选名单公示，佛山市纪法教育基地赫然在列。2019年，佛山科学技术学院新校区（北院）建设工程、市110城市应急救援指挥中心综合工程技术业务用房工程，均荣获了2019年度广东省建设工程优质奖。当前正在建设的佛山市第二人民医院新院区项目在设计方面，结合场地周边独特的河涌环境，从佛山传统龙舟民俗文化中提取“龙舟·水”的概念。项目的建设规划、施工单位全部选择了全国顶尖团队，创优目标定为摘得中国建筑业的“奥斯卡”——鲁班奖。

未来可期：新佛山呼唤新时代“代建铁军”

当前，粤港澳大湾区和深圳中国特色社会主义先行示范区“双区驱动效应”不断增强，横琴、前海两个合作区开发开放再提速，广佛全域同城化进入新阶段，作为大湾区极点城市的佛山，迎来前所未有的发展机遇。

与此同时，新冠肺炎疫情蔓延形势依然严峻、世界经济持续低迷、经济全球化遭遇逆流，全面深化改革踏入深水区，产业转型升级走进攻坚期，佛山的发展面临多重挑战。无论是深化供给侧结构性改革，还是促进形成强大国内市场，构建以国内大循环为主体、国内国际双循环相互促进的新发展格局，均离不开发挥投资的关键作用，要在稳投资中积极扩大有效投资，为经济平稳运行提供有力支撑。

2021 年 11 月 22 日，佛山市 2021 年第四季度重大项目集中开工活动，全市安排集中开工重大项目 84 个，总投资 1508.36 亿元，年度计划投资 104.39 亿元。可以预见的是，佛山将会持续坚持“项目为王”，谋划一批促发展的产业项目、稳投资的基础设施项目、补短板的民生项目以及一批城市更新项目。

新时代、新蓝图，各界都在呼唤一个城市形象更加现代的新佛山、生活品质更加美好的新佛山。在此前召开的佛山市第十三次党代会上，佛山首次提出“515”战略目标，今后五年要在五个方面的发展上向高质量快速跃升，十五项重点工作成为地级市高质量发展领头羊。党代会报告指出，要坚定不移推进城市品质大提升，精心绘就城乡融合发展新画卷。报告还首次提出大力实施“十项民心工程”，其中包括新增基础教育公办学位、促进优质医疗资源扩容提质和均衡布局、扩大养老设施供给、实施暖心安居工程等。这些都与佛山代建中心正在推进的项目息息相关，急需一支佛山召之即来、来之即战、战之必胜的“代建铁军”！

长期以来，深圳市建筑工务署代建模式走在全国前列。作为市政府直属正局级行政管理类事业单位，从成立至 2019 年，该署累计完成政府投资 1200 亿元，完工项目 327 个，为深圳市经济社会发展和城市建设作出了巨大贡献。

有媒体分析认为，深圳市建筑工务署代建模式的成功源于五大机制。一是管理体系：组织建设以工程建设为核心，业务流程以项目推进为纽带。二是决策体系：包括署党组会、署长办公会、专业决策委员会、直属单位主任办公会（招标领导小组会议）及项目组。三是技术体系：内部以结构、道桥、电气、建筑装饰、建筑经济及给排水暖通组成六大专业组。四是保障体系：内部各处室、综合部门以及专业组提供决策、支撑、保障，外部以联席会议为平台、实现快速协调解决存在问题。五是监督体系：含嵌入式监督和环绕式监督，并通过制度规范、工程管理信息化、第三方质量安全巡查，实行全过程监督。对标对表学习深圳，佛山代建中心正在展开新一轮内部改革，推动内设部门“扁平化”，缩减综合部门、扩充业务部门，积极招募具有高级专业技术资格人才。

建筑是一座城市凝固的乐章，需要更多更专业的建筑人匠心建造。要如何落实市第十三次党代会部署要求，回应市民期盼，切实通过公共项目建设让佛山城市形象更加现代、生活品质更加美好？要如何开展管理、保障、监督体系的体制机制创新，进一步实现工程建设“质量、安全、进度、廉洁‘四位一体’”？要如何灵活探索，吸引更多行业高层次人才加入代建队伍，培育培优佛山建筑市场，助力代建制的现代化制度优势进一步发挥为治理效能？

这些都是摆在佛山代建中心乃至佛山这座城市面前的必答题。任重道远，未来可期！

知政主笔/黄碧云

（原载2021年12月9日佛山+APP东平知政专栏）

抢滩万亿新产业，佛山南海如何上“氢”云？

佛山南海奋力在氢能产业新赛道上竞跑领跑！

2021 年 12 月 8 日，2021 联合国开发计划署氢能产业大会在佛山南海盛大举行，佛山再次进入一年一度的“南海氢城”时间。这场令人瞩目的年度盛会，吸引来自全世界多位行业大咖为氢能产业发展把脉献计。

当前，在国家“双碳”战略目标下，氢能产业作为清洁的低碳能源受到国家和地方的多项政策支持，正加快步入发展快车道。

据中国氢能联盟数据显示，到 2025 年我国氢能产业产值将达 1 万亿元，氢气需求量将接近 6000 万吨，实现二氧化碳减排约 7 亿吨。

低碳经济时代，一个万亿级新兴产业正在崛起！佛山南海发展氢能将给产业升级带来哪些帮助？又将如何助力佛山成为氢能产业创新发展领跑者，推动佛山实现绿色发展向高质量快速跃升？

“双碳”共识，万亿氢能市场起步

氢能发展席卷全球，正深刻影响产业结构变革，重新定义生产方式，并改变着社会治理模式和人们的生活方式。

早在1973年，第一波氢能发展热潮因石油危机引发的替代能源研究而悄然兴起。20世纪90年代，因为石油价格上涨过快，氢能发展再次备受关注。后来随着石油价格下跌，氢能热潮急速下降。

近年来，全球气候加速恶化，沉浸多年的氢能重新回到公众视野。其作为零碳清洁能源以及可存储、消纳可再生能源的属性，成为减碳的“关键先生”。根据国际氢能委员会和麦肯锡管理咨询公司联合发布的报告显示，预计未来30年内，氢能能够帮助碳排量大的产业累计减少800亿吨二氧化碳排放。

当前，碳中和、碳达峰成为全球共识，各国对于发展氢能产业的热情空前高涨，纷纷密集加速布局氢能产业。

纵观国际，日本最早探索氢气作为能源，在1973年成立氢能源协会，引导开展氢能源技术研发，并于2014年底投入第一代“未来”氢燃料电池乘用车；2014年，美国颁布《全面能源战略》，确定氢能在交通转型中的引领作用；2019年，欧洲燃料电池和氢能联合组织发布《欧洲氢能路线图：欧洲能源转型的可持续发展路径》，提出面向2030年、2050年的氢能发展路线图。

氢能“旋风”来袭，中国潜力有多大？据中国氢能联盟预计，到2030年中国氢气需求量将达到3500万吨，在终端能源体系中占比5%，到2050年占比至少达到10%，产业链年产值约12万亿元，氢能产业发展空间巨大。

面对十万亿级别的庞大市场，国家政策有序加码，积极引导氢能产业健康发展。2019年，氢能被首次写入政府工作报告，之后国家发改委、工信部等多部门陆续发布支持、规范氢能产业发展的政策，“十四五”规划中更是提到要加速氢能产业发展。

迄今，北京、河北、四川、山东、内蒙古等地相继出台专项氢能整体产业发展政策，广东、重庆、浙江、河南等地也纷纷出台氢燃料汽车细分领域专项政策，不少地区还将氢能相关发展规划纳入新能源汽车产业“十四五”规划当中。

独行快，众行远。数据显示，全球已有40多个国家和地区正式确定氢能发展目标。国内超41个地区发布氢能发展专项规划，同时超三分之一央企布局制氢储氢全产业链，并取得一批技术研发和示范应用成果。

“双碳”共识之下，氢能万亿市场起步，多地打响发令枪，正快马加鞭步入黄金赛道！

势不可当，南海提前布局占先机

百舸争流，不进则退。作为制造业大市，前有标兵、后有追兵的佛山正面临转型之痛，全力培养战略性新兴产业、发展氢能产业无疑成为重塑产业结构的有生力量。

佛山市政府主要领导表示，佛山要把培育壮大氢能产业作为推动制造业转型升级的重要举措，完善支持氢能产业发展的政策体系，加快做强氢能产业链条。

中国氢能看佛山，佛山氢能看南海。事实上，市场嗅觉灵敏的南海早已清楚认识到氢能这一战略性新兴产业的颠覆性意义，并提前抢滩新赛道，成为中国最早一批发展氢能产业的参与者和推动者。

时间来到2009年，彼时国内氢能产业遭遇惨淡、陷入低潮。敢为人先的南海率先从中突围，成功引进广顺新能源燃料电池空压机生产项目，积极探索燃料电池汽车核心零部件研制。

2015年，南海在全国率先突破加氢站审批验收规范，建立起国内首个加氢站审批、建设、验收流程，填补相应国内空白；2017年9月7日，南海建成全国首座商业化运营的加氢站；2017年12月，南海举办国内首个“氢能周”，同期举办第一届中国（佛山）国际氢能与燃料电池技术及产品推介会；2018年11月，南海举办2018绿色生产与消费交流会暨第二届氢能周系列活动，正式启动“仙湖氢谷”项目；2019年12月，佛山仙湖实验室在南海区丹灶成立；2019—2021年，南海连续三年举办联合国开发计划署氢能产业大会；2021年5月，广东首艘氢能游船“仙湖1号”在南海丹灶下水。

长达 12 年的不懈探索和努力，南海不仅赶了早、走得快，还走得稳，多次创下全国第一，给世界氢能舞台带来无数惊喜，成为佛山、广东乃至中国氢能产业的赶潮先锋。如著名经济学家、国务院参事室特约研究员、国家统计局原总经济师姚景源所言，南海氢能产业发展水平居于全国第一梯队的位置。

这一切来之不易的成绩，离不开南海持续优化的政策环境“加码”。

近年来，从出台全省首个新能源汽车产业扶持办法，到设立规模为 50 亿元的产业提升母基金，南海围绕政策、资金、人才等各方面保障，推出一揽子政策助力氢能产业做大做优做强。

2020 年，南海发布《佛山市南海区氢能产业发展规划（2020—2035 年）》，确立产业发展蓝图，推进南海氢能燃料电池关键技术突破和重大装备国产化进程，到 2035 年实现氢能产业总产值超 1500 亿元。

抢抓“双碳”新机遇，2021 年，南海再次通过举办氢能产业大会，向世人展示一系列重大突破，向全世界宣言：南海氢城，未来已来！

氢能产业发展势不可当，这是南海坚定不移要走的道路。

知政君认为，从提前布局抢占中国氢能产业发展前沿阵地，到拿出大气魄突围而出、赢得先机，从中可以判断出南海已经深刻认识到发展氢能产业不仅是打造战略性新兴产业的重要抓手，是产业转型升级中一次改换赛道的最佳机会，更是关乎高质量发展的一次战略选择。

抢滩未来，氢能发展路在何方

发展氢能产业，佛山被广东寄予厚望。2021 年，国家同意在北京、上海、广东等三个城市群率先启动燃料电池汽车示范应用工作，其中佛山作为广东示范城市群牵头城市。

佛山市第十三次党代会提出，要坚定贯彻新发展理念，全面塑造佛山发展新形态，争当地级市高质量发展领头羊。其中两项重点就是佛山务必成为产业结构协同发展领头羊，务必成为绿色清洁生产领头羊。

毋庸置疑，发展壮大氢能产业，对于佛山全面塑造发展新形态，成为产业结构协同发展领头羊、绿色清洁生产领头羊，意义深远。

抢滩未来，佛山氢能产业路在何方？南海作为中国氢能产业发展的风向标，有责任、有义务主动把大旗扛起来。

2021 年 10 月，南海区委主要领导在南海区第十四次党代会报告中明确提出，未来五年，南海要打造品质彰显、幸福宜居的现代化活力新南海。把碳达峰、碳中和纳入生态文明建设整体布局，完善氢能产业链条，培育壮大节能环保、清洁生产、清洁能源等产业。

南海区发展和改革局相关负责人日前接受媒体采访时也透露，南海将聚焦推动政策制度环境建设、技术创新和产业链建设、氢能供应体系建设、加快燃料电池汽车推广应用等四方面，推动南海氢能产业集聚发展。

近日，南海公布了区级氢能市政、物流车辆推广应用实施方案。据了解，南海计划在未来三年投入 1.6 亿元支持氢能源车辆在市政、物流等特定场景示范应用。

这一系列远景目标和发展举措充分展现了南海致力打造自主氢能技术先行地、高端氢能产业集聚区和先进氢能社会示范区的担当，充分说明南海大力发展氢能产业的信心和决心不会变。

当前，中国氢能产业发展已经基本解决了“从无到有”的问题，开始步入“从有到多”“从多到优”的新发展阶段。

在姚景源看来，现在氢能发展主要问题是不能实现大规模商业化。从经济学角度讲，氢无论是生产过程、运输储存过程，还是使用过程，都充满商业空间。它是科学家大有用武之地的舞台，也给佛山企业家投资提供了一个广阔新空间。

知政君认为，氢能逐步走上能源舞台，未来在传统高耗能工业技术革新、交通、储能、建筑等领域将有丰富应用。在这一新赛道上，南海要继续形成先发优势，具备核心竞争力，需要一体化思路推动氢能产业发展，继续在配套相关产业政策、调动市场主体积极性方面狠下功夫。政府和企业需要保持“连点成线”的产业链合作意识，推动氢能产业更好、更快发展。

而今，国内国际学术界、产业界、金融界普遍认为，氢能产业到了爆发的前夜，氢能时代正在登场，一个万亿级的产业空间已然打开。

佛山南海，没有理由不继续担当，也完全有能力继续担当好国内氢能产业领头羊角色！

知政主笔 / 刘海波、郑奕纯

（原载 2021 年 12 月 13 日佛山＋ APP 东平知政专栏）

博士后“佛山论剑”，为广东为佛山留下了什么？

2021 年 12 月的佛山温暖如春，一场人才“东风”如约而至。

2021 年 12 月 18—20 日，第一届全国博士后创新创业大赛在佛山举行。在这场我国博士后制度实施以来举办的规模最大、层次最高、覆盖面最高的全国性创新创业赛事中，选手尽展风采，各方收获满满，成功推出了一批博士后创新创业成果。一届富有新意、影响广泛的大赛赢得广泛赞誉。

2021 年 9 月，习近平总书记在中央人才工作会议上作出“在粤港澳大湾区建设高水平人才高地”的战略部署。12 月，全国博士后创新创业成果在广东“落地开花”：大赛现场签约项目 54 个，意向落户广东的 28 个，其中佛山 7 个；博士后人才交流活动现场达成招聘意向 937 人次，其中意向落户广东的 468 人次。

着眼大赛，一批博士后创新创业成果将加速在广东落地；放眼长远，大赛激发青年人才活力，探索人才对接交流与科技成果转化新路，营造创新创业浓厚氛围，必将为粤港澳大湾区创新创业和青年人才工作掀开崭新的一页。

真刀实枪解难题，真心诚意引人才

来自全国的参赛选手，在大赛中感受到来自广东的急切与诚心：在人才成果展区，广州、深圳、佛山、江门等城市展示城市创新创业综合环境；在人才交流对接区，广东企业、广东院校和多座城市的引才专员是最活跃的；在技术交易和项目洽谈区，广东企业老板果断拍板：成交。

大赛不是“纸上谈兵”，是“真刀实枪”；广东、佛山不只是热情好客，更是真心实意。广东的产业基础雄厚，企业对人才、对技术的需求广泛而迫切；广东的综合营商环境优良，创新创业的舞台广阔；人才是第一生产力，广东的发展期待更多人才一起推动。

一句话，无论是广东还是佛山，举办大赛办对了。

在大赛中，随处可见广东企业与全国博士后人才和创新创业项目的互动，部分已开花、结果。

揭榜领题是解决企业关键核心技术需求的科技组织新探索，旨在让更多企业需求与智力成果达成对接、促进“解题”。在大赛的揭榜领题赛中，发榜企业中广东最多，其中佛山企业占据了相当份额。

佛山昇辉控股有限公司张榜两项需求，共吸引15个博士后团队应征。“企业与博士后对接的广度前所未有。”公司高级工程师张存说。在与应征团队对接过程中，双方碰撞出新产品思路和解决方案。

另一家佛山企业粤海信通讯有限公司副总经理李家铎则认为，“如果企业一家家去物色合适团队，时间与沟通成本很高。通过揭榜领题让大家同台竞技，谁的技术最适合我们，一目了然”。该公司中北大学副教授陈晓勇团队成为揭榜领题对接区首个签约的项目。

上午签约，下午到企业调研磋商。广州白云电器设备股份有限公司与河北工业大学郭泽博士后团队的合作迅速而高效。“能够进入决赛的应征团队都是合适的，但总有一个最契合企业需求。”公司党委副书记李东瑞形容，揭榜领题赛是“优中选优”。

数千博士博士后人才，过千高水平创新创业项目，广东多个地市都珍视这次机会，向全国人才展示城市创新创业环境，在“才智集市”中选材引项目。

珠海市香洲区科技创新促进中心派出10多人团队到现场，三天对接上百个项目，并邀请他们到珠海参观调研。“大赛将优秀项目筛选出来，若能成功引入将对相关产业大有好处。”该中心科技创新专员刘晨浪说，当地拿出不少支持政策，部分前瞻性、创新性强的项目起码可以拿到2000万元扶持。

铺就提升共进路，激荡创新创业潮

此前，许多博士后都经历过各类创新创业大赛的历练。但参加本次大赛，众多选手直言收获不一般。

本次大赛汇聚全国“最强大脑”，每个项目团队成员均具有国内外知名高校学习工作背景或领军企业从业经历，至少有一名博士后。而比拼的内容也非同一般，都是最硬核的前沿科技。

华山论剑，巅峰对决，博士后的创新创业激情被激发、释放，收获比日常竞赛和交流对接活动更丰厚。

创新赛第一代信息技术专业金奖获得者曲迪全程观看了本专业60个项目演示、答辩等环节，比获得金奖更大的收获是对整个行业发展有了全新认识，对创业项目优化产品方向、调整市场战略有了更深入思考。

“我国博士、博士后群体创新创业氛围越来越浓厚，创新创业的热情将持续激发。”国科嘉和（北京）投资管理有限公司代表钟靖曾在美国工作多年，他留意到当地博士、博士后人均一两个创业项目或创业企业。他认为，此次大赛将推动我国博士、博士后创新创业成为一种常态。

好风凭借力。广东参赛选手们摩拳擦掌、全力以赴，在大赛中收获、成长。

在佛山创业两年多的清华大学博士后刘耀春说：“这次大赛规格高、规模大，能够进入决赛是对团队最大的鼓励。”他说，此次参赛有两个目标，一是争取金融支持，目前已有10多家投融资机构主动与团队对接。二是与其他博士后团队交流，学习了解更前沿技术，为企业发展助力。

揭榜领题赛中，两支广州团队就从“竞争对手”变成“合作伙伴”。广东省第二人民医院影像科博士刘萍直接与广州华奕电子科技公司参赛代表潘诗杰在比赛后开展对接。“我们是生物医学诊断，他们是人工智能诊断，恰好补上我们在 AI 数学上的短板。如能将双方技术结合，就能针对每一个病人个体进行更加全面诊断治疗。”刘萍说。

广东的创投机构、中介机构也将目光紧紧锁住优质项目，为这股创新创业热潮再添“东风”。

深圳云天志基金管理有限公司签下北京大学博士后、齐鲁医院骨科医师张腾团队的“光功能化照射仪器”项目。“该研究成果能让骨伤愈合时间缩短约 30 天，在相关领域具有领先优势。”该公司生物医药大健康投资部项目总监王浩说。在很短时间内看到数百个优秀创新项目，并在里面找到 8 个特别有投资意向的，这是第一次。

在本次大赛中，广东组建广东省、中山大学、深圳大学 3 个代表团共 4000 多人报名参赛，有 1076 人共 208 个高水平项目入围总决赛，共获得 47 块奖牌，其中金奖 10 个、银奖 12 个、铜奖 25 个。入围总决赛项目数约占全国的 1/7，奖牌总数全国第一，显示出广东建设人才强省、创新强省的实力与决心。广东省人社厅相关负责人说，优异的成绩深刻体现广东博士后人才建设成果，精心选拔一批优秀高层次青年人才，引领带动全省专业技术人才队伍实现整体发展。

项目对接不停步，吸引人才再加力

“一位应聘博士后特别优秀，我们当场拍板，直接邀请他到单位面谈。”广东应急医院人事科科员程志雄说。

一个小小例子，展现出广东对优秀人才的诚意。

一个优秀人才可以引领一项科技创新，可能催生一个产业，甚至带动一方发展。“博士、博士后这一层级的人才，说到底就是城市竞争力的王牌。”

大赛高端装备制造领域创新组评委邓力文说。

借本次全国性大赛选才、引才，广东近水楼台先得月。汕头市超声仪器研究所股份有限公司人力资源部代表李宛容也收到来自哈尔滨工业大学、深圳大学等高校的博士后人才简历。她说，企业此次主要聚焦超声成像、光声成像、X射线成像等领域招聘人才，由于领域太过细分，通过一般渠道难以找到心仪的优秀人才。本次大赛涉及各个领域，为企业招聘提供便捷渠道，公司十分珍惜。

对承办此次大赛的佛山而言，大赛的到来也为提供高质量发展的人才支撑创造了难得的机遇。大赛开幕前一天，佛山市印发《构建“佛山益晒你”企业服务体系 打造一流营商环境的行动方案（2022年度版）》，展现真心实意服务企业、一切为了企业的决心。《行动方案》通过多种形式向参赛选手推送，让不少选手对佛山的营商环境有了更深入的了解。

佛山市政府主要领导在开幕式上向全国博士后人才发出邀请。他说，佛山正锚定建设人才高地、创新高地的目标，重构优化人才政策体系，全力塑造创新驱动新形态，为创新创业提供最优越的条件。佛山将打造一流国际营商环境，构建“益晒你”企业服务体系，全方位、全流程为企业提供全生命周期的服务，为创新创业提供最舒心的环境。诚邀各位博士后及团队关注佛山、选择佛山、创业佛山，共同书写引领佛山创新发展的动人故事。

第一次来到佛山的清华大学化工系博士后章伟立此前听说过佛山的创新创业“一站式”服务，走进大赛与多家孵化机构对接后，他对佛山有了更深入了解。“佛山具备完善产业链、供应链，项目放在这里转换落地的效率会非常高。”他评价说。

大赛落下帷幕，佛山与全国博士后深入互动的新故事才刚刚开始。

佛山市政府有关领导表示，延续大赛影响，对接人才项目，佛山将重点抓好三方面工作：一是推进技术成果交易，将大赛的技术交易从大赛期间延续到赛后，将成果转化空间从大赛现场拓展到网络。二是推进协同科技创新。为佛山高校科研院所等科研机构与项目方协同创新牵线搭桥，支持联合开展“卡脖子”技术攻关。三是推进创新成果转化。安排项目与佛山龙头企业、标杆高企对碰，促进更多的创新成果落地。

更重要的是，佛山将加码支持力度。在延续《佛山市新引进博士博士后、进站博士后和新建博士后载体扶持工作实施细则》政策基础上，计划对在省级及以上博士、博士后创新创业大赛等赛事中获奖并落户佛山的项目，最高给予 300 万元和 300 平方米办公场地扶持。

……

以全国博创赛成功举办为新的起点，博士、博士后人才，将在佛山未来发展历程中发挥怎样的作用？我们拭目以待！

知政主笔 / 莫璇

（原载 2021 年 12 月 23 日佛山＋ APP 东平知政专栏）

东平河水轴线，如何撑起佛山城市价值巅峰？

很多城市，都有一条代表城市荣耀的伟大河流，而这条河流两岸也通常是城市核心区和城市价值巅峰。

河流赋予了城市以富饶、繁荣，如黄浦江之于上海，珠江之于广州，钱塘江之于杭州，长江之于武汉。这些河流沿岸不仅风景优美，而且高楼林立，形成了重要的经济活力区。

对佛山而言，历史上的汾江河曾经承载了佛山的光荣辉煌。如今，贯穿佛山新的中心城区的东平河之于这座城市的意义，自然不言而喻！

未来，东平河该如何与佛山实现共生共荣？打造城市新客厅，东平河又该如何既撑佛山颜值，又撑佛山经济？

追溯：佛山因河而生因河而兴

在国际上，著名的城市巴黎与水有着千丝万缕、不可分割的关系。塞纳河从巴黎城的中间流过，将巴黎分为南北两部分，它像一条美丽的项链串起整个巴黎，聚集了巴黎的人文景观、产业核心板块。

可以说，在城市形成和发展中，河流作为最关键的资源和环境载体，不仅是影响城市风格和美化城市环境的重要因素，更关系到城市生产，与城市共生共荣。

佛山也是一座因河而生、因河而兴的城市。早在明清时期，佛山就因依傍汾江河而兴盛，特别是在民国期间，汾江河北向支流为西北两江经佛山通往广州的唯一水道，东向支流通镇南部栅下及南海、顺德等地，船只往来络绎不绝，两岸商品贸易十分昌盛，成为佛山古镇经济发展辉煌时期的缩影。

随着区域竞合带来的新思考，围绕“一河两岸”的城市滨水空间，打造城市新地标、强中心以及会客厅，成为提升佛山城市形象、增强城市竞争力的重要历史命题。

在此背景下，作为贯穿佛山城市中心的东平河核心水道，被赋予新的意义，它不仅是佛山城市形象的展示窗口，更对佛山建设高品质现代化大城市、打造一流营商环境具有巨大的辐射带动作用。

知政君认为，当前加快打造东平河水轴线迫在眉睫，是佛山城市历史发展的必然选择。

一方面，东平河滨沿岸，既是景观带也是资源链接带。佛山长期以来缺乏城市核心，贯穿佛山中心城区的东平河将佛山南北连为一体，成为承载佛山城市竞争力和承载力的重要黄金水道，打造“一河两岸”成为佛山提升城市新形象、焕发城市新活力的重要举措。另一方面，积极探索城市与水之间的和谐共生，奋力打造生态宜居环境，不断满足人民对美好生活的向往，也是佛山市民的共同期盼和美好愿望。

事实上，在这几年佛山重点工作布局中，加快东平河水轴线建设，成为当仁不让的关注焦点。2018 年，禅城区首提打造东平河创新产业带，就是想通过东平河创新产业带，把外部资源迅速引入禅城腹地。在 2020 年的佛山市政府工作报告中，东平河水轴被定位为佛山“新城市客厅”。不久前召开的佛山市第十三次党代会提出，要推进东平河水轴线高品质滨水空间建设，构建城市景观廊道和城市门户新形象。

现状：沿河两岸产业不足人气不旺

2020年5月，佛山全面吹响东平河水轴线建设的号角，以建设粤港澳大湾区滨水空间典范为总目标，加快建设宜居宜业宜游的高品质现代化、国际化大城市，进一步强化佛山对高端创新要素的吸引力和集聚力。

东平河水轴线建设是以广东万里碧道建设为契机，以东平水道、潭洲水道、吉利涌两岸为基础，集合三龙湾建设要求，划定25公里的滨水重点示范段，分为活力北岸、文化东岸、休闲南岸、生态西岸四段，自西往东依次打造古灶陶韵、星耀石湾、鱼鹭洲尾、澜石记忆、城市秀台、翠蔓长堤、活力新港、佛山之心、奇槎湾畔、半月浮翠十大特色滨水亮点，带动城市滨水空间高品质建设。

一年多来，东平河水轴线建设初见成效，坐船夜游东平河，欣赏两岸美景，已经从梦想照进现实。澜石公园从以前荒草丛生变身为年轻人喜爱的潮流打卡胜地。占地41500平方米的现代都市公园，集舒适运动、休闲互动于一体。位于禅城区南庄镇的周尾围生态公园早已一改往日“郊外野地”的形象，摇身一变成为“花草树木吐露芬芳”的“宝藏公园”。

虽然建设取得阶段性成效，但知政君走访发现，东平河两岸整体改造依然有很大提升空间，主要表现在两个方面：

一是未能一以贯之，形成强大合力。从目前来看，10个大滨水节点仅有几个节点取得初步建设成果，但是沿岸的旧厂房拆迁难度大，暂时无法“串点成线、串珠成链”，使得禅城、南海、顺德、佛山新城等地资源无法凝聚，进而形成强大合力，加速佛山区域协同发展。

二是缺乏产业支撑，“烟火气”不足。东平河南岸风景如画，已然是杨柳依依、绿水环绕，不仅有着连为一线的河滨公园、佛山大剧院、佛山图书馆、世纪莲体育中心等市级公共设施，还建成了中欧中心、新闻中心、潭洲会展中心，但南北两岸均缺乏产业支撑，显得人气不足，无法吸引青年主力群体的关注和聚集。

展望：既要撑颜值更要撑经济

2021年11月，佛山市委主要领导到禅城调研时，指出要加大东平河水轴线建设改造力度，科学合理规划休闲休憩、健身娱乐、公园绿化等便民基础设施，提升东平河沿岸人居环境，为市民提供高品质的滨水空间，不断提升城市形象和功能品质，满足人民群众日益增长的美好生活环境需要。

此番调研，进一步表明佛山加快建设东平河水轴线的决心。

城市竞争愈演愈烈，佛山该如何依托东平河，做好“一河两岸”这篇水文章，让东平河水轴线承载佛山城市未来，撑起佛山新的城市价值巅峰？

纵观国内外，不乏“一河两岸”治理经典案例，值得佛山借鉴。

以举世闻名的泰晤士河为例，这条被称为英国“母亲河”的河流，发源于英格兰中部，向东流经伦敦等大城市，全长402公里，曾因污染被称为“死河”。英国政府一方面加强污水处理，建设数百座污水处理厂，形成完整的城市污水处理系统，改善水质。另一方面引入市场机制，加强产业化管理，实行谁排污谁付费，发展沿河旅游业和娱乐业，多渠道筹措资金，解决城市河流污染治理资金不足的难题，同时促进城市社会经济发展。如今，泰晤士河焕发新生机，带动沿岸经济、文化发展，为英国贡献了超25%的国民生产总值。

而新加坡在建设新加坡河滨水历史街区时，采取政府主导控制结合私人开发的复合模式，也给我们带来了一些思考。该改造工程在新加坡城建局（URA）的控制和引导下展开，城建局主要负责区域的规划、公共设施的建设、历史建筑的保护和修缮工程；对于所属权为私有的土地，政府鼓励私人开发和重建，推动了商业、旅游及休闲等产业的整体发展。沿河地区不仅成为新加坡最为重要的旅游景点和文化中心，还成功吸引了大量海外投资。

对广州而言，珠江也扮演着举足轻重的角色。从广州的发展轨迹可以清晰发现这样的脉络：始终围绕珠江两岸做文章，对沿江公共空间、临江建筑、历史文化建筑、沿江慢行路径等做精细规划，特别是“以江为轴、带状聚集”，打造珠江新城、琶洲板块、国际金融板块等核心板块，为广州产业经济加码，成为城市发展重要引擎。

对于佛山，知政君认为，佛山要打造东平河“一河两岸”，除了建设城市滨水景观带，撑起佛山城市颜值，更要进一步优化产业布局，撑起佛山经济，助力城市竞争力整体提升。

佛山要加强市级统筹，扭转各自为政思维，确保一体化建设，避免同质化建设。要紧紧围绕人们的实际需求，科学合理规划，提升功能品质。要结合市场开发，充分挖掘“一河两岸”发展的内生动力，使得区域内的产业能全方位、全要素、全域化激活，从而形成竞争力。

佛山可考虑在滨水区域，鼓励发展会展、文化创意等文旅产业，引进一批互联网、智能化数字化等新兴产业，形成文旅产业、总部产业集群、新兴战略产业集群等高附加值产业带。同时引入大型赛事，增强人气活力和吸引力。

与此同时，应该注意到，围绕东平河水轴线打造“一河两岸”，还要避免南北两岸发展不平衡问题。此前，上海为平衡黄浦江南北沿岸经济发展，就选择通过建设跨江大桥，提升交通效应、景观效应，改变了老百姓“宁要浦西一张床，不要浦东一间房”的观念，加速了浦东经济发展。

随着东平河水轴线建设的加速，相信未来，东平河将成为佛山新的发展血脉、新的代名词，将让这座城市的人们与这条河流更加紧密相连！

知政主笔 / 郑奕纯

（原载 2021 年 12 月 30 日佛山＋ APP 东平知政专栏）

珠三角枢纽（广州新）机场“十四五”开建，佛山临空腾飞正当时！

2021年元旦前夕，珠三角枢纽（广州新）机场高压输电线路迁改项目暨珠三角枢纽（广州新）机场大道一期工程项目在佛山市高明区更合镇破土动工。这一机场建设先行工程的顺利动工，让佛山市民颇为振奋，它标志着珠三角枢纽（广州新）机场距离佛山人又近了一步！

佛山市2022年政府工作报告提出，全力推进珠三角枢纽（广州新）机场筹建工作，争取机场土方工程年内动工。

珠三角枢纽（广州新）机场即佛山新机场。2021年3月5日，中国民用航空局批复同意将佛山市高明区更合北场址作为佛山新机场的推荐场址。9月，《广东省综合交通运输体系“十四五”发展规划》出炉，规划透露，珠三角枢纽（广州新）机场计划在“十四五”期间开工建设，并将与广州白云机场共同打造广州—佛山国际航空枢纽。在“十四五”民用运输机场重大建设项目中，珠三角枢纽（广州新）机场位列国际枢纽机场之内，并与广州白云机场、深圳宝安机场成为我省“3 + 4 + 8”运输机场布局中的3个国际航空枢纽机场。

从 2013 年佛山、江门、中山、肇庆、云浮、阳江等珠江西岸六市便联合向广东省政府提出申请，希望在佛山高明兴建大型机场，历时 8 年，佛山新机场终于获得了“准生证”，机场开工也终于有了时间表。

“航空大都市之父”约翰·卡萨达认为，20 世纪是城市打造机场的世纪，21 世纪是机场打造城市的世纪。道出了基于航空枢纽的布局，城市所能够收获的巨大发展空间。

那么，珠三角枢纽（广州新）机场将给佛山，乃至珠三角、粤港澳大湾区带来什么？汲取国家级临空经济示范区建设经验，在佛山新机场周边城市均在谋划临空经济区的城市竞合中，佛山如何走好先手棋？

（一）

根据广东省发展改革委公示的 2021 年区域协调发展战略专项资金（重大项目前期工作经费）安排计划（第一批），珠三角枢纽（广州新）机场估算总投资 517.85 亿元。珠三角枢纽（广州新）机场规划飞行区等级为最高 4F 级，满足全球最大民航客机 A380 的起降，2035 年预测年旅客吞吐量为 3000 万人次，2050 年预测年旅客吞吐量为 6000 万人次以上，有望成为仅次于广州白云机场、深圳宝安机场的广东第三大机场。

分析珠三角枢纽（广州新）机场的价值，有几个维度可以考量：

首先从机场等级来看，珠三角枢纽（广州新）机场属于 4F 级机场，是目前世界民航运输最高等级，可以起降各种大型飞机。根据中国民航局数据，截至 2020 年底，我国境内运输机场（不含香港、澳门和台湾地区）241 个，颁证运输机场中 4F 级机场 13 个。这些机场主要集中在北上广深等一线城市，均是在直辖市、副省级市、省会，在地级市还属凤毛麟角。

查看 2020 年我国民航机场旅客吞吐量排名，虽然由于疫情防控形势及国内国际航线恢复速度的差异等，全国机场旅客吞吐量排行经历一番洗牌，但其中前十名除了上海虹桥机场为 4E 级民用国际机场外，其余全部为 4F 级机场。

从大湾区机场群分布来看，大湾区机场枢纽布局不平衡的问题日益凸显，广深港三大国际机场均布局在珠江东岸，而珠江西岸仅有珠海金湾机场、澳门机场2个“轻量级别”机场和佛山沙堤机场1个支线机场。且从吞吐量来说，佛山沙堤机场年旅客吞吐量至今未曾突破100万人次，珠海金湾机场年旅客吞吐量直到2018年才首次突破1000万人次，澳门机场2019年才960万人次。而珠江东岸的广州白云机场、深圳宝安机场，2018年旅客吞吐量已分别突破7000万人次、5000万人次。珠三角枢纽（广州新）机场将填补珠江西岸大型国际枢纽机场的空白。

目前，珠江西岸的佛山、肇庆、中山、江门、珠海和澳门常住人口达2500多万，若加上云浮、阳江和茂名，大湾区的西岸常住人口超过3500万。大湾区航空需求量正在日益增长，发展空港经济，珠江西岸有着广阔的腹地。在珠江西岸建设新机场，并将机场选址高明，可使佛山、江门、中山、肇庆及云浮到达新机场的距离均控制在35—75公里之内，正是机场辐射的最佳距离，这可以使得新机场成为五市“共同的机场”。此外，选址高明，可使得广州的番禺及南沙到达新机场也分别只有60公里及85公里，与其到白云机场的距离几乎一样；到更远一点的阳江也只有150公里，较其目前到白云机场可缩短65公里。

因此，珠三角枢纽（广州新）机场定位为“广州国际航空枢纽的重要组成部分、珠三角西部枢纽机场”。建成后，一方面可以积极发展国内国际航空客货运输，与广州白云机场共同形成国际航空枢纽。另一方面，能依托便捷高效的机场综合交通，构建覆盖广佛肇，辐射珠江西岸、粤西和部分桂东地区的航空服务网络，打造珠三角西部枢纽机场，可推动珠江东西两岸机场布局和航空服务水平的均衡发展，全面提升大湾区机场群整体保障能力，为粤港澳大湾区世界级机场群建设提供有力支撑。

2021年下半年，广东有关机场的消息惹人瞩目：9月2日，韶关丹霞机场试飞成功；10月21日，湛江吴川机场试飞成功。而在佛山，“十一”假期刚过，穷游网一篇题为《全国最魔幻的机场：机票8元，门口种菜，进候机厅要先冲凉》的推文迅速突破10万+，并被各大媒体转发，让佛山（沙堤）

机场再次“红”了起来。种种消息密集涌来，让佛山人不禁想问：珠三角枢纽（广州新）机场离我们还有多远？

知政君梳理近年来国内最近建成的4F机场发现：北京大兴国际机场，从2015年9月开工建设到2019年8月30日完成行业验收总验和使用许可终审，耗时4年；成都天府国际机场从2016年5月动工到2021年6月通航，用时5年；青岛胶东国际机场与珠三角枢纽（广州新）机场一样是建设两条跑道的4F机场，从2015年6月动工到2021年8月通航，也用时6年。珠三角枢纽（广州新）机场计划在“十四五”时期开工建设，但建成使用可能要到再下一个五年。

（二）

珠三角枢纽（广州新）机场不是一座单一空港，而是“机场＋高铁＋地铁＋高速公路＋快速路”的立体交通枢纽，将使肇庆、云浮、江门、中山等城市纳入机场高效便捷覆盖范围。

根据《粤港澳大湾区（城际）铁路建设规划》，在珠三角枢纽（广州新）机场设站的高铁有三条，分别是广湛高铁、深南高铁以及珠肇高铁。

其中广湛高铁正线从广州站引出，设佛山站、珠三角枢纽机场站、新兴南站、阳春东站、阳江北站、马踏站、茂名南站、吴川站、湛江北站9个车站，预留湛江东站、阳西站。2020年6月30日已经全线开工，建设工期5年；2020年12月，珠肇高铁江门至珠三角枢纽（广州新）机场段开工建设，该线路自深茂铁路区间引出，全线共设江门、鹤山西、高明、珠三角机场4座车站，建设年限为4.5年；根据9月消息，南深高铁（新机场至省界段）已纳入广东省“十四五”规划建设重大交通基础设施项目表，总投资357亿元。

城际轨道方面，肇顺南城际为珠三角城际轨道网络中重要的东西向通道，在佛山市内途经高明区、南海区、顺德区，连接珠江西岸诸条南北向城际铁路，力争2022年开工建设。

地铁方面，佛山地铁 2 号线二期设高明站，建成后可换乘广湛高铁联络线、珠肇高铁、深南高铁，如此一来，佛山新机场能够实现高铁与佛山城市轨道交通的无缝对接。

面对这一重大建设机遇，广州、肇庆、江门、清远、云浮等城市也纷纷规划新建多条高速公路连接佛山高明。

通过进入施工阶段的肇庆至高明（机场西部）高速公路，肇庆城区到珠三角枢纽（广州新）机场只需 20 分钟左右。

2021 年 8 月，江门市公共资源交易中心连续发布 4 条交通线路的工程可行性研究报告编制项目投标邀请函，其中江门市区—珠三角枢纽机场快速路、台开至珠三角枢纽机场高速公路、江肇第二高速公路江门至珠三角枢纽机场段（原广中江高速西延线）3 条直接连通珠三角枢纽（广州新）机场。

此外，南沙至高明高速、清远至高明高速、江门至罗定高速公路等通道也在进行前期研究。根据专业人士测算，依托轨道网和高速公路网，未来佛山新机场在交通通达性上，可实现广州、佛山、肇庆 30 分钟到达，云浮、江门、中山 45 分钟到达，阳江 1 小时到达，广西梧州 1.5 小时到达。

世界竞争战略之父迈克尔·波特将机场比喻为“国家和地区经济增长的引擎”。根据国际民航组织的统计数据，每 100 万旅客可以为区域创造 1.3 亿美元的收益，每新增一个航班将增加 750 个工作岗位。国际航空运营的经验显示，一个航空项目发展 10 年后，给当地带来的效益产出比为 1∶80，技术转移比为 1∶16，就业带动比为 1∶12。

作为《粤港澳大湾区发展规划纲要》中大湾区世界级机场群的重要机场，除了能填补珠西地区航空资源缺口、优化珠三角机场群布局，在珠三角枢纽（广州新）机场促进区域社会经济协调发展方面也被寄予厚望。

面向湾区，锻造未来核心竞争力，高明提出要“全域空港发展”的理念。在 2021 年 10 月底召开的高明区第十三次党代会上，高明提出要建设全域临空经济示范区，将全区 938 平方公里视为一个整体进行规划发展，其中核心区规划为 160 平方公里。11 月召开的高明区两会上，高明提出未来五年，区政府将全面落实区委“12345”发展计划，从产业、城市、民生、生态四个维度统筹发力，全力打造“四个新高明”，争当全市高质量发展新引擎。

与此同时，主城区距离珠三角枢纽（广州新）机场仅22公里的肇庆市当前正全面推进民航机场枢纽构建工程，发挥面向大西南的枢纽门户作用，与高明接壤的高要区已规划建设面积133平方公里的空港经济区平台，主打空港物流、国际商贸、高端制造业、航空服务业四大产业，动作不可谓不快。江门市正在规划面向新机场的空港经济配套设施，与高明接壤的鹤山市，提出高标准谋划空港经济区，积极对接珠三角枢纽（广州新）机场，加快珠西物流中心建设。

（三）

据悉，高明全域临空经济区面积共938平方公里，探索“一区多园”组团模式。其中，“一区”即全力创建国家级临空经济示范区，高标准启动160平方公里临空经济核心区规划建设，加快培育面向未来的临空经济产业集群，建设空港城市。“多园”即支持高明各镇街、西江产业新城主动融入国家级临空经济示范区，配套建设若干高端专业产业园区，共同组成承接优质产业项目的差异化发展平台。

相比高要、鹤山，高明虽然经济实力最为雄厚、动作最快，但不可忽略的是其他地区也各有优势。肇庆多次强调：与珠三角核心区相比，肇庆工业基准地价、工业厂房租金仅为其2/3甚至是1/3；电价比珠三角平均水平低一成左右；用水均价为全省第二低，约比全省平均水平低15%；肇庆平均房价仅为广州的1/3、佛山的60%，是大湾区生产生活成本的“洼地”。鹤山市同样是区位交通条件好，土地资源丰富，发展潜力大，位于鹤山市的珠西物流枢纽中心经过多年的建设发展势头不错，珠西国际陆港一期项目已经动工建设。

佛山建好临空经济示范区建设要如何下好“先手棋”？

我国不同规模的临空经济区有近百个，获批国家级临空经济示范区的有17家，在促进现代临空产业发展、深化对外开放、培育经济新增长点等方面发挥了积极作用。知政君认为，当中有几个不能避开的经验可以参考。

部分国家级临空经济区产业发展特色（根据公开报道整理）

1. 上海虹桥临空经济示范区：持续发力航空经济、在线经济、总部经济等，加速布局新基建，人工智能、数字贸易、流量经济等特色产业集聚效应初步显现；
2. 广州临空经济示范区：形成以飞机维修制造、跨境电商、航空物流、航空总部商务、通用航空、飞机租赁六大临空产业为支撑，文化旅游、数字经济等多元化发展格局；
3. 成都临空经济示范区：聚焦航空经济、电子信息、生物医药等三大适航战略性新兴主导产业；
4. 重庆临空经济示范区：重点从航空公司基地建设、航空保障服务、飞机维修、商务航空飞机保障、公务机托管服务中心、机场小型会展、总部经济等方面进行产业布局；
5. 贵阳临空经济示范区（贵州双龙航空港经济区）：聚焦发展临空总部经济、航空物流、中高端制造、外向型口岸经济、文化旅游、综合服务业等产业；
6. 福州临空经济示范区：持续聚焦临空物流集群、临空制造基地、数字生态圈等主导核心产业；
7. 西安临空经济示范区：重点发展“航空枢纽保障业、临空先进制造业、临空高端服务业”三大主导产业；
8. 杭州临空经济示范区：逐步形成了以临空物流、跨境电商、临空总部、临空服务、智能制造为特色的临空型产业体系；
9. 北京大兴国际机场临空经济区（北京部分）：围绕航空物流、科技创新、服务保障三大主导功能，打造以生命健康为引领、以枢纽高端服务和航空保障为基底、以新一代信息技术和智能装备为储备的“1＋2＋2”产业发展体系；
10. 首都机场临空经济示范区：聚焦建设以航空服务、通用航空为基础，以国际会展、跨境电商、文化贸易、新兴金融等高端服务业为支撑的产业集群；

11. 宁波临空经济示范区：初步形成了以临空制造、跨境贸易、医疗健康等为重点的临空特色产业体系；

12. 南京临空经济示范区：打造“航空核心产业＋临空先导产业＋临空未来产业”现代临空产业体系，奋力建设都市圈国际开放枢纽、现代化临空产业高地、航空科技创新样板区、绿色智慧空港新城。

发展临空经济，虹桥堪称楷模。地处上海西部、长三角腹地的虹桥示范区，虽然是目前获批的面积最小的一家临空经济示范区，占地面积 13.89 平方公里，但经济密度却是各示范区中的领跑者——2020 年，虹桥示范区单位面积增加值每平方公里为 40.3 亿元，单位面积税收每平方公里为 6.7 亿元，已成为长三角区域一体化发展重要增长极。

近年来，虹桥示范区深化制度创新，在营造便利化贸易环境方面不断发力，比如深化数字基础设施服务。完成虹桥商务区国际互联网数据专用通道在虹桥示范区试点，实现虹桥示范区 5G 网络重点覆盖；充分发挥示范区与虹桥商务区政策叠加效应，精准对接企业需求，持续优化政策服务；打造人才集聚高地，增设海外人才创新创业首站，建立专业的航空人才引进机制等，都值得佛山借鉴。

郑州航空港经济综合实验区国家级临空经济示范区中的“特殊存在”，它不仅是首个获批的、面积最大的国家级临空经济示范区，也是我国唯一一个由国务院批准设立的国家级航空经济发展先行区。

从临空经济区到航空都市，郑州航空港经济综合实验区无疑属于后者。获批后，郑州航空港经济综合实验区改变了以前重视产业发展的目标，明确以“航空都市”为发展导向，坚持“产城融合”，建设成空港、产业、居住、生态共同支撑的国际化航空都市。经过 8 年建设，至 2020 年，郑州航空港经济综合实验区常住人口突破 62 万，地区生产总值首次突破 1000 亿元，外贸进出口总额突破 4000 亿元，航空货运量突破 60 万吨，货运量累计增速在全国主要机场中居首位。

珠三角枢纽（广州新）机场将与广州白云机场共同打造广州—佛山国际航空枢纽，在建设临空经济区上也应该实现错位、协同发展。目前广州临空经济示范区形成飞机维修制造、跨境电商、航空物流、航空总部商务、通用航空、飞机租赁六大临空产业为支撑，文化旅游、数字经济等多元化发展格局。知政君畅想，以制造闻名、门类齐全的佛山是否可以在临空经济区建设中突出高端制造业特色，在航空经济领域朝着大飞机制造等航空制造业这块大蛋糕发力？

中国民航高质量发展研究中心主任、中国民航大学经济与管理学院教授李晓津在接受媒体采访时曾坦言，世界级机场群大部分是形成在第三产业发达的城市之间，很少形成在制造业发达的城市之间。新机场预选址制造业大市佛山，辐射珠江西岸沿线制造业城市，目前可提供借鉴的经验其实并不多，也面临着不少挑战。他认为，佛山在建设新机场的过程中可以从更宽广的视角去谋划与广州、深圳等城市机场的衔接与协同，例如在股份制方面可以进行创新探索，邀请广州、深圳、香港、澳门等城市机场来参股新机场建设。

佛山要如何借助珠三角枢纽（广州新）机场之势，走向世界，走向未来，还需要更深入的思考。

知政主笔/黄碧云

（原载2022年1月13日佛山＋APP东平知政专栏）

轨交时代，佛山布局地铁经济时不我待！

佛山地铁 2 号线的开通，正给很多佛山人的工作、生活带来新变化。

从广佛地铁祖庙站上车，到佛山地铁 2 号线湖涌站下车，30 分钟即可从家抵达公司，这是陶瓷销售经理小雅新的通勤路线，避免了堵车和开车疲劳。通车不久的佛山地铁 2 号线一期，已成为不少城市白领、蓝领新的通勤方式。

“地铁一响，黄金万两。”作为重要的轨道交通工具，地铁可谓城市财富风向标，它能够让人流、物流、商流和信息流快速流动和聚集，为城市发展提供强有力的载体！

近年来，伴随着佛山经济持续稳健增长，佛山也在不断加快地铁建设运营步伐。2021 年底，佛山地铁 2 号线一期正式投入运营。广州地铁 7 号线西延顺德段计划于 2022 年第一季度开通初期运营；佛山地铁 3 号线首通段将于年内试运行；1 月 15 日，佛山市城市轨道交通 4 号线一期工程正式开工……可以预见，随着地铁密织成网，佛山将全面进入地铁时代，开启轨道交通带动城市发展新格局。

随着多条地铁线路加快建设并投入运营，摆在佛山面前的一个重要课题是：如何发挥轨道交通带动作用，让轨道交通成为拉动佛山经济增长、城市发展新动车、新引擎？

地铁经济：生动演绎造富神话

要了解地铁的带动作用，就必须先了解地铁经济。

知政君先来介绍一下，地铁经济是依托地铁整合沿线的土地资源、产业资源、文化资源、通讯及视讯资源等形成的多元化商业模式。

地铁这种 MRT（大运量快速轨道交通）的迅猛发展，经常会吸引大中小企业扎堆聚集在地铁沿线，通过科学规划、合理布局，可形成多行业、多产业聚集。而这就带来了土地的高强度开发及混合利用，提高了沿线土地的价值，大幅影响了商业空间结构，使 TOD（交通引导发展）模式更加明显，地铁经济带也应运而生。

在一些发达国家和地区，依靠地铁创造财富已相当普遍。在香港，地铁和商业的结合，达到了前所未有的高度。早在 20 世纪 90 年代初，香港已有约 45% 的人口住在距离地铁站仅 500 米的范围内。香港新界 78% 的就业岗位集中在 8 个位于地铁车站附近的就业中心内。

21 世纪以来，随着中国经济社会发展，地面交通网络已经难以满足大城市通行的需求，铺设地铁成为潮流，地铁经济也越发兴盛。

广佛地铁公司原总经理钟铨接受媒体采访时曾举例说，广州龙溪、菊树一开始是广州市场的洼地，地铁开通后，现在每天上下班要好几趟车才能上去。地铁对地方经济的拉动起到很大作用。

从广佛线通车十年前后对比也可看出，毫无疑问，广佛线对千灯湖、祖庙商圈和魁奇路商圈等地的繁荣起到了重要作用。

千灯湖中轴 12.8 公里的产业带上，已形成南段金融高新区引领的金融服务、北段广佛国际商贸城引领的电子商务及跨境电商两大产业聚合，是佛山 CBD 的标杆代表。

但十多年前，千灯湖还是一片没有配套的荒地。“广佛线没开通前，千灯湖在佛山也是相对比较偏的地方，当时进来时我连路都找不到，都是农田。”钟铨曾表示，广佛线通车后，经过几年的发展，千灯湖确实变化很大，周围高楼林立。金融高新区站一天客流就接近 4 万人次，呈百倍增长。

不仅变荒地为城市核心区，广佛线还让经历了拆迁、重建、整修后“沉寂已久”的祖庙商圈实现“二次腾飞”，使一个交通拥堵的传统老城区摇身变成一个知名度覆盖广佛甚至珠三角的年轻时尚新商圈。2020 年，岭南站人流量就已超过 900 万人次。

显而易见，地铁沿线正在成为城市的黄金经济线。着力开发这个财富动车，就能够进一步拉动经济发展的速度和质量。

巨大潜力：2 号线沿线产业升级蓄势待发

既然说地铁是财富动车，那么 2 号线拉动佛山经济增长的潜力在哪?

知政君带大家了解 2 号线串联区域有何特点。

首先，2 号线串联了佛山几大成熟的产业带和新兴的创新集聚区及创业园，其中包括南庄以及石湾的陶瓷产业带、澜石的建材产业带、陈村的花卉产业带等。此外，2 号线还贯穿了全市首批国家级科技企业孵化器佛山国家火炬创新创业园等高端创新载体，以及三龙湾科技城。

值得一提的是，与广佛线不同，通过 2 号线佛山中心城区可与广东最大的高铁枢纽——广州南站实现 30 分钟内快速通达。作为超级枢纽，广州南站每年带来近 2 亿人次的客流资源，是粤港澳大湾区和国家腹地“双向门户”，连通全国各大城市及对接东盟，可将资源不断输送至其他地区。

一手串联众多产业资源，一手链接超级枢纽，佛山地铁 2 号线绝对是拉动经济增长的潜力股。虽开通不久，但它已展现潜能，使沿线产业经济焕发了新活力。

2 号线花卉世界站出口陈村花卉世界是全球重要的高档花卉集散地及企业总部聚集地。“2 号线一期开通后，花卉世界客流量明显暴增。以旺林园艺为例，人流量比地铁开通前翻了可能有 10 倍。”佛山市顺德区旺林园艺景观有限公司总经理练继雄说，地铁把禅南顺和广州等地链接了起来，为花卉世界带来了巨大流量，吸引了许多市民前来旅游、购花，带动花卉产业蓬勃发展。

而对众多深耕B端的佛山企业来说，地铁更是擦亮了佛山品牌对外展示的窗口。

“2号线对中国陶瓷城的带动作用将是非常显著的。”中国陶瓷城副总经理韩冰说，作为佛山陶瓷面向全球的重要窗口，每年陶博会期间，中国陶瓷城日均客流量高达5万—6万人次，2号线石湾站距中国陶瓷城仅数百米，这对于缓解季华路堵车和停车难状况，便利经销商有不小作用，能进一步擦亮佛山陶瓷这张亮丽名片。

除了引流外，2号线所带来的聚才效益更为长久而关键。时速达百公里的地铁载着大量人流穿梭，是名副其实的高速人才流。

这不仅对佛山火炬园加快吸引新材料、人工智能、生物医药、电子信息等战略性新兴产业人才有重大利好，也为传统产业转型升级输送了宝贵的新鲜血液。

位于2号线湖涌站旁的中国陶瓷产业总部基地聚集了约400家企业，从业人员约15000人，是个大型的产业集群。“由于交通较不便利和配套不够齐全，招工难一直是困扰园区企业的老大难问题。”中国（佛山）陶瓷总部总经理汤洁明说，2号线一期的开通不仅畅通了交通，还推动周边商业配套飞速完善，为园区企业吸引湾区人才带来了大利好，这将进一步助推陶瓷产业转型升级。

广东省不锈钢材料与制品协会执行会长林泽榆也表示，2号线一期的开通，将助力“中国不锈钢名镇”澜石引入更多不锈钢商贸和管理人才，推动石湾打造超千亿的不锈钢产业集群。

科学规划：打造佛山经济发展新热土

虽然2号线一期通车已为沿线产业发展带来了新利好，但仅靠交通优势是远远不够的。

地铁经济的发展需要全面整合沿线的土地资源、商业资源、文创资源等各种资源要素。唯有科学合理规划，才能推动地铁沿线产城人融合发展，拉动产业不断升级，把地铁 2 号线沿线打造成佛山经济发展新热土！

而这首先要对产业布局进行顶层设计和一体化建设。

2 号线沙岗站附近的华艺装饰博览城、美居国际建材中心等建材城聚集着众多以佛山品牌为主的家居建材展厅和门店，是佛山制造对外展示的重要窗口。“但目前家装建材专业市场档次不够高，各行各业营业部比较散乱，周边环境以及道路配套也不够完善。”佛山市诚德新材料有限公司总经理邓伟健说，希望政府能对此片区连片规划、升级美化，打造成环境更美、体验更好的佛山乃至广佛家装建材、家具家电一站式采购中心。

练继雄也提到，希望政府进一步整合陈村花卉世界和仙涌村等地的美食、花卉、乡村振兴等旅游资源，打造全域旅游品牌，推动陈村的花卉和旅游产业进一步升级。

此外，随着近年来我国经济社会的发展，人民的精神文化需求迅速增长。文化产业对推动经济发展正发挥越来越重要的作用。着力提升 2 号线沿线的文创产业水平，对拉动沿线经济整体跃升也有重要意义。

“90 后甚至 00 后的采购商越来越多，无论是经销商还是消费者，对购物氛围、环境都提出了更高要求，对陶文化和陶瓷文创产品也更为关注。”韩冰说，希望能加快打造以石湾中国陶谷为中心的陶瓷创意产业集聚区，加强文创、美食等方面的生活配套，增强参观者的体验感，让陶谷焕发新活力。

这个想法也与林泽榆的不谋而合。“佛山提出要打造陶瓷博物馆，是否也可以在石湾打造不锈钢公园、艺术街或迷你博物馆等宣传展示平台？”林泽榆说，发挥文化产业的撬动作用，既能吸引国内消费者来石湾参观旅游，又能提升不锈钢业界对佛山不锈钢的关注程度。

他山之石：轨道交通 TOD 综合开发重塑城市空间形态

事实上，佛山轨道交通建设水平与经济发展水平并不匹配。

据 1 月 6 日交通运输部官方微信号发布的《2021 年 12 月城市轨道交通运营数据速报》显示，截至 2021 年 12 月，佛山城市轨道交通运营里程 69.9 公里，位列全国各大中城市第 30 位。这一位次，远低于 2021 年佛山 GDP 在全国城市中第 17 位的排名。

伴随着轨道交通拉动城市发展效果日益显著，如今，城市间轨道交通竞争越发激烈。2021 年，中国内地累计有 50 个城市投运城轨交通线路，全国地铁“第三城”频频易主。洛阳、嘉兴、绍兴、文山州、芜湖等 5 个城市迈入“轨交时代”；上海新增里程数超过 100 公里；武汉一年投运了 3 条地铁，总里程反超南京和深圳；西安、南昌也纷纷提出要加快 TOD 建设的步伐，以此增强城市吸引力，拉动城市整体跃升。

如今，佛山也在快马加鞭推动地铁建设。2022 年佛山市政府工作报告对广州地铁 7 号线西延顺德段、3 号线、4 号线、11 号线以及 2 号线二期的运营、建设和规划工作都做出了部署，其势不在小。

在这样的形势下，佛山又该如何围绕地铁，做好地铁经济、城市发展的布局、规划？

成都的做法或许可以参考。

作为国内轨道交通“第四城”及全国轨道交通运营里程最快突破 500 公里的城市，成都首次提出以 TOD 重塑城市空间形态。

TOD 综合开发的实质，是要以站点为中心，构建人们生活的公园社区，提升人们的生活品质。成都 TOD 综合开发以功能复合、站城一体、产业优先、生活枢纽、文化地标、艺术典范、综合运营为总体发展目标，倡导以轨道交通站点为中心，进行功能融合及集中开发，使“人城境业”高度融合。

成都市政府主导了 TOD 的推行及相关政策法规的制定。2017 年，成都就作出大力实施 TOD 开发的战略部署，对成都市轨道交通远期线网规划的 700 多个站点、75 个车辆基地进行统筹开发。作为一座实际管理人口超过 2000 万的城市，成都用 TOD 为集约型城市发展破题。

与 2017 年成都发力 TOD 步伐一致的是，“十三五”期间，成都经济始终稳健发展，增速高于全国 0.8—1.7 个百分点！结合网红城市打造，成都 TOD

模式极大地盘活了城市商贸发展，如今，成都年客运量超过10亿人次。成都对人才的吸引力也不断上升，2010—2020年成都常住人口增长了580多万。

对佛山来说，在加速轨道交通建设的同时，围绕轨道交通谋划城市产业经济发展，时不我待！

只有深刻把握轨道交通对拉动城市发展的牵引作用，将轨道交通建设与城市发展、产业升级紧密结合，着力加强地铁沿线的医疗、教育、住房、文娱、人才公寓等相关配套建设，形成功能融合、链条完善、宜居宜业的地铁沿线生态圈，才能发挥轨道交通极大的撬动作用，使其成为拉动佛山城市、经济高质量发展的重要载体。

知政主笔 / 高慧超

（原载2022年2月17日佛山+APP东平知政专栏）

高明价值，如何撑起佛山未来？

佛山人时常爱用“五虎生威”来形容全市五区的发展态势。作为GDP破万亿的制造大市，佛山下辖五区全部上榜全国综合实力百强区，其中顺德区、南海区多年雄居前两名。

最近在佛山五区中经济实力排名靠后、地理位置较偏的高明区发出了追赶超越的出征令。全区上下动作频频，摩拳擦掌要实现到“全能选手”“全能冠军”的逆袭。

2022年2月23日，高明区以“大湾区新机遇大枢纽新高明”为主题举办城市价值和产业空间推介会召开，全方位宣传推介高明的优良投资环境、城市资源、发展空间。推介会设置“1＋3”会场，洽谈签约项目68个，总投资超千亿元，动工项目95个，总投资800亿元。

来自全国多个省市地区的工商、学术、体育、文艺等各界知名人士组成观察团考察高明，吸睛全城。

一直以来，高明区在佛山背负着“老五”的包袱。伴随“双区”建设等国家、省重大战略加快实施，珠三角枢纽（广州新）机场选址高明，种种叠加利好催动各类资源要素加速布局。佛山市委、市政府支持高明加快发展复合型经济、打造机场临空产业带、建设佛山西部经济新中心。

乘势而上，高明有望先发突破、换道超车，成为佛山争当地级市高质量发展领头羊征途中的新增长极。

史无前例的机遇

高明区缘何要在此时举办推介会？这与当前高明区面临的各种机遇、各方期待密切相关。

高明区是佛山五区中唯一位于西江西岸的区，是五区中距离广州最远且互不接壤的区。过去，地处偏远，交通不便，一直是制约高明区域发展的瓶颈问题。

从 1981 年恢复建制后在西江边上打下第一根木桩算起，如今的高明区正享受着史无前例的发展机遇。

粤港澳大湾区建设重大战略加速实施，珠三角枢纽（广州新）机场的规划建设成为高明从广佛边缘地带跃升到湾区西部枢纽城市的关键。省委、省政府已把珠三角枢纽（广州新）机场作为全省重大基础设施项目推进，“六大轨道”“十大高速”“两大港区”围绕机场规划建设。数据统计显示，机场建设和配套设施将给高明区带来超过 2000 亿元投资。

观大势，谋人局。佛山提出，重构优化产业空间发展格局。其中向西要重点发展复合型经济，打造机场空铁经济带，加快建设西部经济新中心。勾勒了高明未来前进的方向。

在佛山市第十三次党代会上，市委主要领导表示，与其他四区相比，高明开发还不充分，是一块“处女地”，更有条件进行统筹规划，实现一、二、三产业协调发展。“其他方向都是‘单打冠军’，唯独高明要发展复合型经济，高明要成为‘全能选手’‘全能冠军’。”

佛山对高明区寄予厚望并不是空口无凭，而是出真招实招支持高明发展。多年来佛山推动产业资源、重大基础设施建设向高明倾斜。如今在市委、市政府的支持下，高明正在加快启动160平方公里的大工业园区建设，谋划好临空大型产业园区，如此大规模的连片土地在省内乃至国内都是罕见的。根据市委部署，佛山建立健全顺德结对高明紧密协作机制。目前顺德区政府、三龙湾管委会分别与高明区政府签订《紧密协作框架协议书》，未来三方共同努力下加快推进一大批产业和民生项目，助高明综合实力显著增强。

实际上，把视角放在全国全省，高明区可以说是一片被低估的投资热土、发展沃土、价值高地。

从综合实力上看，高明区已连续9年上榜全国综合实力百强区榜单，稳居全国县域经济体第一梯队。而且排名稳中有升，2021年，高明区在全国综合实力百强区榜单排至第40位，中国工业百强区排名也从上年的第27位升至第18位。

从经济总量上看，2022年初，高明区公布2021年全区累计实现地区生产总值（GDP）977.10亿元。按照2022年高明区提出的经济增长预期目标为6%左右，2022年，高明区将跨入地区生产总值超千亿的县区方阵。届时，佛山也将成为全部辖区都成为千亿经济体的地级市，这在全国都是十分罕见的。

人均GDP是世界公认的最重要的宏观经济指标之一。从发达程度上看，2021年高明区人均GDP高达21万元，不仅领跑佛山五区，甚至领先北上广深全国四大一线城市。

从发展空间上看，佛山早在2013年国土开发强度就已经超过国际警戒线（30%），现如今深圳、东莞市该数据已逼近50%。反观高明区，国土开发强度不到13%，远低于珠三角发达地区。而且高明区村级工业园、低效产业用地等发展历史包袱相对较轻，土地整理成本相对较低，为高明未来发展提供了无限的愿景空间和发展可能。

面对多重利好，2022年高明给自己立下了军令状。高明区政府工作报告提出，2022年，高明要实现全年招商引资总额不低于600亿元。近年来高明全年招商引资总额约在400亿元，这意味着增长要达到50%，任务并不轻松。

本次推介会，是高明区近年举办的规格最高、规模最大、影响最广的一次推介会。其中签约项目 68 个，投资总额 1039.99 亿元；2022 年高明计划动工项目 95 个，总投资 800 亿元，总固投 569 亿元；推介招商项目近百个。

从项目投资总量分析，此次签约项目总投资超 1000 亿元，几乎是 2021 年高明区全年招商引资总额的 2 倍多，大部分项目投资超过 10 亿元。此外，签约的项目中还有三个发展基金项目。其中，产业发展基金总规模 60 亿元、教育发展基金总规模约 3000 万元、乡村振兴基金总规模 5000 万元。

从项目产业类型来分析，一、二、三产业招商齐发力。签约项目涵盖工业、农业、文旅、商住、城市配套项目等多个领域。

招商项目则重点推介临空经济区、全域旅游示范带、乡村振兴重点产业项目。当中涉及农业项目 6 个，主要为高明特色农业产业及现代农业种植“万亩工程”、现代化养殖示范区等；工业及配套项目 14 个，主要为临空经济区、沧江工业园区、先进制造产业园区、科创产业园区、环保科技产业园区的项目招商。文旅项目 10 个，主要是高明全域旅游重点发展区域以及红色旅游、特色民宿、高端酒店等。同时，还有交通市政项目 25 个、水环境治理项目 12 个、房屋建筑工程项目 13 个、医疗卫生工程项目 4 个。

观察这些项目有两大高明区未来发展趋势可以窥见：

一是充分展现出发展复合型经济的强劲势头，一、二、三产业融合项目亮眼。根据市委部署，当前，高明正处于转型发展的关键时期，全区以发展复合型经济为目标，全力推进一、二、三产业融合发展，有望加快催生一批新技术、新产业、新业态、新模式，加速新旧动能转换。

比如，此次签约的华电新能源示范项目是一个一、二、三产业融合项目，“十四五”期间，华电广东公司与北京龙庆科技有限公司主要结合珠三角百万亩鱼塘升级改造、美丽鱼塘建设，结合乡村振兴战略开发分散式风电，拟在高明区开发建设 200 万千瓦渔光互补项目、50 万千瓦分散式风电项目，总投资约 140 亿元。预计将为高明区带来绿电约 37 亿度 / 年。

二是高明区建设现代化高品质城市的决心。高明区拥有“六山一水三分田”的生态优势，以全域绿色化、景区化理念建设城市，空气质量连年保持佛山全市第一，市域森林覆盖率高达59.46%，宜居宜游。

但纵观当前高明区城市发展，面临城市人气不足、城市空间结构布局有待优化、优质公共服务供给不足等瓶颈问题。围绕打基础、立长远，扬优势、补短板、强弱项，高明区提出未来五年大力实施“12345”发展计划，全力打造“四个新高明”——实力新高明、品质新高明、幸福新高明和美丽新高明，努力建设现代化“三新”城市、争当全市高质量发展新引擎。

从签约项目看，虽然工业项目占据数量的近半壁江山，但仍有不少剑指补齐教育、医疗、养老、环保等民生服务短板。比如佛山华英高明学校依托华英中学提供优质教育，佛山中医院西江医院，解决高明区没有“三甲”医院的尴尬。

后发崛起不是神话

当前，高明区正以追赶标兵的奋进姿态，以不到长城誓不休的韧劲拼劲，抢抓机遇期、下好先手棋、打好主动仗，在高明这片坚实广阔、充满希望的大地上主动作为，跑出追赶超越的加速度，在激烈的区域竞争中杀出一条血路，讲好新时代高明春天的故事。

三十年河东，三十年河西。

历史的车轮滚滚向前，后发崛起并不是一个神话。

最近知政君就留意到“地表最强地级市”苏州的一个区——相城区。位于苏州市区北部的相城区过去经济总量长期落后，其知名度也远不如其他地区，被人们称为“苏州的洼地”。这几年该区实现了后发崛起，已经成为苏州“学霸班”最年轻的新城区，成为一匹成色十足的“黑马”。

近年来，相城区思考的不是如何“要资源”，不是“抄作业”，而是如何作贡献、走新路，几年来后发先至，建设“数字化发展第一区”。

向外，在沪苏同城化背景下，相城区以“大虹桥”一分子的新身份，主动架起“合作桥”“C位”对接大上海，积极构建“共同体”、不断扩大“朋友圈”；向内，淘汰整治“散乱污”企业，并超前布局数字金融、智能车联网、工业互联网、先进材料、区块链、生物医药六大未来产业，其人才政策领跑苏州，如今数字经济魔力正在呈现。

有这样一个故事：2018 年，相城区敏锐捕捉到中日关系趋稳向好的形势，果断冲出“县区思维”，着手规划推进对日合作。当时相城的日资基础并不是最好的。刚开始，质疑的声音不在少数，但随着一个个项目的签约、落地，担心和疑虑已经不在，相城区逐步构建长三角地区日资企业创新汇聚高地。

“别人还没想到的时候，我们已经想到了；别人开始干的时候，我们已经理顺了。”这是相城人的自我“画像”。

高明也是一片开放包容、自强不息的热土，高明人民有着崇尚奋斗、自强的精神品格。这里曾举全民之力自筹集资修建高明大桥，曾在改革开放初开创了全国县级区域区外借地修路的先河。如今已经到了高明腾飞的历史时刻，亟待高明人进一步解放思想，敢闯敢干，蹚出一条新路。

在我国经济进入高质量发展的新阶段，追赶已不能重走粗放增长的道路，而必须寻求高质量追赶，大力发展高质量追赶型经济，实现较快速度与较高质量有机统一。高明区发展临空经济，如何吸取借鉴国内临空经济区发展经验，立足自身特色，错位发展，下好先手棋？

高明区也提出，调整优化三大产业结构，超前布局发展临空制造、数字经济、电子信息、生物医药等先进制造业。其步伐如何迈得更快？

当前高明区正全面落实佛山“益晒你”行动方案，以更大限度降低企业综合成本为原则，全力构建“锡晒你”（“锡晒你”是一句粤语，意思是“关爱你、爱惜你”。）企业服务体系，努力让高明成为企业家最容易做生意的地方。如何进一步加大力度，凝聚起人才第一资源，打造近悦远来的营商环境？

高明价值，佛山未来。

全市上下充满期待，期待高明成为佛山高质量发展的新引擎、新增长极，撑起高明大未来，佛山大未来！

知政主笔 / 黄碧云

（原载 2022 年 2 月 24 日佛山＋ APP 东平知政专栏）

珠三角九市，2021你追我赶，2022稳中求进！

新年伊始，1—2月，广东省珠三角各地市相继以召开全会、两会或公开发布相关信息、文件等形式，披露2021年经济社会发展各项核心数据，总结2021年各方面工作，并对2022年重点工作作出部署安排。

本期《东平知政》特别梳理了其中部分关键信息，与知友们一起了解和观察珠三角9市最新发展态势。

刚刚过去的2021年，在百年变局和世纪疫情交织背景下，广东全省地区生产总值强势突破12万亿元，创下12.4万亿元，继续稳坐中国GDP第一强省的宝座。这离不开珠三角9市的巨大贡献。

据相关数据统计，珠三角9市，2021年GDP合计超过10万亿元，占广东全省比重超八成。其中，深圳继续领跑，站上3万亿元新台阶，同比增长6.7%；广州超2.8万亿元，同比增长8.1%，与深圳差距缩小；佛山超1.2万亿元，同比增长8.3%；东莞突破万亿元大关，成为广东省第四个经济总量过万亿元城市；惠州逼近5000亿元，坐稳广东第五的位置；珠海、江门、中山三市经济总量相当，都在

3500 亿—4000 亿元之间；肇庆加快追赶，同比增长 10.5%，增速为珠三角 9 市第一。

2022 年的广东省政府工作报告提出，坚持稳字当头、稳中求进，全省地区生产总值增长预期目标为 5.5% 左右。开局即冲刺，起跑就加速！珠三角 9 市都在 2022 年初推出了一揽子举措，力促稳中求进开好局，走好新的赶考之路。

深圳领跑，广深差距缩小

放眼全国，珠三角 9 市实力强劲，深圳与广州更是其中的杰出代表。在全国各大中城市 GDP 排名中，深圳、广州仅次于上海、北京，分别位居第三、第四。两市 2021 年经济总量接近 6 万亿元，占广东全省 GDP 近半壁江山。

数据显示，2021 年，深圳市地区生产总值 30664.85 亿元，同比增长 6.7%，继续位居全省第一。广州市地区生产总值为 28231.97 亿元，同比增长 8.1%，相比上年同期增长 3212.86 亿元，增量高居全省第一位。

自 2017 年经济总量超越广州位居国内第三、全省第一起，深圳至今依然处于领先。但从 2021 年 GDP 增速和增量来看，广州跟深圳差距逐渐缩小。

现在知政君就来探讨一下，广州、深圳经济总量差距缩小的背后原因。

先从深圳说起。一方面，受限于土地空间，近几年深圳一些工业企业因成本上升导致综合营商成本上涨，不得不选择把生产线外迁。另一方面，华为等深圳巨头企业遭美国制裁，营收业绩下滑；受亚马逊打压中国卖家影响，深圳作为外向型经济城市，外向型经济通道受堵。当然，这并不意味着深圳经济就不行了。2021 年，面对疫情加全球贸易战的大环境，深圳发展依然顶压前行，突破 3 万亿元大关，实现经济总量迈上新台阶。这来之不易的成绩，也从侧面说明了深圳经济的韧性很强。

而广州经济增速之所以较快，主要得益于近几年广东重新开始把工业发展放在经济发展的重要位置，高度重视工业占 GDP 比重，不断加大对制造业的扶持力度。2021 年，广州制造业投资同比增长 11.9%，其中高技术制造业投资占制造业投资的比重为 41.5%。

历经前些年转型阵痛后，广州开始涅槃重生。2021 年，广州形成 6 个产值超千亿元的先进制造业集群、6 个增加值超千亿元的服务行业，战略性新兴产业增加值占地区生产总值比重突破 30%。目前，广州制造业实力整体进一步得到提升，广州市汽车产量连续三年居全国第一、显示面板产能全国前三，高端装备、新材料、生物医药与健康器械等领域全国领先。

未来，广州制造业依然妥妥占了发展 C 位。2022 年广州市政府工作报告提到未来五年和 2022 年发展目标时，首次提到了要“坚持产业第一，制造业立市”。

从目前发展势头看，不少业内人士认为，未来几年广州重新超过深圳，拿回中国经济 GDP 第三城、广东第一城的宝座是大概率事件。

广州、深圳这对 CP 你追我赶的态势还在继续！相信在今后很长一段时间内，这也是广东经济一大看点。

佛山稳健，东莞突破万亿

在珠三角，佛山 VS 东莞也是一个长盛不衰的话题。

佛山这座在 2019 年迈上万亿台阶的城市，2021 年实现地区生产总值 12156.54 亿元，同比增长 8.3%，经济总量继续稳居广东各市第三位。

佛山经济保持可观增速，稳坐广东经济第三大城市宝座，得益于其长期坚持以制造业立市不动摇，拥有强大制造业产业集群优势。2021 年，佛山实现规模以上工业增加值 5442.13 亿元，增长 9.3%。

2022 年，佛山把地区生产总值增长预期目标定为 6% 左右，高于全省 5.5% 左右的目标。

要实现这个目标，还是要靠制造业。2021 年，作为全国唯一一个制造业转型升级综合改革试点，佛山面对制造大而不强、转型升级压力和挑战，拿出“真金白银”，设立一支总规模为 300 亿元、首期规模为 100 亿元的佛山市制造业转型发展基金，同时持续保持财政科技投入100亿元以上，研发经费支出占地区生产总值比重持续提高，助力企业高质量发展。在2022年佛山市政府工作报告中，“制造”再次成为高频词。按照规划，未来五年，佛山将坚持始终把经济发展着力点放在制造业为主体的实体经济上，推动佛山向制造强市跨越。

另一边的东莞，一直紧追佛山。数据显示，2021年，东莞GDP总量首破万亿，达到10855.35亿元，同比增长8.2%（与佛山8.3%相当），成为继广州、深圳、佛山之后，广东第四个迈入“万亿俱乐部”的城市、全国第24座万亿城市，助力广东的万亿GDP城市数量追平江苏。

从产业结构看，东莞制造业也毫不逊色。2021年，东莞全市规上工业增加值成功突破5000亿元，与佛山差距仅有400亿元；第一产业增加值为34.66亿元，第二产业增加值为6319.41亿元，第三产业增加值为4501.28亿元。其中，东莞的第二产业占比高达58.2%。

2022年东莞市政府工作报告也强调，今后将把发展焦点放在“科技创新+先进制造”上，促进企业数字化转型，吸引更多外企落户。

如今，东莞与佛山终于在经济体量上站在万亿起跑线上，广东第三城之争再次引发关注。

从目前的经济数据来看，佛山与东莞齐头并进、你追我赶，佛山保持稳健发展态势，广东第三的位置，短时间很难被反超。

佛山始终坚持制造业立市不动摇，形成机械装备、家电家具、陶瓷建材、食品饮料等传统优势产业，诞生一批实力本土企业，包括两家世界500强企业，产业链完善程度明显优于东莞。近年来还积极布局机器人、新能源汽车、电子信息、生物医药、新材料等新兴产业，抢占发展先机。

而东莞是外向型经济城市代表，未来受需求收缩、供给冲击和预期转弱三重压力影响，经济要持续保持快速增长压力不小。2022年东莞市政府工作报告也将其2022年地区生产总值增长预期目标定为5.5%左右，略低于佛山6%左右的目标。

知政君认为，与东莞比较，综合来看，佛山经济发展基础、发展态势仍略胜一筹。但接下来，佛山发展同样面临很多挑战，只有持续巩固制造业优势，有效、有力推进制造业高质量发展，才能守住广东经济第三城的位置。

此外，在珠三角 9 市中，2021 年，惠州表现也很惊艳，作为广东经济第五城，创下 4977.36 亿元，同比增长 10.1%，比珠海 2021 年 3881.75 亿元足足多了 1100 亿元。

江门、中山和肇庆 3 个城市的 GDP 增长同比均超过 8%。其中，江门市 3601.28 亿元，增长 8.4%；中山市 3566.17 亿元，增长 8.2%；肇庆市 2649.99 亿元，增长 10.5%。

总的来说，相较于上一个年度，2021 年珠三角各市的经济发展表现良好，实现稳定、较快增长。

各市出招，稳中求进开好局

截至目前，珠三角地区除了深圳，已经陆续公布 2022 年经济社会发展主要预期目标。其中，惠州、江门、肇庆等城市地区生产总值增长预期目标相对较高，分别为 8.5% 左右、8% 左右、7% 左右；珠海、中山为 6.5% 左右；佛山为 6% 左右；广州、东莞为 5.5% 左右。

知政君认为，从各市定下的增长目标来看，总体上符合当地发展实际，也符合中央对 2022 年经济工作提出的“稳字当头、稳中求进”要求。虽然部分城市面对多重压力，调低经济增长目标，但仍然维持在 5% 以上的中高速水平，说明经济发展良好态势仍然被看好。

不仅如此，2022 年一些城市还定下了 5 年后的经济发展目标。

惠州市 2022 年政府工作报告提出 5 年后迈上 8000 亿元的目标，成为广东下一个最有希望实现万亿目标的“后备军”。珠海也明确提出以实体经济提速发展为牵引，优先发展先进制造业，快速提升城市能级和量级，力争未来 5 年地区生产总值超 6000 亿元，进入规模以上工业总产值“万亿俱乐部”行列。

2022 年是党的二十大召开之年。关键之年，需要稳定的宏观经济大局。新一年开局，珠三角各市均纷纷拿出一揽子举措力保 2022 年“稳中求进”。

佛山市委、市政府在新年伊始，率先出台《佛山市促进2022年经济一季度开好局为全年稳中求进夯实基础的若干举措》，从全力稳定工业经济增长、全力扩大有效投资、大力促进消费扩容提质、全力推进外贸外资提质增效、更大发挥财税金融作用、切实保持房地产平稳运行、加快打造一流营商环境、切实维护社会大局和谐稳定等八个方面推出27条具体举措，为实现2022年经济第一季度开好局起好步、全年稳中求进夯实基础。

为确保2022年实现“稳中求进”，惠州提出实施“八大提升工程”，包括实施产业竞争力提升工程、实施科技创新能力提升工程、实施交通互联互通提升工程、实施城市现代品质提升工程、实施兴村惠农提升工程、实施惠民之州品牌提升工程、实施平安惠州提升工程、实施惠企便民提升工程。

回看2021年成绩单，GDP量质齐升的城市，大多呈现出新兴动能强劲的特点，先进制造业比重较大，高技术产业带动力增强。新的一年，珠三角各市也不约而同强调产业升级、高质量发展，并把新能源、数字经济、智能制造等列为发展重点。

与此同时，各市还明确提出将持续推进消费复苏。广州、深圳、佛山等多个城市从春节开始陆续推出消费券。这些消费券主要集中在餐饮、购物、旅游和体育等领域，以带旺消费、促进经济增长。近日，为进一步激发佛山文化和旅游消费潜力，增强消费动能，提振消费信心，佛山再次免费派送500万元文旅消费券。

知政主笔/郑奕纯

（原载2022年3月3日佛山+ APP东平知政专栏）

快递小哥，你在佛山还好吗？

民生就是最大的政治。

本期《东平知政》，把目光聚焦一个特殊而庞大的社会群体：新业态劳动者。他们的工作、生活，本身就是民生，更关联着亿万人的民生。

随着移动互联网的发展，手拿一部手机就足以解决衣食住行等日常生活需求。数字经济让生活越来越便利，也由此创造出了大量的灵活就业渠道和岗位。就业登记系统显示，目前佛山市灵活就业登记人员达 25 万人。据不完全统计，佛山核发道路货运从业资格证约 5 万个，核发网约车驾驶员证 5 万多个，登记在册的快递从业人员 3 万多人，外卖从业人员 2 万多人。

新业态催生下的各类用工方式，让大量青壮年劳动力拥有了更大的就业空间，这一庞大的从业群体数量仍在迅速增长。

事实上，小至我们每一个人的生活起居，大至整个城市的经济运行、社会治理，一座城市的新生活、新经济、新文明正在被新业态劳动者群体托起。

新业态劳动者，是指哪些群体，如何定义？在佛山，新业态劳动者对城市发展、市民生活发挥着怎样的作用？他们的工作、生活状态如何？面临着怎样的困境？佛山能为他们做些什么，让新业态劳动者群体更好地融入城市，与这座城市的发展共生共荣？今天，知政君与知友们一起关注、观察。

新就业形态劳动者如何定义？

新业态劳动者，是指新就业形态劳动者。

对普通市民而言，新就业形态的概念虽然新鲜，却并不陌生：贴着“如祺出行”“曹操专车”等字样的网约车在道路上随处可见；身着黄衣、蓝衣的外卖小哥提着大包小包外卖，在商场中快步疾走；开着电动车的快递小哥运载着大大小小的快递盒穿梭在街头巷尾……这些都是新就业形态在生活中的生动印记。

国家人力资源和社会保障部、国家发展改革委等八部门2021年7月联合发文，就维护新就业形态劳动者劳动保障权益提出指导意见。其中对新就业形态劳动者如是描述：依托互联网平台就业的网约配送员、网约车驾驶员、货车司机、互联网营销师等新就业形态劳动者。

另根据人社部2020年最新职业资料显示，电商主播、电子竞技选手、网约配送员、全媒体运营师等新职业均已正名，成为新就业形态代表职业。

而2021年7月，全国总工会启动的“新就业形态劳动者入会集中行动”中，则将货车司机、网约车司机、快递员、外卖配送员作为4个重点群体。

可见，新就业形态劳动者主要为依托“互联网+”发展，服务于数字经济、共享经济的灵活就业人群。

相较于传统就业领域，新就业形态有着鲜明的特征。其中最为明显的是劳动关系灵活多变。在新就业形态中，劳动者与平台之间不再是传统的雇佣模式，在选择上班时间、工作地点上更为灵活。

南京师范大学法学院讲师丁芳认为，平台和劳动者之间更贴近于一种合作模式，平台不会强制要求劳动者提供服务，允许劳动者自由选择，但平台依然会履行监管职责，要求劳动者提供的服务满足雇主需求，负责协调劳动者和雇主之间的纠纷。在新就业形态下，传统的劳动关系发生改变，“新”组织方式更倾向于一种经济合同关系。

此外，新就业形态还有着工作方式弹性化、工作内容多样化、工作安排去组织化等特点。

新就业形态劳动者对佛山发展有何意义？

2022年的佛山市政府工作报告，多次提及新业态。

如发展公共海外仓等新业态新模式，探索开展市场采购贸易方式试点集聚区扩容；着力打造生产服务型国家物流枢纽和全国性邮政快递枢纽，规划建设一批“高标仓＋智能化”现代物流产业园，加快佛山国际陆港、广东供销冷链物流产业园等项目建设，培育发展新型加工贸易、工业供应链等新业态。

在佛山经济发展中，以电商、物流为代表的新业态正发挥着越来越重要的作用。

市统计局数据显示，2021年，全市进出口总额突破6000亿元大关，达到6160.7亿元，增长21.7%，两年平均增长12.9%。新兴贸易业态发展迅猛，市场采购、跨境电商等新兴贸易业态飞速发展，外贸新业态对2021年全市外贸增长的贡献达到20%以上，成为全市外贸创新发展的重要引擎。

此外，在2021年1—11月统计数据中，代表新兴服务业的多式联动和运输代理业、互联网和相关服务业、软件和信息技术服务业三个行业营业收入实现高速增长，增速分别达到73.4%、61.3%和42.6%。快递市场加速扩张，邮政业务总量增长37.5%，邮政业增加值增长38.2%，两年平均增长41.9%。

新业态的快速发展，不知不觉间浸润了市民生活，新就业形态劳动者也成了贯穿佛山经济发展与市民美好生活的不可或缺的重要力量。

“外卖小哥、快递小哥已经快成为我平时见面最多的陌生人。”数字经济、平台经济、共享经济的兴起，为市民提供了更为便捷的生活渠道：饿了，点份外卖，半个小时就能吃上热腾腾的饭菜；出门，提前叫辆网约车，避免了路面拦不到车的时间浪费；购物，打开 APP，足不出户即可购买来自全国甚至全球的好物……简单的指尖操作，让人们轻松满足生活需求，同时也拥有了更多时间享受生活、专注工作。

特别是在疫情防控常态化背景下，市民的“宅家”需求与日俱增，不断刺激着“代跑”服务的发展。网络送餐、快递物流、网络直播等数字经济新业态劳动者大量涌现，在市民享受美好生活中创造着更大价值。

新就业形态劳动者面临的困境是什么?

“除了每月 1720 元的基本工资外，其他工资主要靠跑单赚取，每天最少工作 10 小时，月薪才能拿到四五千元。”方永华（化名）此前是佛山市某农产品配送有限公司一名外卖骑手，在他带动下，身边又有 6 名朋友加入公司。虽与公司签订了劳动合同，但因公司应允的社保迟迟未缴纳，工作 3 年后，几人最终辞职，并申请劳动仲裁，以及工会法律援助。

负责受理该案的律师表示，方永华等人离职时填写的原因并非用人单位未缴纳社会保险，而是关于加班费问题，但他们长期在外，无考勤打卡记录，不能提供证据证明存在加班的事实，致使案件进展并不顺利。

门槛低、灵活性和兼职性强的新业态吸引着求职者纷至沓来，却也在一定程度上造成从业人员的困境。方永华等人的遭遇，在新就业形态劳动者中就具有普遍性——一边受制于平台扣罚规则，另一边则因不熟悉法律，合法权益无法得到保障，在与企业、平台的劳动关系中，一旦出现问题，难免处于“无人问津”的弱势位置。

南京大学社会学院教授方长春根据劳动关系的“新”和劳动方式的“新”，将新就业形态划分为以“去雇主化”为典型特征的新就业形态、以“多雇主化”为典型特征的新就业形态、以标准劳动关系下劳动方式的新型化为特征的新就业形态等三大基本类型。

在方长春看来，新就业形态亟待克服的主要短板是由劳动关系的“新”所导致的，其中最为突出表现是“去雇主化”带来的劳动者法律身份认定和权益保障问题。

知政君曾与多名新就业形态劳动者对话，了解他们的现状。

从工作状态看，新就业形态劳动者大多为户外工作者，需要长期在外奔波，尤其是遇上高温、暴雨等极端恶劣天气时，用工需求量往往大增。没有固定的办公场所，饮水难、吃饭难、休息难、如厕难等现实问题不断涌现，让新业态劳动者的工作条件更显得辛酸。

从收入待遇看，新就业形态劳动者依托平台接单开展服务，但对于平台抽成比例，却不十分清晰，平台薪酬体系的不透明及罚款机制，让新业态劳动者为了“多赚一点”，不停地与时间赛跑，在遇到不合理待遇时，却往往难以维权。

从社会认同看，新就业形态劳动者中外来务工人员占比高，他们同样关心子女教育问题，期待融入城市文化、享受美好生活。长期漂泊状态下，新就业形态劳动者更迫切地需要找到组织归属和实现自我价值。

佛山能为新就业形态劳动者做什么?

近年来，新就业形态劳动者的权益问题备受社会关注，佛山也做出了一系列探索。

其中，2021 年 8 月，佛山市总工会启动新就业形态劳动者入会集中行动，提出了到 2022 年底实现全市新发展新就业形态劳动者群体会员 5 万人以上的目标。目前，佛山全市已构建起市、区两级覆盖新业态 4 个重点群体的工联会组织网络。佛山各级工会还建立了一批有效服务和凝聚新就业形态劳动者的服务阵地。这意味着，有了“娘家”的新就业形态劳动者能够更好地享有工会法律维权、节日慰问、职工关爱等服务，感受“大家庭”的温暖。

快递物流行业为此提供了一个示范样本。2021 年，禅城区成立了快递物流业党委，在快递物流行业全面开展党建工作，投入建设多个快递小哥红色驿站，内设有洗手间、微波炉、冰箱等设施和物品，让在外奔波的快递小哥在此歇脚、充电。部分驿站还提供授课、技术职称（资格）申报、人才政策咨询等服务，助力快递小哥提升个人能力和价值。

事实上，有着数量大、分布广、流动性强等特点的新就业形态劳动者群体正成为佛山社会治理体系中的重要组成部分。如何服务好、凝聚好这一庞大群体，让他们更好地融入城市，成为城市发展的正能量，亟须更多的探索和实践。

知政君认为，首先应从建立和谐稳定的劳动关系着手。对此，广州的做法值得参考。2021 年 12 月，广州市荔湾区新业态劳动者权益监测服务保障中心成立，这也是全国首家新业态劳动者权益监测服务保障中心。该中心创新打造“三个三”工作模式，即政府方、工会方、企业方“三方”协同工作机制，“监测＋服务＋保障”三位一体的服务体系，市、区、街道“三层”服务网络。在架构设置上，该中心设置了综合受理平台、调解服务平台、权益维护平台、就业服务平台和信息收集监测平台，为劳动者和企业提供法律法规咨询、劳动法律援助、劳动纠纷调解、社会保险服务、职业技能培训等十二项服务。同时，设立“新业者调解小屋”，为来访者提供调解服务，对于前端、中端无法现场解决的诉求，将通过预约转介方式进入后端进一步调处化解和提供保障服务。

新就业形态虽然就业模式较新，但也应当在参照传统就业模式管理的基础上，为新就业形态劳动者多谋福利，整合多方资源，聚焦关乎他们切身利益的问题。如针对新就业形态劳动者社保不充分，基本医疗保障水平相对较低，容易产生因病致贫、因意外致困等问题，深圳市总工会于 2021 年成立了暖工基金，通过投入引导基金、深圳市解困济难基金会募集社会资金，计划连续三年每年投入 3000 万元资金用于开展新就业形态劳动者关爱行动。其中，“E 路守护”综合保障服务将以团体投保方式，为参保人员赠送一年保障期的互助保障计划和专属意外保险，合计保障额度高达 149 万元，保障内容涵盖重大疾病保障、意外伤害保障、突发疾病身故（猝死）和第三者责任四大类 12 小项的综合权益保障。

与此同时，要重视新就业形态劳动者实现自我价值的需求，以及对城市的认同与归属感。将新就业形态劳动者纳入社会治理体系、城市文明生态中，发挥新就业形态劳动者的特点和优势，引导他们参与基层社会治理、社区志愿服务等工作，推动新就业形态劳动者真正成为城市治理的主人翁、城市文明的守护者，共建共治共享城市发展。

知政主笔 / 王旖荻

（原载 2022 年 3 月 10 日佛山+ APP 东平知政专栏）

佛山设立企业家日、人才日，释放了什么信号？

佛山，以一座城的名义，致敬企业家、致敬人才！

2022 年 3 月 13 日上午，佛山高规格召开 2022 年全市企业家大会，掷地有声宣告：每年 9 月 27 日为“佛山市企业家日”和“佛山市人才日”。

佛山高规格召开企业家大会，让“佛山市企业家日”“佛山市人才日”并立，交相辉映，是基于这座城市以民营经济为主、以制造业为主的特质，基于这座城市高质量发展的需要，向广大企业家和人才作出的一次“真情告白”。

这样的“真情告白”，既向全社会释放出佛山全心全意全力尊崇、关心、支持广大企业家和人才的强烈信号，也再次鲜明地传递出佛山这座城市坚定不移推进“一号改革工程”、持续优化提升营商环境的强烈信号。

以特殊形式确立“佛山市企业家日”“佛山市人才日”

知政君注意到，佛山召开的这次企业家大会，规格很高。

大会在佛山市机关大礼堂举行。佛山市委、市政府党政领导班子成员，市人大常委会主任，市政协主席等悉数参会，并特别邀请省工信厅主要领导到会讲话。

参加这次大会的“主角”，则是来自各领域骨干企业、数字化智能化转型标杆企业、专精特新“小巨人”企业的700多名企业家和企业代表。

大会宣读了佛山市人大常委会关于确定9月27日为“佛山市企业家日”“佛山市人才日”的决定。佛山以市人大常委会行使重大事项决定权的形式，正式将每年9月27日设立为“佛山市企业家日”“佛山市人才日”。

在本次大会上，佛山面向全体企业、面向全社会，对佛山营商环境及支持企业发展的有关政策措施进行了说明，并表彰了一批贡献突出的优质企业。

可以看出，无论是会议形式，还是会议内容，佛山对这次企业家大会的召开特别重视，作出了精心安排。显然，佛山是要借这次大会的召开，借“佛山市企业家日”“佛山市人才日”的设立，将最高礼遇、最高荣誉给予为佛山经济社会发展作出突出贡献的广大企业家和人才群体，进一步凝聚企业家、人才与党委、政府同向同心同力，推进佛山高质量发展的广泛共识和强大力量！

实现“515”战略目标离不开市场主体

以企业家为代表的市场主体，是推动经济社会发展的重要力量和宝贵财富。

改革开放40多年来，佛山以先锋之姿创造了领先发展的奇迹，成为具有全球影响力的制造业大市、经济大市。而躬身其中创造奇迹的，有一个极其重要的群体——佛山企业家。

他们以何享健、杨国强、梁德庆、庞康、叶德林等为代表，秉持爱国情怀、勇于改革创新、埋头干实业、敢闯有担当、守信重契约等优秀特质，为佛山城市发展、社会进步、人民富裕提供了强有力支撑。他们是推动佛山企业由少到多、由小到大、由弱到强、由低端到中高端的头等功臣，是造就佛山敢饮头啖汤、有家就有佛山造的开路先锋，是擦亮佛山制造品牌、铸就佛山城市文化的中坚力量，是推动佛山经济社会发展的关键主体。

他们身上所体现的企业家精神，成了佛山这座城市独特而闪亮的精神标识。

在这些优秀的企业家背后，更有一大批数量庞大的市场主体。数据显示，截至 2022 年 2 月底，佛山全市市场主体达 113.7 万户，其中企业 46.18 万户。这意味着，在佛山这座城市，平均每 8 到 9 个市民中，就有 1 个投身市场做“老板”，市场主体活力迸发。

以习近平同志为核心的党中央高度重视保护和激发市场主体活力、弘扬企业家精神，习近平总书记多次强调，“我们全面深化改革，就要激发市场蕴藏的活力。市场活力来自于人，特别是来自于企业家，来自于企业家精神”。

2022 年的国务院政府工作报告也明确提出，“弘扬企业家精神，制定涉企政策要多听市场主体意见，支持企业家专注创业创新、安心经营发展”。

当前，国内各地纷纷设立“企业家日”，目的就是要进一步振奋企业家精神，激发市场主体创新创业积极性，营造有利于企业健康成长、发展壮大的政策环境、市场环境和社会环境。

佛山也不例外。此次召开企业家大会，设立“佛山市企业家日”，对全市企业家给予褒扬，是大力弘扬企业家精神、持续优化营商环境、激发市场活力的有力举措。

进一步地观察、分析，站在 GDP 超万亿元新起点上再出发，佛山为什么如此重视弘扬企业家精神、激发市场活力？

向外看，世界正经历百年未有之大变局、新一轮科技革命和产业变革走向深入，经济发展正面临需求收缩、供给冲击、预期转弱三重压力。

向内看，佛山走到了经济结构转型升级、高质量发展爬坡迈坎的关键阶段，推进制造业数字化智能化转型，重构优化产业发展格局，等不起、慢不得。

而伴随着民营企业“创一代”退居幕后，民企创新活力不足与“接班潮”一同而来的“断代”问题交织。面对外部的风险挑战和内部转型、升级、迭代的压力，企业家精神的弘扬、市场活力的迸发，成为影响一座城市长远发展的关键因素。

诚如著名政治经济学家约瑟夫·熊彼特所言：“经济的真正动力阶层在于企业家，他们把新的思想、新的技术，通过新的组织形式和新的制度投入市场，并且不断地开拓市场，这样使经济得以发展。”

佛山要争当地级市高质量发展领头羊，实现“515”战略目标，创造新的更大奇迹，必然要仰赖企业家精神、市场主体活力的传承、弘扬和释放，仰赖广大企业家、市场主体在佛山这座城市敢想敢闯敢干、创新创造创富！

“企业家日”与“人才日”并立有其内在逻辑

除了对企业家的尊崇，佛山同样礼敬人才，将9月27日同一天并立为“佛山市企业家日”和“佛山市人才日”。

“佛山市企业家日”与“佛山市人才日”比翼齐飞，两个节日在同一天交汇，对佛山而言，自有其内在逻辑。

如果说企业家是佛山城市发展的推动力量，那么助力城市、助力企业家站上“C位”，背后的“城市合伙人”“企业合伙人”，一定是人才！

改革开放以来，佛山创造经济社会发展的奇迹，也得益于人才这个关键要素。回望20世纪八九十年代，来自五湖四海的人才涌入佛山，形成“孔雀东南飞”的盛况，至今仍为人称道。

美的集团创始人何享健曾说过：“60年代用北滘人，70年代用顺德人，80年代用广东人，90年代用中国人，21世纪用全世界的人。”

这一说法，实际上代表着佛山一批本土企业重视人才、开放用人的思维和视野。在改革开放之初，面对技术人才奇缺，佛山企业就喊出“借别人的脑袋发自己的财”的口号，到广州用车把工程师接到佛山，利用“星期六工程师”攻关企业技术难题。

政府与市场的良性互动，一直是佛山在改革开放大潮中逐浪前行的法宝。在企业与人才问题上，同样体现了这一特点。只要是企业需要的、有利于企业发展的人才，佛山各级党委、政府一定开辟绿色通道，不遗余力为企业吸引人才、留住人才提供支持。

如今，佛山宣布设立“佛山市企业家日”和“佛山市人才日”，承载着整座城市对企业家、对人才的敬意，其更深一层的意义，则在于用满满的“仪式感”，让企业家与人才同频共振，激发企业家和人才干事创业的闯劲、干劲，共同谱写佛山高质量发展的新篇章、新故事。

设立“企业家日”“人才日”，在国内一些城市，也有例可循。早在2017年8月，深圳通过《深圳经济特区人才工作条例》时，就明确每年11月1日为“深圳人才日”，并于2019年确定11月1日为“深圳企业家日”。温州市于2018年12月确定每年11月1日为“温州民营企业家节”，并于2021年2月通过了关于批准设立“温州人才日”的决定。此外，宁波、成都、嘉兴等地也先后设立了“人才日”，长沙、无锡、厦门、西安、德州等地纷纷设立了“企业家日”“企业家节”。

尊重、服务、支持企业和人才，很多城市在设立“企业家日”“人才日”的同时，均立足城市发展实际，推出一系列配套举措。

其中，深圳作为在全国率先以立法形式设立“企业家日”“人才日”的城市，不仅在两个节日期间，通过举办各种形式的活动，在全社会营造尊重、关爱、支持企业和人才发展的浓厚氛围，更以此为契机，推出一系列支持企业和人才的硬核举措。

在助力企业发展方面，深圳市委、市政府拿出了最坚定的态度：坚持“企业至上”的理念，开展十大率先改革试点，密集、高效、持续推进营商环境改善，为企业提供全生命周期和多主题场景全方位服务，努力将深圳打造成为全球创新创业和投资发展的首选地。

在完善一流人才服务保障体系方面，深圳设立总规模100亿元的市人才创新创业基金，投入1000亿元设立人才安居基金，全心全意、真金白银为人才干事创业提供支持，解决人才住房保障、医疗卫生、子女教育等后顾之忧。

……

对佛山而言，以市人大常委会行使重大事项决定权的形式，正式确定每年9月27日为“佛山市企业家日”和“佛山市人才日”，这是一个令人振奋、令人期待的开始。但要真正实现设立“佛山市企业家日”“佛山市人才日”的初衷和目的，还有很长的路要走。这需要佛山全市上下持续用心用情用力，在全社会营造尊重、热爱、支持企业家和人才的浓郁氛围，更需要佛山各级各部门在构建新型政商关系，建立完善服务企业和人才长效机制，有力有效解决企业经营发展和人才安居乐业面临的现实问题等方面，大胆探索和实践。

有句话说得好，城市与企业家、与人才最好的关系，就是共同成长、相互成就。

佛山正朝着这个方向大步迈进！

可以想见，一座无比尊崇企业家和人才的城市，一座致力于让企业家安心谋发展、聚天下英才而用之的城市，一座企业家和人才辈出的城市，一定会是一片创业热土、创新高地。

知政主笔／郑奕纯、于祥华

（原载2022年3月13日佛山＋APP东平知政专栏）

举全市之力治水兴水，佛山在下怎样一盘棋？

3月22日是世界水日。当前，一场治水兴水主动战攻坚战正在佛山大地打响。

佛山河网密布，3206条河涌纵横交织，146座湖库如一颗颗晶莹的明珠镶嵌在这座景色优美的岭南水乡。与水结缘、依水而兴，水承载着佛山的历史，也影响着佛山的未来。

一直以来，佛山高度重视水环境治理，也取得了一些成效，但与人民群众对优美生态环境的期盼相比，仍存在一定差距。

近半年来，佛山在治水兴水上频出新招硬招。佛山提出实施全流域、强统筹、大兵团、分层次治水战略，并成立市、区水环境治理指挥部，全市动员、全面部署，全域治理、全力攻坚，坚决把水环境治理好，奋力开创治水兴水工作新局面。

迈入新发展阶段，佛山举全市之力治水兴水，有何重要意义？新时代佛山治水方略有何特色亮点？全国各地有哪些先进的治水经验可供佛山参考？本期《东平知政》与知友们一起探讨。

成立市、区水环境治理指挥部

“坚定不移推进生态文明建设，努力书写佛山绿韵水乡新篇章。”2021 年 11 月，佛山市第十三次党代会对全市治水工作作出重要战略部署，提出实施全流域、强统筹、大兵团、分层次治水战略，全面开展“治水八大行动”。

一个月后，佛山高规格召开治水大会，市委、市人大常委会、市政府、市政协几套班子主要领导均出席会议。会上，佛山市委主要领导发出号召：举全市之力打一场治水兴水的主动战攻坚战，为佛山实现“515”战略目标、争当地级市高质量发展领头羊提供坚实的生态支撑。

当下，佛山治水，就是要痛下决心“干”，调集资源“干”。知政君了解到，2022 年 2 月 21 日，佛山市政府成立了佛山市水环境治理指挥部，由市政府主要领导担任指挥部总指挥。这个指挥部肩负着牵头抓总的使命，负责及时研究部署治水重大工作、解决重大问题。

“九龙治水而水不治”，是过去一段时间各地都存在的现象，没有实现强强联手治水的倍增效应。知政君认为，此次佛山高规格成立治水指挥部，有利于加强对全市水环境治理工作的组织领导和统筹协调，切实把部门分头治水转变为党委、政府统筹治水，构建起高效、有力、畅顺的指挥体系。

实际上，顺德区已经先行先试，为全市探索建立统一高效的治水指挥体系。2021 年 12 月 19 日，顺德区以水兴城建设指挥部揭牌成立，由区委、区政府主要领导挂帅担任总指挥。指挥部办公室下设综合协调组、兴城策划组、控源治理组、治水建设组、清岸执法组和资金保障组六个工作组，实现决策扁平化、运作高效化、人员专业化，统筹推进全区以水兴城工作。

对佛山而言，治水兴水，等不起，慢不得！佛山市水环境治理指挥部成立仅三天后，即 2 月 24 日，就召开 2022 年第一次工作会议，对今年水环境治理重点工作任务进行部署。知政君注意到，这次会议要求，禅城、南海、高明、三水区要加快成立区级水环境治理指挥部，抽调人员集中办公、全力攻坚。这对外界释放出一个强烈信号：佛山强化市、区联动，成立自上而下的治水指挥体系，全力打造一支敢于攻坚克难的治水铁军！

近段时间以来，各区水环境治理指挥部陆续成立。2022 年 2 月 25 日，南海区水环境治理指挥部成立，并迅速出击开展首场行动，剑指污水直排河涌问题，对雅瑶水道大冲桥一侧临岸老旧厂房进行拆除，彰显了南海治水的力度、速度和决心。3 月 18 日，禅城区水环境治理指挥部成立，并召开 2022 年第一次工作会议，对落实今年全区 137 个水环境治理项目进行再铺排。

从市第十三次党代会到全市治水大会，再到市、区先后成立水环境治理指挥部，可以看出当前佛山全市上下保持着高强度治水攻坚态势，以只争朝夕、抓铁有痕的干劲，誓要打好治水兴水攻坚战，不负佛山人民、不负子孙后代。

治水兴水惠民生促发展

佛山全市上下将治水兴水摆在如此突出的位置，举全市之力治水兴水，对这座城市有何重要意义？

从我们泱泱大国的治水史，可以找到答案。“在我们五千多年中华文明史中，一些地方几度繁华、几度衰落。历史上很多兴和衰都是连着发生的。要想国泰民安、岁稔年丰，必须善于治水。”习近平总书记这番话直抵人心、发人深省。

佛山是典型的岭南水乡，因水而兴、因河而富。进入新时代，佛山把治水兴水作为支撑高质量发展的重要抓手，推动治水兴水工作取得新成效。但水环境现状对比水质目标、对比群众要求仍有差距，还存在污水直排、管网溢流、暗涵排污、水体黑臭等问题，水环境治理任重道远。

知政君认为，对佛山而言，治水兴水，是生态问题、经济问题，也是民生问题、政治问题。

良好的水环境是最基本、最普惠的民生福祉。进入新发展阶段，群众对美好生态环境的期盼更高，但最突出的生态问题黑臭水体依然存在于房前屋后，看得见、摸得着、闻得到，不仅给群众带来了极差的感官体验，也极大地影响了群众的日常生产生活，成为民心之痛、民生之患。因此，更需要坚持以人民为中心，把增进福祉、改善民生作为治水兴水的出发点和落脚点，再现清水绿岸、鱼翔浅底的景象，不断增强人民群众的获得感、幸福感、安全感。

治水兴水也是佛山发展所需。城市因水而灵动，历史上佛山依赖通江达海的水路网络，培育了冶铁、纺织、制陶三大支柱行业，在河道两岸形成了繁华的岭南商业中心。时至今日，佛山已经发展成为一座万亿 GDP 城市，实现了城市能级新跃升。要推动佛山新时代加快高质量发展，实现“515”高质量发展战略目标，许多方面都离不开优美水环境的重要支撑。

一直以来，佛山城市品质与万亿城市不相匹配，被人们所诟病。一座城市美不美、好不好，决定了它对人才和产业的吸引力。佛山大力治水兴水，打造长制久清、河畅景美的水环境，可以推动城市品质和城市价值大提升，展现一个不一样的新佛山。同时，也将有利于打造一流营商环境，让佛山成为一座宜居宜商宜业宜游城市，吸引更多企业和人才到这片热土投资发展。

治水兴水还是政治任务。佛山有西江、北江两条大江横贯东西、纵穿南北，承担着粤港澳大湾区重大供水任务。目前，广州每天从佛山取水 350 万吨；珠江三角洲水资源配置工程建成后，预计每天从佛山取水 500 万吨，将有力保障广州南沙、深圳、东莞的生产生活用水，并为香港提供应急备用水源。因此，佛山的水安全不仅关乎 1000 万市民群众的生产生活，还会影响珠三角超过 5000 万人口的饮水安全，也关乎保障香港供水。

总而言之，无论是从促进自身发展，还是服务全省乃至全国发展大局来看，佛山必须写好治水兴水这篇“大文章”。在知政君看来，佛山治水兴水并不是赔钱买卖，水环境治理好了，可以满足人民对美好生活的向往，产生巨大的可持续的政治效益、社会效益、经济效益。

深入实施新时期二十字治水方略

治水兴水，不同年代有不同“打法”。为适应新形势新任务新要求，2021 年 9 月，佛山印发《佛山市水环境全流域强统筹大兵团分层次治理实施方案》，这是“十四五”时期全市治水工作的指导性文件。自此，佛山迎来水环境治理历史性转折。

“全流域治理、强统筹推进、大兵团作战、分层次实施”，四大治水原则，短短二十字，足以窥见全局思维下的佛山治水方略。如何理解这个新时期的治水方略？知政君给大家逐一分析。

全流域治理：以前，佛山遵循“从北向南、从西向东”的流向治理思维，但水体的流动性和连通性决定了污水治理不能“圈水而治”，不能只管一段，不能就水治水。要坚持“流域治理＋一河一策”，以流域水系为单元，统筹好治水、治城、治产，科学规划、系统推进上下游、左右岸、干支流、水里岸上流域水环境综合治理。

强统筹推进：治水工作涉及面广，是一项浩大的系统性工作。过去治水，各级各有关方面都是各自为政、各管各的。此次把“强统筹”放在突出位置，就是要理顺工作机制，形成各司其职、齐抓共管的工作局面。具体而言，市级统规划、统标准，区级统资金、统建设，镇街管征拆、管保障，企业管施工、管运维。

大兵团作战：之前基层做的治水工程，很多都是零零散散的小项目，工程周期长，难见成效。必须打破以往“条块分割、零敲碎打”的做法，统筹打包治水项目，招选优质企业实施。全市要统一认识、上下同心，聚焦重点流域、重点区域、重点任务，集中力量、集中资源、集中攻坚。优化调整市级部门污水治理职责，变“九龙治水”为“一龙管水”。

分层次实施：“十三五”时期，佛山治水以净化大江、大河为重点任务，但遍布全市的许多内河涌由于流动性差、截污不彻底，成了治水的“关键短板”。要由依次治理大江、河道、干涌、支涌，转为依次治理支涌、干涌、河道、大江，注重提升干涌和支涌水质；由依次从西向东、从北向南治理，转为依次从东向西、从南向北治理，重点围绕经济发达、产业集聚、人口密集、水网交织的东部和东南部区域，加大污水管网、入河排污口等整治力度。

当这二十字治水方略全面落地落实，佛山将推动水环境治理由流向治理向流域治理转变、由分散治理向一体治理转变、由零敲碎打向系统推进转变、由大江大河为主向干涌支涌为主转变，实现水环境质量“好水稳定在好、差水持续变好”。

知政君认为，水环境治理不仅要以水质改善为核心，还要与加强河湖岸线生态保护、滨水空间再造相结合，着重打好排水单元整治攻坚战、排水许可管理攻坚战、黑臭水体整治攻坚战、河道岸线保护和清违拆违攻坚战，同时打造一批看得见、摸得着、可量化、可复制、见实效的治水示范项目，以点带面进行示范推广，才能达到治水、治城、治产的协调融合。

值得关注的是，与以往不同，佛山提出将治水成果与干部考核“挂钩”。聚焦水环境治理工作全链条，由组织部会同有关职能部门实施干部专项考察，组建专项考察工作组，到项目现场考核干部、了解干部，充分体现一线督战和贴身考核，开展日常考察、绩效考核、综合考察，实现干部干事创业“精准画像”。

各地因地制宜探索治水兴水好经验

新时代治水兴水，国内一些地方因地制宜，探索出不少好经验好做法，值得佛山学习借鉴。

深圳在快速工业化、城市化进程中，一度深受黑臭水体困扰。“十三五”期间，深圳举全市之力打响水污染治理攻坚战，制定十条治水策略，提出十大治水行动，明确“所有工程要为治水工程让路”。在高位推动、上下联动、全民参与的格局之下，深圳基本补齐了改革开放以来超常规发展累积的水环境基础设施欠账，走出污水“全收集、全处理、全回用”的新路子。

近年来，广州探索出了一套超大城市黑臭水体治理思路，以全面落实河（湖）长制的“1 套机制”为统领，按照网格化治水和排水单元达标创建的“2 套网格”划分落细作战单元，深入“3 个源头”治理（源头减污、源头截污、源头雨污分流），全面实施“4 洗”（洗楼、洗井、洗管、洗河）和“5 清”（清理非法排污口、清理水面漂浮物、清理底泥污染物、清理河湖障碍物、清理涉河违法建设）专项行动，不断提升水治理能力现代化水平，全市污水处理能力跃居全国第二。

广佛跨界河流治理，也是佛山治水兴水工作的重点。而深圳与东莞联动治理跨界河流，同样具有借鉴意义。茅洲河流经深圳、东莞两地，是珠三角地区污染最严重的河流之一。深莞强化两地协作治水，深圳更是委托大型央企实施茅洲河流域水环境综合整治项目，率先开启“地方政府＋大型央企”治水新模式，发挥“大兵团、机械化作战”的优势，有效破解了“分段分片、零敲碎打”等问题。

放眼省外，浙江省作出“五水共治”（治污水、防洪水、排涝水、保供水、抓节水）重大战略部署，并在顶层设计、社会参与、市场支撑、长效机制等方面做了创新性安排。各级党委政府积极搭建治水社会参与平台，充分发挥“两代表一委员”以及企业界、媒体界、知识界以及公益界等各界力量的作用。同时成立“五水共治”专家技术服务团、治水律师团、治水公益联盟、行业协会治水联盟等，为治水提供专业支撑。

与此同时，一些地方也在积极探索充分运用科技手段治水。杭州市西湖区投资打造“智慧治水平台”，可实时、全天候地显示全区的水文水质变化情况和设施设备运行情况，并以三维地图为依托结合动画技术，形象地呈现各类数据、方案、专题图，包含城管底图、防汛态势、排水管网、河网水系、实景观测、应急防御等 6 张图，形成“治水一张图”“治水一盘棋”“监测一张网”。

治水兴水，功在当代、利在千秋。站在 GDP 超万亿元新起点再出发的佛山，需要锚定市委“515”高质量发展战略目标，坚定不移贯彻新发展理念，上下一条心、拧成一股劲，下好下活治水兴水这盘大棋，推动经济社会发展全面绿色转型，全力塑造佛山发展新形态，助力佛山争当地级市高质量发展领头羊。

知政主笔 / 梁建荣

（原载 2022 年 3 月 23 日佛山＋ APP 东平知政专栏）

即将走近千亿门槛，“佛山建造”如何出圈？

虎年开局，佛山全市上下锚定“515”高质量发展战略目标，聚精会神抓落实、争分夺秒促发展，奋战第一季度开好局起好步。三月的佛山大地，春潮涌动。从激励全市建筑业企业做强做大出发，佛山市建筑产业也擂响了今春的战鼓——

2022 年 3 月底，佛山市住房和城乡建设局、佛山市应急管理局联合发文，35 家企业入选《佛山市 2021 年度优质建筑业企业（施工企业）目录》。

这是佛山首次公布优质建筑业企业（施工企业）目录。

2021 年，佛山建筑行业沉着应对复杂严峻的宏观经济形势和世纪疫情，构建新发展格局迈出新步伐，高质量发展取得新成效，实现了“十四五”良好开局。在此过程中，涌现了一批安全体系健全、全面落实安全主体责任，守法诚信经营、开拓创新、锐意进取的优质建筑业企业（施工企业），为激励先进，树立典型，进一步激发佛山市建筑业企业发展活力动力，《佛山市 2021 年度优质建筑业企业（施工企业）目录》出炉。

市住建、应急、政数部门将依托官方网站发布目录信息，全面提升优质企业在社会和行业的知名度；倡导佛山市社会招标人在依法依规前提下优先选用优质建筑业企业（施工企业）目录的企业合作。同时倡导全国品牌施工企业与该优质建筑业企业目录的企业合作，促进优势互补，强强联手参与全国城市建设。这为佛山优质建筑业企业（施工企业）发展，注入了一剂强心针。

业内人士认为，入选目录不仅可以大大提高企业的行业知名度、美誉度，更利于企业在市外更广阔的天地“走出去”。

建筑产业历来是国民经济支柱产业，产业关联度强，对城市经济发展和城市品质提升影响深远。近年来，随着佛山不断加快城市建设步伐，佛山建筑产业规模快速跃升，产业集聚持续加强，产业招商力度不断加大，发展态势迅猛。

数据显示，2021 年佛山全市建筑业总产值达 880.15 亿元。根据近年发展态势，2022 年佛山建筑业总产值或将破千亿！成为佛山建筑业发展史上一个具有标志性意义的里程碑。

佛山建筑业年产值越来越接近千亿门槛，缘何走上“培优”之路？“佛山建造”又将如何出圈？今天知政君与你一起关注佛山建筑产业发展话题。

活力与韧性：建筑业连年高于平均增速“高速跑”

中国是名副其实的建造大国，在建造领域创造了诸多世界第一。我省建筑业实力走在全国前列，“十二五”期间广东省建筑业总产值跃居全国前三。佛山建筑业规模在全省处于中游，近年来产业势头迅猛，处于高速发展成长期。

2021 年底，广东省住房和城乡建设厅印发《广东省建筑业“十四五”发展规划》，谋划了由“建筑业大省”迈向“建筑业强省”的五年蓝图。在这份规划中，全文提及“佛山”13 处，佛山成为提及次数最多的地级市。

两大数据让近年来佛山建筑产业发展的速度与价值清晰可见：

其一，2021 年佛山建筑业同比增长 23.9%，明显高于其他产业平均增速，高于全省建筑业平均增速15.8%。即便是2020年在新冠肺炎疫情影响下，佛山建筑业增速仍达15.1%。

其二，佛山建筑业增加值占全市GDP比重从2018年的2.78%增加至2021年的3.3%，产业贡献度逐年增大。其中2021年，建筑业产值拉动本市GDP增长0.288个百分点。

进一步深度剖析佛山建筑行业和企业特征，知政君发现，佛山建筑产业是一个被外界低估的“宝藏”产业。

从企业数量来看，目前佛山住建诚信平台登记的建筑业企业数量过万。而截至2021年底，全国共有建筑业企业（指具有资质等级的总承包和专业承包建筑业企业，不含劳务分包建筑业企业）128746个。计算下来，进入佛山的建筑业企业数量占全国的8%，比例不低。

2020年以来，佛山出台《佛山市建筑业发展规划（2019—2023）》，五区也配套出台扶持政策。系列政策对新落户或本地晋升资质的建筑业企业、荣获国家级优质工程奖的建筑业企业，以及租赁、自建或购置办公用房的建筑业企业，有数十万元到上千万元的扶持，扶持金额最高达1200万元。

佛山是粤港澳大湾区重要节点城市，与广州共建广佛都市圈。近年来佛山坚持“项目为王”，持续积极扩大有效投资，为经济平稳运行提供有力支撑，建筑业处在大有可为的战略机遇期。加上“真金白银”的扶持，佛山建筑业企业数量三年十倍井喷，优质建筑业企业纷纷落子。

据了解，近三年来，中建国际投资、中国水利水电工程局等大型全国建筑施工企业在佛山设立子公司，广州市建筑集团有限公司、太平洋建设区域总部暨十九集团总部两家世界500强企业带资金与佛山本土企业合作落户。

从建筑业企业类型来看，佛山建筑业企业门类齐全，产业链条不断延伸，产业配套能力不断增强。以建筑施工为中心，建筑材料、构件、机械设备等关联生产制造以及勘察、设计、审图、监理、造价、检测等建筑技术服务企业逐步集聚。

从建筑业企业体量来看，佛山本地建筑业头部企业实力强劲。2021年，全市建筑业总产值超亿元的企业148家，总产值720.94亿元；产值超10亿元的企业9家，总产值468.92亿元。

那么佛山的建筑业企业是否只在分佛山的建筑市场"蛋糕"呢？其实不然。

全市资质以上的建筑业企业2021年在市外完成产值为260.32亿元，占全市建筑业总产值的比重达29.6%，同比增长27.8%。本地建筑业企业积极实施"走出去"战略，业务范围拓展由湾区城市到全国，市场范围不断扩大。

潜力与空间：双重优势积蓄建筑业高质量发展新力量

发展如登山，一步一重天。虽然佛山建筑产业从规模的"量"上暂未达到省内领先水平，但纵观产业发展大势大局，佛山在构筑现代化建筑产业集聚平台、探索智能建造上，想前一层、走前一步、走深一步，形成了双重优势。

在南海区桂城街道映月湖片区，坐落着目前粤港澳大湾区唯一的建筑产业集聚区——佛山市南海区建筑产业集聚区。集聚区内拥有建筑行业施工、设计、监理、造价咨询、环保消防、建材、信息管理、法务财税等上下游产业链企业215家。

怀揣打造"全国优质建筑产业集聚区"的梦想，2020年8月，该集聚区在方舟一号产业中心揭牌，目标定位为打造成集设计勘察、施工、产业培训、建筑业互联网、智慧工地管理等企业集聚的建筑业园区，并逐步建成以建筑产业为核心，泛家居为辅助，拓展到其他配套服务的产业体系。南海区在租金、税收等方面给予进驻企业优惠，并引进南海区公共资源交易平台进驻，提供便利政务服务。

按照规划，集聚区涵盖核心办公板块、展示贸易板块以及拓展配套板块。其中，展示贸易板块将承载泛家居公园、南海建筑成就展、展贸中心、研发办公四大功能。长远建设规划显示，集聚区还将建设工业博物馆、总部载体、科研平台。

作为集聚区的经营方，广东世纪达建设集团有关负责人表示，"通过产业集聚，推动资源共享，集聚区内的各上下游企业管理成本降低、企业效率提高，不少企业之间存在总包、分包的关系，效益攀升，企业抗风险能力也比‘单打独斗’更强，产业集聚效应凸显”。他透露，接下来，集聚区有望在省、市、区住建部门的指导和推动下，升级为省级产业集聚发展平台，迎来新一轮发展热潮。

另一优势则体现在智能建造方面。从位于佛山顺德机器人谷的顺德凤桐花园项目，到在汕头首次完成“BIM ＋ FMS ＋ WMS ＋建筑机器人”多机施工系统的验收，碧桂园集团全资创立的广东博智林机器人有限公司（简称“博智林”），让“机器人盖楼”成了可能，也奠定了佛山建筑业在智能制造新赛道上的领跑示范地位。

随着大数据、云计算、人工智能、5G 等新兴信息技术快速应用和发展，促进信息化与工业化在工程建造领域的深度融合，实现智能建造，已成为中国建筑业转型升级、实现可持续发展的必由之路。2020 年，住建部下发《关于推动智能建造与建筑工业化协同发展的指导意见》，提出到 2025 年，推动形成一批智能建造龙头企业，引领并带动广大中小企业向智能建造转型升级，打造“中国建造”升级版。

而早在国家政策出台之前，2018 年，碧桂园集团正式切入建筑机器人赛道。三年多来，博智林在建筑机器人核心技术、多机施工系统化应用、建筑数字化治理等细分领域实现了从“0”到“1”的突破。公司在研建筑机器人近 50 款，截至 2022 年 2 月底，已有 21 款建筑机器人投入商业化应用，服务覆盖 25 个省区市超 350 个项目；累计交付超 750 台，累计应用施工面积超 700 万平方米。

中国工程院院士、清华大学人工智能研究院院长张尧学教授评价其：“在国内智能建造领域属于首创，对中国乃至世界建筑行业的发展作出了突出贡献。”

风起于青萍之末，浪成于微澜之间。所谓人生“开挂”，不过是厚积薄发。可以期待，佛山建筑产业的独特优势，或许蕴藏和蓄积着未来发展的强劲实力和广阔空间，推动佛山建筑产业加速转型升级，早一步走上高质量发展的康庄大道。

突围与出圈：以培优为突破点打造“佛山建造”品牌

当前国内国际格局深刻变化，但我国经济稳中向好、长期向好的基本趋势没有改变。长远来看，以新型基础设施建设、新型城镇化建设和交通、水利、能源等重大工程建设等为代表的基建市场将进一步扩大，将助推建筑业加快实现产业现代化，为建筑业高质量发展带来新机遇。

放眼全国建筑业市场前景，在国家构建以国内大循环为主体、国内国际双循环相互促进的新发展格局背景下，京津冀协同发展、长三角一体化、粤港澳大湾区建设等国家战略正协同推进，区域协调发展，为建筑业企业开拓市外市场孕育新机会。城市更新、完整社区、乡村振兴等重点领域扩内需补短板行动正在全国开启，国内建筑业市场容量巨大。随着“一带一路”、粤港澳大湾区、深圳中国特色社会主义先行示范区等战略深入推进，粤港澳建筑业合作将开展更多更重大的制度创新，助力佛山建筑业进一步与国际接轨，也为佛山建筑业企业加快“走出去”步伐带来了新契机。

着眼佛山市内，在争当地级市高质量发展领头羊的背景下，城市建设步伐不断加快。市第十三次党代会提出，要坚定不移推进城市品质大提升，精心绘就城乡融合发展新画卷。从深化实施城市畅通工程到促进建筑业绿色发展，从着力提升城乡品质形象到坚持以文塑城，都与建筑产业密切相关，为佛山建筑产业发展带来了新的机遇与挑战。

一个比较显性的佐证是，本月初，佛山公布2022年佛山市安排重点建设正式项目436项，其中省重点建设项目173项、市重点建设项目263项，总投资10492.34亿元。重点建设项目涉及基础设施项目、产业项目、民生工程等，项目数与投资额再创历史新高。

不过不可忽略的是，对比大型央企、国企、品牌施工企业，佛山建筑业企业在业绩、资质、人才、项目承接、创优创奖等方面还处于相对弱势地位，竞争实力不足，关键领域的创新发展能力较弱，具有引领带动作用的领军企业仍处于成长阶段。

展望未来，随着粤港澳大湾区广佛极点城市合作、“515”战略目标深入实施，新时代佛山城市建设步伐的不断加快，特别是交通、教育、城市更新、乡村振兴等方面的持续强劲投入，佛山建筑业迎来了巨大的发展机遇。同时，佛山亟待加大力度培育本土建筑业优质头部企业，推动一批“市内叫得响，市外站得住”的具有引领带动作用的“航母型”“旗舰型”领军企业快速成长。

此次公布首个优质建筑业企业（施工企业）目录，可视为佛山扶持建筑产业为“培优”而释放的一个强烈信号。接下来，以问题为导向，精准施策扶持头部企业茁壮成长，支持优质企业参与佛山大型基础设施建设，支持优质企业“走出去”，应是题中之义。

上文提到，广东省建筑业“十四五”发展规划 13 次提到佛山。当中就包括支持佛山市顺德区建设建筑机器人创新应用先导区，支持佛山等有条件的地区打造具有影响力的建筑科技聚集高地等内容。未来加强佛山建筑业创新链、人才链、产业链建设也箭在弦上。

潮起海天阔，弄潮正当时。

让我们共同期待“佛山建造”跑出高质量发展的加速度，为佛山经济增长、城市建设贡献更大力量！

知政主笔 / 黄碧云、于祥华

（原载 2022 年 3 月 31 日佛山＋ APP 东平知政专栏）

佛北战新产业园，如何创新战法赢得新优势？

在刚刚过去的第一季度，佛山产业领域热度最高的词汇一定是“佛北战新产业园”。

只要在搜索引擎上输入“佛山”“战新产业”等关键词，即见一篇篇热火朝天的新闻报道弹出：《佛北战新产业园开园 将有134个重点项目落地投资》《全国两会来了！佛山全力“战”出“新”梦想》《狮山之强、白坭之美、大塘之大，佛北战新三雄共“战”新梦想》《总投资约711亿元！佛山禅城向战新产业发起总攻》……从侧面可以看到，佛北战新产业园开园一个多月以来，一直保持着发展热度。

这是一场自上而下与自下而上同心同向的产业升级与结构优化的攻坚战——以佛北战新产业园为引擎，举全市之力打造大载体、引进大项目、培育大产业，将其打造成新的经济增长极，为佛山经济迈向“2万亿元”提供有力支撑。

战新产业竞争日趋白热化，佛山如何突出比较优势，以创新战法赢取新优势，值得深思。

为何以战新产业为突破口？

抢抓城市高质量发展关键变量

何为战新产业？战新产业即战略性新兴产业，以重大技术突破和重大发展为需求，对经济社会全局和长远发展具有重大引领带动作用，成长潜力巨大的产业，是新兴科技与新兴产业的深度融合，既代表着科技创新的方向，也代表着产业发展的方向，具有科技含量高、市场潜力大、带动能力强、综合效益好等特征。

自《国务院关于加快培育和发展战略性新兴产业的决定》于2010年10月发布实施，特别是党的十八大以来，我国战略性新兴产业经过数年发展，已取得积极成效，创新成果大量涌现。

数据显示，2020年战略性新兴产业增加值占我国GDP比重为11.7%，且在新一代信息技术、生物、高端装备、新材料、节能环保、新能源、新能源汽车以及数字创意等战新产业领域涌现出一批优质企业与集群，均实现快速发展。

据国家信息中心战略性新兴产业研究组研究显示，目前我国战新产业初步形成长三角、环渤海、珠三角以及长江中上游等四大产业集聚区的发展格局。

其中，长三角在新一代信息技术、高端装备与新材料、新能源等领域拥有较强实力，产业基础雄厚；环渤海地区依托大院大所优势，在新一代信息技术、生物、航空航天、节能环保等领域发展较快，是全国新兴产业发展的策源地；珠三角地区的移动互联网、新能源汽车、生物、数字创意等产业蓬勃发展；长江中上游形成以武汉光谷为代表的信息产业集聚区，以长株潭为代表的轨道交通产业集聚区，以成都、重庆为双核的战新产业新增长极，支撑中西部地区经济转型升级。

随着时间齿轮转进“十四五”，我国经济进入新发展阶段，战新产业对构建现代化经济体系、促进经济高质量发展，尤其是应对当前及未来很长一段时间内的诸多机遇与挑战，将发挥越来越大的推动作用，预计规模将保持较快增长，至 2025 年底增加值占我国 GDP 比重将超过 17%。

可以说，在动能转换关键期，战新产业已经成为城市实现高质量发展、竞争力提升、现代化先行的关键变量。近年来异军突起的城市，诸如合肥、无锡、苏州、宁波等，无一不是抢抓新能源、新能源汽车、新材料、新一代电子信息等新兴产业的发展机遇，推动产业转型升级，实现城市能级的跨越式发展。

作为制造业大市的佛山，尽管地区生产总值在 2019 年突破万亿元，2021 年突破 1.2 万亿元，但许多方面仍存在“一条腿长、一条腿短”问题，经济总量上的大区与小区对比落差大，产业结构偏重传统，不平衡不充分的矛盾比较突出。

在新一轮全球科技革命和产业变革、国家发展战略、城市竞合等多重因素驱动下，加快布局战新产业成为佛山优化和重塑产业格局的最佳突破口，以“含新量”提升发展“含金量”。一是为传统制造业转型升级提供科技支撑，二是推动区域协同发展缩小差距，三是加快战新产业培引，持续打造新的经济增长点，为佛山高质量发展提供有力支撑。

高品质载体建设为何成首要关键？
夯实战新产业发展基础条件

佛山战新产业发展多年，至今仍没形成标志性的产业集群，分析其主要原因，在于基础条件薄弱：一是土地空间不足，尤其是南海、顺德经济发展较快的区域，土地开发利用率接近红线，致使部分战新产业集群发展受限。二是企业规模普遍偏小，尚未出现引领性龙头企业，没有形成完整的产业链条，产业集群竞争力不强。三是标志性重大项目储备不足，缺乏对上下游企业的整合能力和引领带动作用，产业规模增长偏慢。四是复合型高端人才短缺，基础研究和自主创新能力偏弱，重点领域仍有一批关键核心技术亟待突破，等等。

动能转换驱动下，佛山布局战新产业，务必夯实基础，首要关键是建设高品质的空间载体，才能有效改变工业不连片、供地不保障、产业不高端、招商不给力的现状。加之2021年12月，省政府印发《关于优化国土空间布局推动形成大型产业集聚区的实施意见》，提出推动形成珠海、汕头、佛山、中山、江门、湛江、肇庆等大型产业集聚区，为佛山发展新产业提供前所未有的历史机遇。

时代是最大的机遇，趋势是最强的力量。在天时地利人和之下，佛北战新产业园的横空出世恰逢其时。

园区位于佛山北部，跨南海、三水两区，规划建设487平方公里，面积约为半个南海区、2.6个禅城区。其中增量空间集中在三水片区，开发强度只有全市平均水平的一半；南海片区则以全域土地综合整治为抓手，创新用地整合开发机制，为战新产业提供充足的载体空间。

佛北战新产业园于2022年2月8日正式开园，为企业发展壮大、产业迭代升级、城市换道超车提供新的平台，充分释放对相关产业领域重大项目的虹吸力。一个多月以来，好消息接踵而至，成功吸引一大批优质战新产业项目落地。

开园当日，就有26个重大项目集中开工，包括21个产业项目。其中，广东医谷·云东海生命科学园项目进驻核心起步区云东海生物港口，以创新药、疫苗、免疫治疗、干细胞、再生医学等为主导产业，建设湾区一流的生物医药全产业示范区。2月24日，国内高端集流体领军企业佛山中技烯米新材料有限公司签下园区开园首块产业用地。2月28日，广东鸿浩半导体设备有限公司以2552万元竞得园区一块约51亩工业用地，建设半导体设备、半导体精密加工厂房、研发及实验室。3月1日，依托中国工程院院士钟南山团队科研平台打造大健康产业暨防疫科技园项目成功取得238亩的建设用地。3月14日，佛山首个“院士林”在仙湖湖畔揭牌，为人才引入、产业发展营造良好生态环境……2022年，预计将有134个重点项目在园区落地，总投资额达2558亿元。

肩负成为全省先进制造业发展重要基地的历史重任，承载着佛山重构优化产业格局的历史使命，佛北战新产业园对佛山全市区域协调发展、产业协同发展、打造新增长极具有重要意义。

佛山正举全市之力，高标准建设佛北战新产业园，重点发展先导型经济，着力引进和培育战略性新兴产业，打造生产、生活、生态空间融合典范，将佛北战新产业园建设成标杆园区。按照“一年起好步、三年有形象、五年大变样”的方向，佛山上下一心，以最快速度、最高效率推进园区建设，推动项目落地见效。

如何创新“战法”赢得新优势？

力争成为细分领域创新策源地

未来较长一段时间内，我国战略性新兴产业的规模将保持较快增长，战略性新兴产业平均增速将继续高于经济总体增速。

各个城市你追我赶，佛山如何在学习借鉴与“自主创新”中，以新战法赢得战新产业的竞争新优势？

首先从战新产业发展趋势来分析，要以新要素驱动产业发展，力争成为细分领域创新策源地。

国家信息中心战略性新兴产业研究组研究指出，我国战新产业经历四个发展阶段：自力更生阶段、对外开放阶段、融合发展阶段、自主创新阶段。当前，战新产业正处于自主创新的阶段，把握互联网、大数据、物联网、人工智能等新技术、新要素带来的发展机遇成为战新产业集群发展重要模式，尤其是结合自身优势构建以新技术、新要素为引领的战新产业体系。比如突出的典型贵阳，凭借资源禀赋率先发展大数据，“中国数谷”显露锋芒，成为西部 GDP 增长的龙头。北京依托全国科技创新人才高地优势，形成了人工智能产业集群，涌现一批人工智能创新型企业。

立足佛山产业优势，佛北战新产业园明确推动核心打造生物医药产业，重点引进高端装备、新一代电子信息、新能源汽车等战新产业。

方向已定，目标已明，如何在激烈竞争中寻找突破？从现代产业发展趋势分析可以得出一个结论，应从全领域发展向细分领域深化，对目标战新产业进行深挖深化，与新技术、新要素相融合，增加创新投入，力争形成“越细分越有竞争力、越精准越有爆发力”的发展新态势。

一方面集中资源滚动支持一批重大项目建设，培育和储备一批具有良好基础和发展潜力的战新产业细分产业集群，进一步提升集聚能力，构建梯次发展体系，打造形成分工明确、相互衔接的产业集群发展格局。另一方面提升其基础创新能力，引导企业加强基础及其应用研究，鼓励“从 0 到 1”的原始创新，推动更多关键核心技术突破，培育一批具有国际竞争力并引领行业发展的标杆企业，同时围绕重点领域和行业发展需求，加快建设一批专业水平高、服务能力强、产业支撑力大的产业公共服务平台，以及与此相匹配的6G、工业互联网等新型基础设施建设，为创新发展提供有力支撑。

其次要加快营商环境持续创新，构建政府与市场的新型协同发力关系。伴随着战新产业新技术和新业态的持续快速发展，原本界限分明的政府与市场关系正在不断调整。

比如合肥打造出“国有资本引领战新产业发展”新模式，以投资龙头企业为首要之举，配以健全的配套服务，从而带动新型显示、智能汽车、芯片等一大批战新产业实现从“无到有”到“有到强”。

佛北战新产业园以“高位引领，突出特色”“政府主导，市场运作”“统分结合，重点推进”“先行先试，探索创新”为基本原则。在运行机制上作出探索，搭建起“南海—三水”结对紧密协作机制，激发基层更多活力，实现资源共享、互通有无、相互补充。

结合战新产业发展特点，政府还应加强创新，与市场一同提供更契合产业需求的公共服务体系。其中，成都经验值得借鉴——打造若干个最适合功能区主导产业发展的赛场场景，搭建产业爆发新生态载体，深化“城市机会清单”和场景营城产品赋能“双千”发布机制，优化“创新应用实验室＋城市未来场景实验室＋十百千场景示范工程”场景供给流程，形成产品接入、场景实测、推广示范全流程场景生长链条，加速技术转变为现实生产力。

最后是提前部署未来产业，尽早开启国际化步伐。

“十四五”期间，我国未来产业重点是围绕类脑智能、量子信息、基因技术、未来网络、深海空天开发、氢能与储能等前沿科技和产业变革领域布局。不少城市已提前部署，下了“先手棋”。比如深圳提出将在“十四五”期间围绕合成生物、区块链、细胞与基因（含生物育种）、空天技术、脑科学与类脑智能、深地深海、可见光通信与光计算、量子信息等未来产业发力，使其成为未来 10 至 15 年内的“潜力选手”。成都目前已经确定了包括 6G、隐私计算、区块链、卫星互联网、绿色氢能、精准医疗等新赛道。

对佛山而言，在加快建设佛北战新产业园历史进程中，亦可借力粤港澳大湾区建设机遇和全球资源配置广阔空间，对未来产业进行前瞻性谋划布局，加强国内区域间和国际国家间产业合作，尽早开启国际化步伐，抢占未来战略性产业发展先机。

知政主笔 / 莫璇

（原载 2022 年 4 月 7 日佛山＋ APP 东平知政专栏）

佛山民校大变局，释放了什么信号？

让教育回归教育本身，不应过度资本化。

2022 年 4 月 6 日，佛山市南海区教育局发布公告，南海实验中学（含南实本部、映月校区、灯湖校区和桂外校区）将作为公办义务教育学校办学。而就在两个月前，佛山市教育局正式官宣，今年 9 月 1 日起，佛山市华英学校作为市直属公办初中学校办学，执行公办义务教育收费管理制度，所有在校学生不再收取学费。两大佛山第一梯队民校相继转公，在佛山教育界、家长圈引起不小波澜，也注定成为佛山义务教育领域标志性的事件。

这源于 2021 年 7 月教育部等八部委联合发布的一份文件:《关于规范公办学校举办或者参与举办民办义务教育学校的通知》，矛头直指现有的“公参民”义务教育学校，如不符合“六独立”要求，且难以整改到位的“公参民”学校，可视情况转为公办学校或终止办学。

可以预见的是，在缩减民办义务教育规模、“公参民”脱钩的政策要求下，两年过渡期后，全国义务教育阶段的“公参民”学校都将退出历史舞台。

而在佛山，“民转公”转制大幕已拉开：包括华英、南实在内，截至目前，佛山已至少有16所民校官宣转公，10多所民校宣布更名。面对即将到来的升学季，佛山“民转公”到底怎么转？未来民校将呈现怎样的发展趋势？佛山义务教育阶段的学校生态是否会重新洗牌？今天，知政君与你一起关注佛山义务教育阶段学校“民转公”话题。

佛山“民转公”进展如何？
——近30所民校宣布转公或更名

顺德区是佛山此轮“民转公”动作最早的区域之一。早在2022年1月，顺德容桂实验学校便率先官宣将于今年9月正式转公，从2月起，该校已由容桂街道教育办公室直接管理。而今年以来，顺德京师励耘实验学校以及在建的三龙湾潭村学校（暂定名）、华东师范大学附属顺德美的学校（暂定名）、杏坛实验学校等多所顺德“国有民办”学校，已纷纷明确拟转公。

作为佛山民校的第一梯队，华英、南实的转公引起更多关注。根据公告，从2022年秋季学期起，佛山市华英学校、南海实验中学执行公办义务教育收费管理制度，所有在校学生不再收取学费。学校办学经费全额纳入财政预算予以保障。其中，华英学校作为市直属公办学校，其招生服务片区范围按照“面向禅城、兼顾全市”的原则分比例划定。而南海实验中学的招生基调则是“面向桂城、兼顾全区”，利好桂城户籍生和南海户籍生。

而针对家长普遍关心的“民转公”后教学质量问题，市教育局答复称，为确保华英学校教师队伍稳定，市教育局已向编制部门申请按照学校的办学规模核定教师编制，并保障教师待遇，充分发挥市直属学校示范引领和品牌辐射作用。

桂城街道相关负责人也对南海实验中学未来的持续优质发展作出承诺，称将会加强对南海实验中学的支持，确保学校在转型中实现五个稳定，即师资稳定、学生稳定、社会（家长）稳定、品牌稳定、质量稳定，继续擦亮南实品牌，贡献桂城经验和范本。

2022年4月18日，顺德勒流街道教育办公室对育贤实验学校转公后的教师管理做了如下回应：将对“民转公”期间的老师进行政审、资审、考核后，通过的教师人员予以固化并安排工作岗位，其工资待遇与在编教师工资同工同酬标准执行。同时，“民转公”后的教师队伍管理，将严格参照在编教师的常规和考评管理制度执行。

据知政君不完全统计，截至目前，佛山已至少有16所民校官宣转公。分别有：佛山市华英学校、南实四大校区（含南实本部、映月校区、灯湖校区和桂外校区）、佛山市实验学校、罗村实验小学、大沥实验小学、顺德京师励耘实验学校、杏坛实验学校、三龙湾潭村学校（暂定名）、华东师范大学附属顺德美的学校（暂定名）、顺德容桂实验学校、顺德勒流育贤实验学校、高明沧江中学、高明沧江小学等。

另外，保持民办性质的学校也开始密集改名，不再使用公办学校的名字，如广东实验中学顺德学校、广东实验中学南海学校、石门实验中学、石门实验小学、石门实验中学附属小学、石门实验中英文学校、中大附属外国语学校、中大附中三水实验学校、顺德一中实验学校、华英新城实验学校、顺德美的学校、顺德一中附属小学新德业学校等。“脱公”后，虽然原挂牌学校的公办资源将全面撤出，但部分已更名的民校也回应，更名后的学校将与以前的挂牌学校就教师培训、资源共享等方面探索新的合作模式。

重磅政策为何频频指向“公参民”？
——营造良好的教育生态

这并不只是佛山一个城市的动作。2021年7月，教育部等八部委联合发布《关于规范公办学校举办或者参与举办民办义务教育学校的通知》（以下简称《通知》），《通知》要求，公办学校单独举办、公办学校与地方政府及相关机构合作举办的义务教育学校，应办为公办学校；公办学校与其他社会组织、个人合作举办的民办义务教育学校，符合“六独立”要求（即独立法人资格、校园校舍及设备、专任教师队伍、财会核算、招生、毕业证发放）的，可继续举办民办学校，但应在履行财务清算等程序，并对民办学校及相关单位、企业等使用公办学校校名或校名简称进行清理后，公办学校逐步退出；经协商一致且条件成熟的，也可转为公办学校。

该政策规定的过渡期为两年。也就是说，这两年内，“公参民”学校，要么转为公办学校或终止办学，若继续为民校，须切割与公立学校在名字、教师、财务、招生、行政、办学等方面的关系。

实际上，早在2021年5月，国务院发布新修订的《民办教育促进法实施条例》便对公办学校参与办学的行为进行了规范，明确实施义务教育的公办学校不得举办或者参与举办民办学校，也不得转为民办学校。可以看出，不让教育成为资本运作的工具，这一改革的政策导向很明确。

公办学校以品牌输出方式参与举办民办学校，是特定历史阶段的产物。在当时国家鼓励社会力量按国家法律和政策多渠道、多形式办学的背景下，“公参民”学校由于高度依赖学费收入，缓解了政府财政教育经费的压力，为家长提供了多元选择，同时又发挥了“鲇鱼效应”，给公办学校和纯民办学校带来了竞争压力，因此获得了长期的发展。

但随着“公参民”学校的“蓬勃发展”，这一模式在实践中也暴露出很多问题。在介绍《民办教育促进法实施条例》时，教育部相关负责人介绍，一方面，它稀释了公办学校本身的品牌资源，加剧教育焦虑，由此衍生出社会问题；另一方面，公办学校参与举办的民办学校，利用公办学校的优质品牌，采用民办学校的收费机制，对公办学校和民办学校都造成了不公平竞争，扰乱了教育秩序。

所谓衍生出的“社会问题”，多年来佛山公众已经感同身受。尤其是民办学校提前招生、面谈测试招生、跨区域招生“掐尖”优质生源等办学行为，让民校一度有很大的“竞争优势”，一度出现“民强公弱”的局势，并带动整个地区的择校热，加重家长的教育焦虑，不利于推进义务教育的优质均衡发展。

义务教育必须坚守公益性和公平性，这是教育界人士公认的原则。“义务教育本来就是基础性教育，是由国家财政所负担的，但目前公参民的热度，使得很多家庭出现了经济负担。”中国教育科学研究院研究员储朝晖认为，民办学校在很长时间内确实解决了优质教育资源短缺的问题，此次“公参民”的全部退出，意味着未来国家对公办学校会有较大的投入，以解决教育资源的需求，是促进学校教育形成良性秩序、营造良好教育生态的一个强烈信号。

民办学校还“香”吗？
——提升质量打造特色是关键

家长和公众关心的问题很实际：今后还应选择民办学校就读吗？要回答这个问题，就要看清义务教育阶段民办学校未来发展趋势。

自教育部等八部委的《通知》发布以来，江苏、湖南、四川等省纷纷公布了“规范民办”文件细则，大致透露三个信息：不再审批新民校（含新校区）；不得同意已有民校扩大办学规模；压减民校在校生占比，省域范围控制在5%以下，县域范围控制在15%以下。此外，深圳更明确提出，到2025年民办义务教育阶段学校数量将从目前占比33.6%下降至15%左右。

佛山义务教育民校学生占比几何？2020年，佛山义务教育在校生884115人，其中公办义务教育在校生占比近76%，民办占比约24%。根据日前获批的《佛山市“十四五”教育事业发展主要指标》，接下来，佛山义务教育阶段公办学校在校生占比（含购买民办学校学位）要达到95%，若以此为参考，佛山还有很大压减空间。

有业内人士表示，目前有些“公参民”或者“名校办民校”，存在不同程度的“挂牌收费”或者其他变相取得办学收益的操作。不过随着“公参民”竞争对手的减少，有实力的纯民办学校将迎来新的发展机遇。毕竟，公办义务教育无法满足多元化需求，而办学特色鲜明或办学实力雄厚的一批民办学校将有机会脱颖而出。

未来民校或会有三大发展趋势。一是数量上，民校总体规模和数量会缩小；二是质量上，在此次政策的优胜劣汰之下，部分民校质量会有一定程度提升；三是定位上，民校将从教育发展的重要力量，变成教育发展的有益补充。传统优质民办学校面临加强内功、打造特色的挑战，未来须靠质量和特色吸引一些家庭放弃免费公办教育前来就读。这也意味着，未来能生存的民校有两种，一种是高质量的普通教育，另一种是个性突出、特色鲜明的特色教育。

有已更名的佛山民校负责人表示，虽然不再挂公办招牌，但学校多年来积淀下来的学校文化和培养出来的教学团队，仍然是学校未来发展的引擎驱动力，这对于已经发展了一段时间的民校影响不大。但部分民校面临的问题是，公校派驻的校长和师资要撤出，而自己还没培养好替补队员和接班人，还没形成自主管理力量，相对而言就会受到较大影响。

大浪淘沙，沉者为金。对于民校来说，在国家大力规范、减少民办学校规模的背景下，必须抓紧“窗口期”，合规办学，承接教育细分需求，奋发图强打造教学特色、提高教学质量，成为教育市场的有力补充。

而公办学校在教育理念、教育方法、教育资源、教育实践等方面的体制优势下，也将随着这拨民校变局迎来新机遇。如能抓住生源均衡的机遇，明确办学思想和办学特色，提高教育培养能力，未来，一批曾经的“普通公办学校”将有望实现跃升。今后，民校要独立发展，重点在于打造区别于公办学校的教学特色。

面对公办学校与民校的变局，家长们要更加清楚，想给孩子怎样的教育，从而选择公校还是民校。

教育发展方向在哪？
——核心在于教育资源的优质化、均衡化

实际上，自 2018 年针对民办义务教育的监管就已趋于严格。2019 年“公民同招”政策出台，终结了部分民办义务教育学校提前“掐尖”招生的传统做法。民校生源结构改变，不再是整齐、优秀的“一把葱”。这意味着，在“公民同招”时代，有存在价值的民办学校的优势，不再是生源优势，而是办学质量优势，这是民校应该形成的教育观念，也就是说，要从选好生源，到向教好所有学生转变。

而2022年以来，一大批“公参民”学校转公，核心还是推动优质教育的均衡发展，从而推动教育公平，减轻家长负担，减少教育焦虑。

促进教育优质、均衡发展，实现更优质、更广泛的教育公平成为方向。全面化解教育焦虑，本质还在于推进教育资源的均衡化、优质化，这才是核心。孩子能够就读“家门口的好学校”，才能让家长省心、孩子不折腾。为此，在《佛山市教育发展“十四五”规划》（以下简称《规划》）中，佛山提出，“十四五”期间将着重推动教育“双减”改革、民办教育规范发展改革和新时代教育评价改革；缩小区域、城乡、校际和群体教育发展差距；构建佛山“五好”教育新形态（每个家门口都有好学校、每所学校都有好校长、每位学生都有好教师、全市教育拥有好生态、每个孩子都有好未来）。

《规划》还明确，为提升各级各类教育优质均衡协调水平，佛山将坚持扶弱扶小扶新，建立顺德结对高明、南海结对三水的教育帮扶机制，市教育局与高明区、三水区人民政府共同推动区域基础教育优质均衡发展协作机制。

师资是撬动区域内优质教育资源均衡化分布最重要的要素。佛山提出，将推动市域优秀校长教师交流，建立全市中小学优秀校长、教师与相对薄弱中小学的校长、教师间的双向交流机制。建设跨区域教育共同体，推动优质基础教育资源向农村、新开发区以及相对薄弱学校倾斜、延伸。

当然，佛山在“下猛药”规范“公参民”的同时，也要重视合理安置“公参民”学校教师，做好教师编制、教师福利保障的衔接和管理。公平合理地配置教育资源，这需要政府部门改革创新，也需要社会各方的协同努力。毋庸置疑的是，“民转公”是大势所趋，也难免会遇到一些问题和困难，但与教育改革的目标相比较，却是长痛不如短痛。我们也相信，政府大刀阔斧的变革，正在为我们创造一个更加公平的教育环境。

知政主笔 / 邹婷婷

（原载2022年4月21日佛山+ APP东平知政专栏）

风口之下，佛山机器人如何再腾飞？

在古希腊传说中，三叉戟是海神的神兵利器，具有巨大神奇的力量，可以劈山开道、击岩碎石，引出清泉浇灌大地，帮助渔民丰收。

对制造业大市佛山而言，机器人就犹如这把“三叉戟”，能够大幅降低成本、提升效率，引领传统制造业走向智能制造。

如今，机器人产业在全球大有燎原之势。佛山更不例外，为数众多的机器人研发、生产企业迎来高速发展期，产量迅速增长，应用行业在广度和深度上持续拓展，一跃成为佛山这片制造业发展沃土上的产业新秀。

国家15个部门联合印发《“十四五”机器人产业发展规划》，提出到2025年我国要成为全球机器人技术创新策源地、高端制造集聚地、集成应用新高地。

风口之下，佛山机器人产业迎来怎样的发展机遇？该如何把握制造业数字化智能化转型升级契机，拓展机器人应用场景？未来，佛山又将如何在全国乃至全球机器人行业竞争中跑在前列，打造“制造业皇冠顶端的明珠”？

机器人产业呈现加速发展势头

机器人被誉为“制造业皇冠顶端的明珠”，它的研发、制造、应用是衡量一个国家、一个地区科技创新和高端制造业发展水平的重要标志。

当前，随着我国老龄化社会加速，人口红利消失、劳动力成本持续上升，减少工人数量、提升生产自动化水平已成为制造业企业普遍诉求和共识。加之受疫情影响，无人化、无接触的强需求使服务机器人站在聚光灯下，从餐饮业、医疗行业走向各行各业，机器人产业呈现良好发展势头。

统计数据显示，2016—2020 年，我国机器人产业规模快速增长，年均复合增长率约 15%，其中工业机器人产量从 7.2 万套增长到 21.2 万套，年均增长 31%。中国机器人市场需求全球领先，已经连续 8 年成为全球最大的工业机器人消费国。

面对巨大的市场需求，过去几年，佛山机器人产业也迎来高速发展期。其中，2021 年，佛山销售机器人约 3.1 万台，占全国总量的 9%，即全国每销售 11 台机器人，就有一台来自佛山。

知政君通过“天眼查”搜索佛山“机器人”企业与相关机构，其数量目前已超过 3000 家。

伴随新一代信息技术、新材料技术等与机器人技术加速融合，佛山提出，到 2025 年，佛山智能制造装备及机器人产业集群将力争达到 3000 亿元产值规模。

国内外机器人巨头抢滩进驻佛山

因为中国巨大的市场潜力，全球机器人巨头大举进军，把更多资源投向中国。作为中国制造大市，佛山也成为国内外机器人巨头企业的必争之地。

在集聚全球“四大家族”机器人企业——瑞士 ABB、日本发那科、日本安川、德国库卡之后，佛山又迎来了日本川崎机器人。

2021 年，佛山隆深机器人有限公司“牵手”日本川崎机器人，投资 1 亿元在顺德成立合资公司，将依托世界领先的川崎机器人的设计、生产、品质管理体系，推出具有自主知识产权的优质机器人，达产后有望实现年营业收入8亿元。

外资品牌抢滩佛山的步伐不断加大，国内龙头机器人企业也加快在佛山布局。

位列国内工业机器人行业第一的上市企业——南京埃斯顿自动化股份有限公司拟投资4亿元，在三龙湾顺德片区打造埃斯顿克鲁斯华南产业基地。

截至目前，佛山已吸引了埃斯顿、盈合、蓝胖子、中大力德、广州中设、银星智能、海创大族等国内知名机器人企业的落户，机器人产业集群加速成型。

佛山机器人产业迎来爆发，其中缘由，既有机器人应用日益增长的市场需求，也离不开政府的引领推动。

时间回溯到2013年，彼时的广东出现“用工荒”，而能够取代工人的机器人基本被国外企业垄断。面对这样的“内忧外患”，广东各地开始密集出台机器人产业发展扶持政策。

佛山从制造业升级顶层设计层面，谋划布局机器人产业，首次把“机器人”写进政府工作报告。同年，佛山在进行重大科技项目海内外招标时，把“工业机器人关键技术及装备产业化”列为重点突破项目。

2014年，顺德区率先发布《关于推进“机器代人”计划全面提升制造业竞争力实施办法》；2016年10月，中国（广东）机器人集成创新中心在佛山高新区揭牌；2017年3月，南海区印发《佛山市南海区促进机器人产业发展扶持办法》；2018年4月，《佛山市推动机器人应用及产业发展扶持方案（2018—2020年）》发布；2018年5月，《佛山市顺德区促进机器人产业发展实施办法》发布；2019年6月，佛山修订《佛山市推动机器人应用及产业发展扶持方案（2018—2020年）》……

短短几年，凭借佛山在智能制造领域的深厚积累和各级党委、政府持续不断地推动、扶持，佛山机器人产业悄然崛起，成为国内机器人产业异军突起的一匹强劲黑马。

本土龙头企业群雄并起

2022年3月底，美的集团宣布拟全面收购及私有化工业机器人“四大家族”之一的库卡，借此全面发力机器人业务。

从2017年1月正式完成对库卡并购，到2021年位于佛山顺德的库卡工厂实现年产量1.8万台、占全国工业机器人产量的1/20，再到此次全面收购，美的集团跨界发展机器人产业从无到有的历程，正是佛山本土企业在机器人产业领域突围、成长的缩影。

近年来，在数字化智能化转型浪潮之下，佛山越来越多的本土民营企业加入机器人产业大军。

2018年，碧桂园斥巨资进军机器人产业，成立广东博智林机器人有限公司，瞄准建筑机器人细分领域，点燃了佛山机器人产业上下游企业科技创新的星星之火。截至2021年12月底，博智林在研建筑机器人46款，已经形成混凝土施工、砌砖抹灰等12条建筑机器人产品线，超18款建筑机器人投入商业化应用。

事实上，在本土龙头企业跨界入局机器人产业之前，佛山已经有一批中小型民营企业敏锐捕捉到商机。其中，以广东嘉腾机器人自动化有限公司、佛山市利迅达机器人系统有限公司等为代表的机器人系统集成商，逐渐掌握行业细分领域“话语权”。

广东嘉腾机器人自动化有限公司将精力放在研发携带视觉识别系统的“机器脚”上，不仅研发出小白豚、大黄蜂等高度智能的AGV，还首次在行业内将“心跳”系统植入仓储机器人，大幅提升了AGV的稳定性；佛山市利迅达机器人系统有限公司聚焦研发打磨抛光机器人集成技术，成为专注细分领域的系统集成商。

此外，由政府主导引入，在佛山本土成长起来的佛山华数机器人有限公司实现机器人核心零部件自主研发占比超80%，解决工业机器人“无脑”的“卡脖子”问题，成功打造了国内为数不多的规模化批量应用的国产机器人控制系统。

……

如今，佛山机器人产业领域，已经呈现出群雄并起的局面。

形成机器人产业发展的循环生态

风口之下，群雄并起，佛山机器人产业如何再腾飞？

作为制造业大市，佛山制造业体量庞大，贴近市场，了解企业需求，自主制造的机器人能够迅速在市场铺开应用，这是佛山机器人产业得以加速发展的关键。

尽管佛山机器人产业在过去几年实现了飞跃式发展，但机器人应用密度依然较低，尚有很大的市场空间。

而放眼全国，我国制造业转型升级，自动化、智能化、网络化制造趋势特征日趋明显，将催生更加多元化的机器人研发与应用需求，必将有力推动机器人整体装机量和人均使用密度的双增长，持续扩展市场容量。

目前，珠三角地区机器人应用市场发展较为成熟。广州、深圳等地逐步强化工业机器人全产业链部署，通过加快推动自主创新，同时扶持机器人系统集成企业发展壮大，合理引导制造业企业换装升级机器人解决方案，对机器人的生产和使用进行费用补贴，为本地系统集成商与初创公司持续创造新生的市场空间。

无须讳言，与国外先进水平相比，佛山机器人产业仍存在技术积累不足、产业基础薄弱、高端供给缺乏等问题。

佛山应持续激发创新主体潜能，引导、支持机器人领域相关企业、高校、科研院所等创新主体加大机器人产业链关键环节核心技术攻关力度，以核心技术的攻关突破助推佛山本土机器人产业加速向中高端迈进。

特别是当下，要充分把握制造业数字化智能化转型升级“窗口期”的契机，增强政策扶持力度和准度，大力拓展机器人应用，围绕机器人在新兴应用场景下不断出现的新需求，引导机器人企业与下游系统集成商持续加强业务对接合作，结合系统集成商和用户企业的场景理解能力，不断加深机器人解决方案与实际业务场景的融合程度，并以市场应用的广度、深度反哺技术研发，加快形成机器人产业发展的循环生态。

知政主笔 / 郑奕纯

（原载 2022 年 4 月 28 日佛山＋ APP 东平知政专栏）

企业上市春风扑面，佛山如何御“风”而行？

佛山正掀起新一波企业上市潮。

4月12日，广东瑞德智能科技股份有限公司在深交所创业板上市，成为佛山今年第二家成功上市的企业，也是佛山第72家上市公司。在它之前，是1月21日登陆科创板的广东希荻微电子股份有限公司。

值得注意的是，这两家都是在注册制下上市的企业。A股开始实行注册制试点以来，佛山一共有11家企业登陆A股，其中华特气体、富信科技、莱尔科技等8家企业在注册制下上市，注册制上市企业数量占比已超过同期A股上市企业总数的2/3。

受此带动，2021年共有7家佛企上市，创有史以来佛山年度上市企业数量第二高峰。

佛山的情况不是个例。在注册制持续推进下，2021年全国A股市场IPO数量和金额创历史新高：新股数量达523家，募资5436亿元！分别同比增长20%和13%。其中注册制下上市企业多达402家。企业上市的风口已至！

未来，头部企业争相上市将形成连锁反应，更多企业为保持竞争优势，会相继加入上市大军。佛山企业上市有望呈潮涌之势。今年佛山市政府工作报告提出，2022 年，佛山将积极推动“个转企、小升规、规改股、股上市”，力争新增上市公司 10 家以上。

企业上市潮因何而来？注册制下，企业上市面临怎样的机遇和挑战？佛山又该如何因应新形势，借企业上市之力撬动产业整体转型升级？

两年三大改革　佛山企业迎来上市热潮

“现在顺德企业家圈上市热情高涨，经常在一起分享上市的经验、看法。”富信科技董秘刘春光说，受到身边越来越多企业上市的影响，“上市”在顺德也火了起来。

佛企上市热的背后，是资本市场源源不断吹来的春风。

2019 年 7 月，科创板鸣锣开市，率先实行注册制。设置了多元包容的上市条件，允许符合科创板定位、尚未盈利、存在累计未弥补亏损的企业上市。

2020 年 6 月，证监会发布《创业板首次公开发行股票注册管理办法（试行）》，创业板注册制试点正式开始，一天涨跌幅升至 20%。

2021 年 11 月，北交所又横空出世，再给中小企业上市融资打开一扇窗。自然人投资者准入标准降至 50 万元，机构投资者入市障碍也得以破解。交易市场被全面盘活。

区别于核准制，注册制特征是快进快出。主管机构只负责审查发行申请人是否履行了信息披露义务，不进行实质判断，降低上市门槛，同时配套降低退市门槛的规则，让上市退市“市场化”。

两年三大改革，使“上市”在佛山产业界迅速蹿红。

“2020 年 3 月，证监会颁布了《科创属性评价指引（试行）》，我们发现自身非常符合条件，便以迅雷之速冲刺科创板。”刘春光说，当时考虑到科创板主要服务于符合国家战略、突破关键核心技术的高科技企业，在科创板上市，证监会审核速度更快，也更能提升企业影响力。结果速度快得超乎企业预料，上交所一天内就受理了企业的 IPO 申请，5 个月就走完上市发行审核流程，2021 年 4 月企业正式登陆科创板上市。

据监测显示，截至 3 月 11 日，IPO 在审企业全国共计 827 家，一周增长逾百家！其中，A 股主板 224 家，科创板和创业板 538 家，北交所 65 家。

随着注册制试点达到预期目标，中国证监会主席易会满表示，证监会正抓紧制定全市场注册制改革方案。可以预见，企业上市热将继续席卷全国！

“如今佛山 IPO 在审企业有 10 家，已在证监会办理辅导备案的还有 20 家。今年实现 10 家企业上市目标应该‘压力不大’。”佛山市企业上市促进会秘书长龙锦基说，佛企上市热情高涨，除了源于注册制改革让上市门槛降低，更因为上市政策的可预期性和连贯性不断增强。

佛山市金融工作局相关负责人也介绍，佛山已有 5 家企业启动北交所上市工作，预计今年将会诞生首家北交所上市企业。

其中佛山纬达光电材料股份有限公司已于 2021 年 12 月完成辅导备案，准备冲击北交所上市。该企业早已于 2019 年在新三板挂牌，2021 年完成定向增发，募资 1000 万元。纬达光电称，上市能进一步提升公司的品牌、形象和融资能力。

上市如涅槃　收益与痛苦并存

少年自有凌云志，而对很多企业来说，这个“志”就是上市。

一旦成功上市，巨额资金能够为企业发展壮大提供强大支撑。以瑞德智能为例，其上市募资 8.15 亿元，按企业 2021 年净利润 8027 万元计算，募资总额约等于企业十年利润之和。未来，企业还可通过资本市场再融资、并购重组进一步做大做强。

除此之外，上市后，企业的品牌知名度和美誉度能够进一步提升，得到投资者、政府、媒体更多的青睐，消费者对企业品牌更加认可，企业在人才招聘上也更具有竞争力。

尽管如此，仍有不少佛山企业对上市心怀忐忑。原因在于，上市带来高收益的同时也伴随着痛苦。

上市是个痛苦的过程，就好像凤凰涅槃，企业要经历各种打磨，其中包括合规性改进增加费用、披露客户资料会泄露企业商业秘密、历史遗留问题需处理等。即使是科创板，虽说其允许非盈利企业上市，但并非门槛低，从科创层面来说，其要求比其他板块都高。

莱尔科技在2021年实现科创板上市。其董秘梁韵湘表示，虽然科创板的投资者对财务指标关注相对较少，但不代表不关心，而且科创板投资者对企业的科创能力和发展前景非常关注。因此，莱尔科技一直不断加强研发投入，挖掘新的增长点，积极切入新能源等新兴赛道，开发销售涂碳铝箔漆面保护膜、车身改色膜等新产品，丝毫不敢懈怠。

实际上，注册制下的北交所也严把入口质量关。开市不到两个月，北交所终止审查企业家数就达到8家。

2021年，佛山也有3家企业在科创板上市中折戟。

对企业而言，上市要做长期的谋划，虽然现在是窗口期，但也不必操之过急。更重要的是，要深入研判企业及行业目前所处的发展阶段，准确预估上市能够为企业发展带来的利与弊，同时结合外部大环境，比如疫情、外贸等对企业带来的影响进行研判，确定上市时间和上市板块。

政府支持至关重要　打造一流上市环境

虽然上市的主体是企业，但在整个上市过程中，政府的支持也发挥着至关重要的作用。

佛山有不少扎根本地10多年甚至数十年的民营企业，上市需要解决的历史遗留问题较多，包括股权、土地、税收等，这都需要政府的帮助。

“企业能够上市，政府的支持作用太大了。政府不仅为企业出具了各类证明材料，还主动帮助企业解决其他‘疑难’问题，给了企业上市莫大的信心和力量。”梁韵湘说。

近年来，佛山各级党委、政府对企业上市的扶持力度不断加大，市委、市政府建立了市利用和发展资本市场联席会议机制，持续完善政策体系，实施企业上市“添翼行动”等扶持措施。2021 年，佛山市政府还分别与上交所、深交所、全国股转系统签订《战略合作备忘录》。

顺德是其中的佼佼者。截至目前，顺德累计有 37 家上市企业，数量位居佛山五区第一。由于打造了一流的上市环境，甚至还有曾经的外迁企业主动回到顺德开启上市步伐。

2021 年 1 月，顺德推出企业上市“金凤凰计划”，力争通过 3 年努力，实现“一十百千万”工作目标，即建设一个产业金融服务平台，培育十家平台型企业，推动百家企业挂牌上市，实现千亿直接融资，打造万亿市值“顺德板块”。

2022 年 1 月，顺德又启动上市企业倍增计划，为企业上市提供一块地支持、一笔钱扶持、一站式服务、一条龙培训、一对一辅导、一体化培育的“六个一”政策支持。首批公布的上市后备企业共有 23 家。佛山市精一家具有限公司就是其中之一，企业总经理朱政臣表示，政府已经安排了专人对接企业，跟进企业的上市诉求，企业筹备 3 年后冲刺主板上市。

向“质”的比拼过渡　借上市撬动产业升级

目前佛山市出台的有关企业上市的政策文件虽多，但主要还是以提升数量为主。上市潮的到来，将使得全国范围内上市企业越来越多。随着国家不断完善上市公司退出机制，“量”的比拼将向“质”的比拼过渡。

不断建立健全上市公司质量提升计划，依靠上市公司拉动产业升级，将会成为未来的发展方向。

推动企业上市只是工作的开始，提升上市公司质量并借力上市公司拉动佛山产业整体升级才是关键。

当前，广东省和各主要城市推动企业上市的政策思路已经发生变化。与以往奖补集中在企业成功上市不同，此轮政策还规划了上市企业的行业分布以及产业提升目标等。

2020年印发的《广东省人民政府转发国务院关于进一步提高上市公司质量意见的通知》就提出，要充分发挥上市公司在培育发展战略性支柱产业集群和战略性新兴产业集群、“稳链”“强链”中的引领带动作用。

《深圳市关于进一步提高上市公司质量的实施意见》也提出，上市一批、提升一批、纾困一批、重组一批、整改一批，推动深圳上市公司做优做强，打造深圳特色优势产业集群，促进深圳产业升级。以深圳上市公司数量最多的南山区为例，已集聚了包括QQ音乐、中兴通讯、迈瑞医疗等众多龙头企业，大大推动了该区产业创新发展。

广州则提出，到2022年，在IAB、NEM、超高清视频、集成电路、5G等领域，新增上市公司占全市新增上市公司的比重要超过30%。

2020年，上海市政府出台《关于推动提高上海上市公司质量的若干措施》，围绕提高上市公司治理水平、健全上市公司退出机制、营造良好市场生态等六个方面，提出17项具体措施，为上市公司提供要素配置、财政税收等政策支持，推动上市公司形成产业集群，在完善产业链、引领科技创新等方面发挥更大作用。

借助资本市场力量，加快培育龙头企业甚至“链主”企业，引领产业集群创新发展。对佛山而言，这不仅有必要，更是大有潜力。

在佛山，借力资本市场培育龙头、“链主”企业的经验早已有之。美的和碧桂园就是通过上市不断做大做优做强，进而引领了产业链上下游协同发展。

未来，随着佛山上市公司“量”“质”不断提升，以此为支点，撬动产业升级的前景十分可观！充分发挥资本市场、上市公司的作用，将有力推动佛山在争当地级市高质量发展领头羊的道路上阔步前行！

知政主笔/高慧超

（原载2022年5月12日佛山+APP东平知政专栏）

知识产权，
赋能“佛山制造”高质量发展

5月1日起，《广东省知识产权保护条例》正式施行。这是广东省首部关于知识产权保护的综合性地方性法规，以“严保护、大保护、快保护、同保护”为原则，重点解决当前广东知识产权保护存在的突出问题。

知识产权作为创新发展的重要推力和创新实力的综合体现，已经成为衡量区域创新能力和经济高质量发展的重要指标。近年来，佛山建立了覆盖知识产权创造、运用、保护、管理、服务全链条的政策体系，护航制造业高质量发展。

4月20日，博鳌亚洲论坛“亚洲知识产权：趋势与机遇”圆桌会议在海南举行，佛山市政府主要领导受邀线上作交流发言，向全世界分享佛山强化知识产权全链条保护的经验做法，传递佛山全面提升知识产权综合能力，助力打造制造业创新高地的坚定信心。在这场高端会议上，佛山能够作为全国唯一的地级市参会，充分说明其知识产权工作走在全省乃至全国前列。

当前，佛山正全力建设制造业创新高地，争创全国制造业高质量发展示范区。如何抢抓争创国家知识产权强市建设示范城市机遇，发挥知识产权引领作用，推动创新驱动发展、产业转型升级，成为佛山打造制造业创新高地必须答好的一道考题。

佛山知识产权综合能力处于什么水平？争创国家知识产权强市建设示范城市，能给佛山带来什么？如何借鉴其他城市经验做法，让知识产权在推动佛山高质量发展中发挥出更大作用？本期《东平知政》与大家一起探讨。

佛山知识产权多项工作走在全省前列

知识产权作为激励创新、保护创新的制度，已成为新发展格局下国家与国家、区域与区域之间的重要战略性资源，也成为产业和企业发展的重要核心竞争力。

《2021 年中国知识产权发展状况》透露，我国知识产权创造取得量质齐升的成绩，以专利数据为例，2021 年全年共授权发明专利 69.6 万件，我国申请人通过《专利合作条约》（PCT）途径提交的国际专利申请达 6.95 万件，连续三年位居全球首位。

佛山是中国制造业重镇，更是一座创新创业之城，厚重的历史底蕴与前瞻的创新文化相互激荡，迸发出巨大的创新创造活力。这些年，佛山始终坚守制造业立市不动摇，充分发挥知识产权对创新发展的支撑作用，赋能制造业高质量发展。

知政君了解到，近年来，佛山高标准建设国家知识产权示范城市，相继获得国家知识产权服务业集聚发展示范区、国家知识产权投融资试点、国家专利导航产业发展实验区、国家专利保险试点等称号。中国（佛山）知识产权保护中心成为全省首个运营的国家级保护中心，佛山也是全国首个同时拥有国家级知识产权保护中心和知识产权快速维权中心的城市。

企业是知识产权的创造者，更是保护者。佛山累计拥有国家知识产权示范企业 30 家、国家知识产权优势企业 151 家以及广东知识产权示范企业（2021 年）139 家，数量均排在全省首位。

发明专利是具有较高技术价值的一种知识产权，其拥有量是衡量科研产出质量和市场应用水平的综合指标之一，在一定程度上可以反映出区域自主创新能力。当前，佛山的发明专利拥有量在全省处于什么水平？知政君给大家看一组珠三角城市的相关数据：

2021 年，佛山市专利授权量 96487 件，其中发明专利授权量 8306 件；PCT 国际专利申请量 924 件；有效发明专利量 34566 件；每万人口发明专利拥有量为 36.4 件。

2021 年，深圳专利授权量 27.92 万件、商标注册量 46.44 万件，均居全国城市首位；PCT 国际专利申请量 1.74 万件；累计有效发明专利 198033 件，每万人口发明专利拥有量 112.77 件。

2021 年，广州市专利授权 18.95 万件，其中发明专利授权 2.4 万件；累计有效发明专利 93132 件，每万人口发明专利拥有量 49.5 件。

截至 2021 年底，东莞累计有效发明专利量 4.83 万件，每万人口发明专利拥有量 46.14 件，PCT 国际专利申请量达 4408 件。

分析数据可发现，虽然近年来佛山的有效发明专利数量稳步提升，但目前在全省排第五位，与深圳、广州甚至东莞相比，显然仍有一定差距。知政君认为，广州、深圳创新创造活跃，是知识产权大市，发明专利数量自然领先。佛山与东莞虽同为 GDP 过万亿元的制造业大市，但因产业结构不同，发明专利产出量也不同。东莞以电子信息等产业为代表的知识产权密集型产业较多，而佛山以机械、陶瓷等为代表的传统产业较多，另外东莞市场主体、高企等数量均比佛山多，因此发明专利比佛山多。

不过，知识产权创造，质量比数量更为重要，要避免出现“大而不强、多而不优”的问题。高质量的专利才有可能带来突破性的自主创新，如果质量不行，数量再多也难以转化为“硬核”科技，就只能被人牵着鼻子走！

剑指知识产权强市建设示范城市

粤港澳大湾区是亚洲经济最为活跃的地区之一，佛山作为大湾区重要节点城市、全国唯一的制造业转型升级综合改革试点，产业基础雄厚，民营经济发达，2021 年地区生产总值超 1.2 万亿元，工业规模居全国大中城市前六。

站在万亿元 GDP 新起点，佛山为何如此重视知识产权工作，并且积极探索知识产权全链条保护的有效路径，剑指知识产权强市建设示范城市？

在知政君看来，深入推进知识产权强市建设，已成为佛山迈向高质量发展的必由之路。面对新发展阶段的新机遇、新挑战，佛山把创新放在高质量发展全局的核心位置，把知识产权作为推进高质量发展的突破口，全面打通知识产权创造、运用、保护、管理、服务全链条，可以进一步激发市场活力和社会创造力，推动制造业高质量发展。

制造业是佛山的根与魂，走数字化智能化发展道路是“佛山制造”未来几年转型升级、强身健体的重要路径。2021 年，佛山出台推进制造业数字化智能化转型发展 25 项措施，设立总规模 300 亿元、首期 100 亿元的制造业转型发展基金，努力推动传统制造业迈向产业链中高端。从“佛山制造”到“佛山智造”，无论是淘汰落后产能，还是优化生产工艺，必须牢牢把握创新这个“第一动力”，而这离不开知识产权赋能。

正如中国法学会知识产权研究会名誉会长吴汉东所言，“无论是传统制造业，还是最新的高技术产业，都凝结、聚集了专利、版权、商标等要素，构成知识产权密集型产业。换句话说，这些产业的发展主要是通过知识产权来推动的”。这番话道出了知识产权对产业转型的重要意义。

以知识产权创新引领高质量发展，已成为当下佛山不少制造业龙头企业的共识。近年来，美的集团不断加大科技创新和技术研发投入力度，实现从一家传统家电制造业企业向全球化科技集团转型，从中大大提升了自身知识产权综合能力。2020 年，广东美的制冷设备有限公司获得中国专利金奖，实现了佛山中国专利金奖“零的突破”，该奖项是我国知识产权领域最高奖项。

近日，美的集团在知识产权领域还接连获得多家国际知名机构的认可。数据显示，截至 2022 年 3 月 21 日，美的集团（含子公司）已公开专利申请 134705 件，授权专利 76474 件；其中非外观专利占比达 84.3%（发明占比 45.37%，实用新型占比 38.93%），反映了企业较高的创新程度。

实际上，无论是龙头企业还是中小企业，知识产权已成为企业转型升级、创新发展的重要抓手。在“大企业顶天立地，小企业遍地珍珠”的佛山，更需要知识产权赋能，推动46.18万户企业实现质的飞跃。

争创知识产权强市建设示范城市，佛山有能力、有基础、有条件、有优势，势在必行！

知识产权与金融、科创、产业相融相促

打通知识产权全链条，能为佛山带来什么？在知政君看来，高质量创造、高效益运用、高水平保护知识产权，充分发挥知识产权价值，可以实现知识产权与金融、科创、产业等相融相促，为创新发展提供内生动力，为制造业高质量发展提供强有力支撑。

——培育创新驱动发展排头兵。知识产权是保障制造业高质量发展的内在要求。然而，制造业知识产权发展不充分等问题在各地依然明显。佛山把提升制造业知识产权综合能力摆在突出位置，深入实施“培优工程”，支持企业形成一批制造业关键专利技术组合，使全市有效专利达33万件，累计培育知识产权高质量发展标杆企业221家，这些企业已成为佛山践行创新驱动发展战略的排头兵。

——助力中小企业融资发展。实施创新驱动发展战略，离不开创新型中小微企业的发展壮大。但这些企业“家底薄”，在传统信贷模式下，往往难以受到银行青睐，而知识产权质押融资是解决企业融资难问题的有效方式。佛山持续探索知识产权金融创新，形成了知识产权金融“佛山模式”。2021年，佛山在全省率先出台应对疫情的知识产权质押融资应急措施，助力企业复工复产。2022年，佛山提出力争3年内为全市中小微企业、科创企业提供1350亿元知识产权融资。这一系列有力举措，正是在引导金融活水灌溉实体经济，助推科技型中小企业发展壮大。

——推动产业创新发展。如今，知识产权已成为产业发展的重要抓手，不仅让一些传统产业焕发新生机、形成新优势，在一些战略性新兴领域，尤其是在知识产权密集型产业，助推产业发展的贡献更是功不可没。以企业需

求为导向，佛山聚焦产业发展决策，围绕全市重点产业开展专利导航项目，尤其对智能家居、新材料等 2 个战略性支柱产业，集成电路、激光与增材制造、工业机器人、新一代高性能有机电致发光材料（OLED）等 4 个战略性新兴产业开展专利导航，梳理制约产业发展的瓶颈问题和关键核心技术，在产业补链强链、创新发展、人才引育和招商引资等方面提出建议，有效支撑政府产业决策。

——支撑构建一流营商环境。当前，佛山正积极构建“益晒你”企业服务体系，打造一流营商环境，而实施最严格的知识产权保护，可以助力佛山营造法治化、国际化、便利化的一流营商环境。近年来，佛山不断提高知识产权行政执法和司法保护能力，加大知识产权违法行为处罚力度，近 3 年办理专利侵权纠纷案件近 3000 宗。佛山用“铁拳”严厉查处知识产权侵权假冒案件，有效震慑了侵权违法行为，切实增强了百万市场主体在佛山的获得感和安全感。

总而言之，以争创知识产权强市建设示范城市为目标，全力推动知识产权高质量发展，可以加快佛山创新链、产业链、资金链、人才链深度融合，塑造佛山发展新形态，展现一个创新生态更加完善的新佛山。

全面提升知识产权综合能力

这些年，佛山在知识产权创造、保护、运用、管理和服务等方面均取得一定成效，多项工作经验被推广至全省乃至全国，有力支撑地方经济社会高质量发展，但也存在一些问题和短板，需要进一步提升知识产权综合能力。

在现代经济体系中，知识产权是一种重要资产，一方面可以筑深企业的“护城河”，避免恶性竞争和同质化竞争；另一方面也可以作为质押融资的抵押物，为企业争取更多资金。然而，一些企业发展知识产权时，存在“为专利而专利”的问题，埋头写专利、申请保护，却对专利如何创造价值没有头绪。究其原因，是一些制造业企业由“三来一补”升级而来，积淀时间不长，对知识产权的认知还不够深刻。

深挖知识产权价值，将无形“知产”变为有形“资产”，与创造知识产权同等重要。佛山是制造业大市，很多企业都持有专利等知识产权凭证。如何把他们手中的知识产权转化成真金白银，充分释放知识产权的经济效益，助力企业发展壮大？这是佛山需要重点思考的问题，也是佛山继续努力的方向。

凡此种种短板弱项，环顾珠三角城市乃至全国先进地区，也许可以找到一些补齐短板的好经验好做法。

广州市把知识产权纳入全市经济社会发展大局，作为营商环境 4.0 改革的重要指标。中新广州知识城经国务院批准开展知识产权运用和保护综合改革试验，5 年来，在知识产权金融、知识产权保护、湾区知识产权互融互通方面推出 20 项全国、全省首创的改革措施，形成可复制可推广的“黄埔经验”。

在 2019 年，深圳就创新提出建立技术调查官、行政禁令、信用承诺等知识产权保护制度，增设“司法保护”专章，明确故意侵犯知识产权惩罚性赔偿制度，深化审判机制改革，强化证据披露义务，不断完善知识产权保护政策。有技术调查官参与的知识产权类案件，审案速度加快，有效防止了当事人“赢了官司，输了市场”。

如何让知识产权运营平台更好地服务广大企业，降低企业知识产权维权成本，也是各地面临的一个难题。为此，东莞创新做法，在全国范围内率先推动产业知识产权运营服务平台与当地保险公司签订“托管＋保险”合作协议，把托管企业在托管期间有可能面临的侵权损失转嫁给保险公司，解决运营服务平台的后顾之忧。

……

面对新一轮科技革命和产业变革，佛山需要继续发挥知识产权对制造业高质量发展、创新驱动和优化营商环境的支撑作用，全面推进知识产权综合能力提升，促进全球创新资源在佛山加速集聚发展，为打造制造业创新高地注入新的动力活力。

知政主笔 / 梁建荣

（原载 2022 年 5 月 19 日佛山＋ APP 东平知政专栏）

竞逐预制菜产业新赛道，佛山大有可为！

当前，全国、全省各地都正在掀起一场前所未有的预制菜产业革命！

2022年，作为餐饮消费的新宠，预制菜一跃成为“群雄逐鹿”的万亿级大市场。

炙手可热的预制菜产业，究竟是一个怎样的产业？佛山发展预制菜产业，有何基础和优势？在预制菜产业新赛道上，佛山如何一马当先，打造预制菜产业发展高地？

开局：新供给新需求催生万亿产业新蓝海

何为预制菜？预制菜产业发展前景如何？

预制菜是指以农产品、畜禽、水产品等为原料，配以各种辅料，经预加工（如分切、搅拌、腌制、滚揉、成型、调味、速冻、冷冻）而制成的成品或半成品菜，具备便捷、新鲜、健康等特点，丰富的菜品选择和灵活的烹饪、食用方式能够满足不同人群对食材的不同需求。

预制菜生产所需的原材料主要包括肉禽类、水产类、豆制品、果蔬和调味品等，根据食材的不同，预制菜又可分为面点类、蔬菜类、畜禽类和水产类。因此，预制菜行业上游为农产品、禽养殖、畜牧养殖、水产养殖和捕捞、蔬果种植以及调味品生产业等，下游为消费市场、餐饮市场和食品加工市场。

实际上，预制菜概念由来已久。早在20世纪90年代，预制菜已进入我国市场，但当时更多是指供给食品厂的预加工食材。直到近一两年，在供需两端的刺激下，预制菜开始在国内火速“出圈”，为大众所知晓。

知政君分析认为，预制菜走红背后主要有两大原因：从供给侧而言，预制菜企业通过不断的研发，生产工艺不断优化、产品品质不断提升、品类不断增多，加上国内冷链技术、物流市场不断发展，使更多预制菜式、菜品能够走上餐桌；从需求侧来说，“懒人经济”加上疫情等因素，使消费习惯发生变化，居家饮食更便捷成为消费者的新需求，预制菜作为省时省力的餐桌解决方案，恰好满足一人或小型家庭的日常生活。

在新供给新需求驱动下，预制菜产业呈现出爆发式发展趋势。

中商产业研究院推出的《2021中国预制菜行业市场前景及投资研究报告》数据显示，我国目前预制菜市场存量约为3000亿元，若按每年20%的复合增长速度估算，未来6年到7年，我国预制菜市场可成长为万亿元规模的市场。

一个万亿级的蓝海市场正在打开。

面对广阔市场空间，2022年3月，广东率先发布国内首个省级预制菜产业政策——《加快推进广东预制菜产业高质量发展十条措施》，包括建设预制菜联合研发平台、构建预制菜质量安全监管规范体系、壮大预制菜产业集群、培育预制菜示范企业、培养预制菜产业人才、推动预制菜仓储冷链物流建设、拓宽预制菜品牌营销渠道、推动预制菜走向国际市场、加大财政金融保险支持力度、建设广东预制菜文化科普高地，提出“加快建设在全国乃至全球有影响力的预制菜产业高地，推动广东预制菜产业高质量发展走在全国前列”。

入局：佛山拥有产业市场文化等多方面优势

预制菜产业迎来万亿级市场，佛山大有可为。

2021 年 11 月召开的佛山市第十三次党代会对预制菜等新产业新业态提出了发展要求。2022 年的佛山市政府工作报告也强调发展预制菜产业的重要性，提出要建设特色农产品预制菜加工产业园。

2022 年 4 月 21 日，佛山市委常委会召开会议，专题研究推进预制菜产业发展工作，明确指出：预制菜是现代农业与食品产业融合发展的新兴产业，是延伸农业产业链、提升价值链的一次产业革命。全市各级各相关部门要积极抢抓发展机遇，把预制菜作为农业产业化的重要突破口，全面落实加快推进广东预制菜产业高质量发展的十条措施，进一步发挥佛山在产业、市场、文化等方面的优势，全力推动预制菜产业高质量发展。

抢占预制菜产业新赛道，佛山拥有产业、市场、文化等多方面的优势。

产业方面，作为贯通“一二三产”的新产业，预制菜产业需要强大的农业做基础，佛山农业特别是水产品产业化、现代化、市场化走在前列。顺德作为广东水产品重要基地之一，乌鳢（生鱼）年产量占全国的 20%、鳗鱼年产量占全国的 30%；南海淡水鱼品牌驰名全国，拥有全国最大的淡水鱼养殖区、全国最大的淡水鱼苗繁育中心和全国最大的淡水鱼加工流通中心。同时，预制菜产业，需要先进的制造业来实现预制菜生产的专业化和规模化，佛山作为制造业名城，有基础、有实力带动预制菜生产、加工、流通、储藏及物流配送等配套产业加速发展，实现农业产业链和价值链延伸。

市场方面，佛山农业、制造业以及餐饮业市场化程度高，拥有良好的国内外市场渠道和口碑，有利于抢占预制菜市场。

文化方面，佛山美食文化享誉海内外。佛山是粤菜发源地之一，是“中国粤菜美食名城”；顺德区是“世界美食之都”，素有“食在广州，厨出凤城”之誉。

集产业、市场、文化等多方面优势，佛山预制菜产业正乘风而起。

在预制菜 C 位出道之前，佛山已有一批企业深耕预制菜产业市场。以广东何氏水产有限公司、广东品珍鲜活科技有限公司等为代表的佛山本土企业已经提前入场布局，将预制菜做得有声有色。

2019 年，深耕活鱼行业 20 多年的广东何氏水产有限公司，依托自建养殖基地优势，推出以鱼片为主的加工水产品，推动预制菜产业发展进入快车道。2021 年，何氏水产预制菜产品销量近 1 万吨，产值约 1.4 亿元；2022 年第一季度销售额近 5000 万元，计划年销量超 2 万吨，产值超 5 亿元。

广东品珍鲜活科技有限公司自 2020 年创立“御鲜锋”预制菜品牌，专注于开发预制菜 C 端市场，仅 2021 年下半年，其预制菜销售额就突破 8000 万元。2021 年，御鲜锋旗下的“爆款”酸菜鱼和“天下一盆”顺德大盆菜成功入选“广东预制菜十大名品”。该企业已成为广东省预制菜十大龙头企业之一，在线下已经进入了 400 多家 KA 渠道。

据统计，目前，佛山已有上规模的预制菜企业 12 家，年产值约 25 亿元，加上在建、拟建的 13 家上规模企业全部达产后，预计全市预制菜年产值将达 300 亿元。

布局：建设预制菜产业发展高地

新风口，新赛道，新蓝海。面对这个万亿体量的大蛋糕，当前，佛山正果断出击，用一系列快速行动宣告：抢占预制菜产业发展制高点。

2022 年 3 月 14 日，佛山市预制菜产业联盟成立，首批 53 个加盟单位包括经营主体 32 家、行业协会 3 家、金融保险机构 14 家、科研院所及技术检测机构 4 家，未来将整合各方资源打造具有佛山特色的预制菜产业体系。

围绕预制菜产业发展，佛山市南海区、顺德区等也迅速行动起来，根据地域特色、资源禀赋、产业现状，高标准、高起点谋划产业布局，制定产业政策，向预制菜市场进发。

佛山市南海区制定出台关于推进十大国家级示范项目引领预制菜产业加快发展工作方案，并通过发放预制菜消费券等举措，抢先推动预制菜产业加速发展。5 月 10 日，南海区正式启动建设国家现代农业产业园，拟以淡水鱼为主导产业，力争用3年时间打造粤港澳大湾区精品淡水鱼预制菜样板区。

作为“世界美食之都”“中国厨师之乡”，佛山市顺德区正积极推进“六个一”工程，加快预制菜全产业链和全价值链建设，努力建立全国性的中央厨房预制菜产业示范区，打造大湾区预制菜产销聚集区，为大力推进乡村振兴战略提供有力支撑。按照计划，顺德将出台一套支持预制菜发展的政策、建设一个预制菜产业园区、设立一个预制菜产业发展基金、举办一场预制菜产业大会、打造一个预制菜研发和人才培养基地以及组建一个预制菜产业联合会。

……

在全面实施乡村振兴战略的大背景下，预制菜产业一头连接乡间地头，一头连接餐桌消费。其背后的产业逻辑不仅是迎合新的消费需求，更是被寄望成为农村一、二、三产业融合发展的新模式，成为加快推进农业一、二、三产业融合、农业与工业融合、乡村供应向城市餐饮需求融合发展的重要抓手，对推动乡村振兴具有重大的现实意义。

从这个角度观察，拥有产业、市场、文化等多方面优势的佛山，抢占预制菜产业发展先机，既是顺势而为，更要主动作为。

破局：打造佛山预制菜知名品牌

预制菜站上“风口”，当广东举全省之力系统化、组织化推动预制菜产业发展，全省各地也擂响了战鼓，竞相抢抓产业政策机遇和窗口期，推出各具特色的“预制菜式”，争当“掌勺人”。

肇庆市启动粤港澳大湾区（肇庆高要）预制菜产业园建设，聚力打造粤港澳大湾区预制菜“第一园”。目前，该产业园项目已被纳入2022年广东省重点建设前期预备项目，至少与24家预制菜产业链企业达成初步合作意向。

江门市出台《江门预制菜十二条政策措施》，发布“侨都预制菜”首批菜品，推动江门“侨都预制菜”成为餐厅饭桌的“网红菜”、世界华侨的“乡愁菜”。

湛江市全力支持吴川、徐闻建设农产品食品化加工园区，麻章建设对外开放合作试验区和麻章农海产品交易中心，支持遂溪建设电商物流（粤西）配送中心，致力于打造成水产预制菜美食之都。

潮州市启动编制《潮州菜中央厨房（预制菜）产业发展三年规划》，将从全产业链的高度进行布局和谋划，同时建立潮州菜中央厨房产业联盟，推动潮州菜走“农产品食品化、食品工业化、中央厨房潮流化”的产业振兴道路。

放眼全国，紧抓预制菜产业“风口”的不只有广东。山东、江苏、福建、河北等省也在积极整合资源，充分发挥各自产业基础优势，加大力度抢占预制菜市场。

综观当前预制菜市场，佛山虽然拥有一定基础和优势，呈现出良好的发展势头，但也要承认，与国内、省内各个地方一样，预制菜产业发展还处于起步阶段，产业基础整体上散、小、弱，产业链分散、分离、分裂问题较为突出。

在整个预制菜产业尚处于区域性、高分散的状态，以及头部效应尚未形成、还未出现一家具备压倒性优势的头部企业背景之下，佛山在这条新赛道上能否突围破局、一马当先，充满无限想象。

佛山如何烹饪好这道菜，建设预制菜产业发展高地？知政君认为，关键要练好几项“内功”：

一是严守食品安全。预制菜经简易处理即可食用，从生产加工到销售时间跨度较长，并涉及冷冻冷藏环节，故其在食品保鲜乃至安全等方面存在更多风险点。政府部门监管必须“跑起来”，通过制定标准，把对预制菜企业的监管落实到原材料进货渠道、产品生产和储存、交付等各个环节，牢牢把住食品安全关口，努力使佛山预制菜成为预制菜领域安全食品的代名词。

二是突出佛山特色。佛山是“中国粤菜美食名城”，是广府菜发源地，应充分挖掘粤菜饮食文化资源和本土特色美食，制作具有深厚广府菜文化内涵的预制菜，推动预制菜产业与休闲、旅游、文化产业等深度融合，让佛山预制菜成为新餐饮风尚、新餐饮模式、新餐饮文化产业的引领者。同时依托“粤菜师傅”工程培养预制菜产业人才，高标准开展粤菜预制化研发生产，让差异化、特色化的预制菜更有“佛山味”。

三是培育龙头企业。高标准规划建设预制菜产业园区、布局打造预制菜全产业链，形成产业集聚效应。同时努力培育一批预制菜龙头企业、示范企业、领军企业，支持其做大、做强、做优，进而带动预制菜全产业链协同发展。

四是强化品牌效应。既要立足佛山特色、佛山优势，打造佛山预制菜地域、区域性品牌，让佛山预制菜成为未来“有家就有佛山造”的重要组成部分；也要积极引导、支持佛山预制菜龙头企业打造在国内外享有较高知名度和美誉度的品牌，让预制菜市场也能够涌现出“美的，原来生活可以更美的”“碧桂园，给你一个五星级的家”“海天，生活多美味”这样的佛山品牌，家喻户晓、脍炙人口。

无论是抢占市场蓝海，还是推进乡村振兴，预制菜产业发展前景广阔、意义重大。

期待有基础、有优势的佛山，企业与政府合力，抓住机遇期、关键期，在预制菜产业赛道上“冲”出来、“强”起来，成为领航全省乃至全国预制菜产业发展的旗舰。

知政主笔 / 郑奕纯、于祥华

（原载 2022 年 5 月 26 日佛山+ APP 东平知政专栏）